TEMPÊTE SUR CAPE COD

Carol Higgins Clark est née à New York en 1960. Elle a travaillé pour le théâtre, le cinéma et la télévision avant de se lancer dans une carrière de romancière à suspense. Ses livres ont pour héroïne Regan Reilly, une jeune détective pleine de charme. Carol Higgins Clark a également cosigné plusieurs romans avec sa mère, Mary Higgins Clark.

Paru dans Le Livre de Poche :

L'Accroc
Au voleur !
Bien frappé
Chute libre
Le Collier volé
For ever
Irish Coffee
Par-dessus bord
Pas de veine
Sur la corde
Les Yeux de diamant
Zapping

Avec Mary Higgins Clark :

Ce soir je veillerai sur toi
La Croisière de Noël
Le Mystère de Noël
Trois jours avant Noël
Le Voleur de Noël

CAROL HIGGINS CLARK

Tempête sur Cape Cod

Une enquête de Regan Reilly

ROMAN TRADUIT DE L'ANGLAIS (ÉTATS-UNIS) PAR BÉATRICE TAUPEAU

ALBIN MICHEL

Titre original :

WRECKED
publié par Scribner, États-Unis, 2010.

ISBN : 978-2-253-17376-2 – 1re publication LGF

À la mémoire de Denis J. Carey III, « DJ »,
dont les nombreux amis chérissent le souvenir.
DJ – New York n'est plus le même sans toi !

Vendredi 7 avril

1

Frissonnante, Regan Reilly allait et venait à pas feutrés dans la cuisine de la résidence d'été de ses beaux-parents. Dehors, le vent mugissait. Des trombes d'eau s'abattaient sur la maison. Elle s'arrêta devant l'évier et regarda par la fenêtre. Les eaux de la baie de Cape Cod moutonnaient à perte de vue.

Regan resserra la ceinture de son peignoir en tissu-éponge et sourit. J'aime bien ce temps, pensa-t-elle. Rien de tel que d'être dans une maison comme celle-ci lorsqu'il fait tempête. Son mari, Jack, et elle-même étaient partis de Manhattan la veille au soir pour passer un week-end tranquille à l'occasion de leur premier anniversaire de mariage. Arrivés au moment où il commençait à pleuvoir, ils avaient allumé un feu de bois dans le petit salon, s'étaient servi un verre de vin avant de savourer les sandwiches, les fruits et le fromage que Regan avait préparés pour le voyage. Ils se réjouissaient à l'idée d'être seuls et libres d'occuper à leur guise les trois jours à venir. Leur unique grand projet, c'était de dîner dimanche dans un restaurant très coté en bord de mer, aménagé dans l'ancienne maison d'un capitaine, où l'on ne servait que douze couverts par soir. Selon la rumeur, le chef pouvait devenir un rien grincheux si on lui demandait de cuisiner le moindre repas supplémentaire.

Sur le comptoir, la cafetière sifflait et éructait, crachant les dernières gouttes de café dans la verseuse. Quel boucan, se dit Regan. L'été, quand la maison était pleine à craquer des frères, sœurs, nièces et neveux de Jack – et autres amis de la famille – on ne l'entendait même pas, avec toute cette agitation et ces conversations qui emplissaient la maison. Ça ne s'arrêtait jamais ! Il y avait toujours quelqu'un pour tenter de raconter une histoire ou une blague. Rares étaient celles qui faisaient mouche. Les journées filaient au rythme des baignades, promenades en ski nautique et grillades. Le soir, tout le monde se réunissait sous la grande véranda pour admirer le coucher de soleil. Trente-neuf marches plus bas se trouvait la plage où Jack et ses frères arrimaient le hors-bord lorsqu'ils le ramenaient de son emplacement à la marina. Le contraste est saisissant, songea Regan. Quel calme, à part le vent, la pluie, les craquements de la maison et la cafetière !

Regan se servit du café et sortit du réfrigérateur le pot de lait écrémé que Skip, le gardien, y avait mis. La mère de Jack, qui l'appelait régulièrement, lui avait demandé quelques jours plus tôt de profiter de sa visite hebdomadaire pour apporter du lait, du jus de fruits, du beurre et du pain. Juste ce qu'il fallait pour que Regan et Jack puissent prendre leur petit déjeuner le premier matin. Quelle bonne odeur de café ! se dit Regan, impatiente de s'installer dans le petit salon avec sa tasse pour regarder l'orage. Elle versa le lait dans le mug et constata avec horreur qu'il était caillé. Non ! Comment était-ce possible ? Elle vérifia la date sur le bouchon. Périmé depuis deux semaines ? Il a pris ça chez lui ou quoi ? se demanda-t-elle en vidant son café dans l'évier d'un air affligé.

Jack, les cheveux encore humides après sa douche, entra dans la cuisine. « Je file au marché et je rapporte les journaux. »

Regan se tourna vers lui et sourit. Il était beau, avec son mètre quatre-vingt-sept, ses yeux noisette et ses cheveux blond cendré. Il avait enfilé des jeans et un coupe-vent. « Tu peux ajouter du lait à ta liste.

— Je croyais que Skip en avait apporté.

— Exact. Le hic, c'est qu'il a trouvé le moyen de nous refiler du lait périmé depuis deux semaines. »

Jack éclata de rire. « Il est incroyable, ce type. Je me demande pourquoi ma mère ne le vire pas.

— Aucune chance ! Son air de petit garçon perdu aiguise son instinct maternel et protecteur. »

Jack se pencha pour embrasser Regan et l'enlaça. « Je prendrai des muffins au passage. Tout ce qu'il a acheté serait bon à jeter que ça ne m'étonnerait pas. » Il la serra fort dans ses bras. « C'est tellement agréable d'être ici seul avec toi. Sans le boulot pour nous déranger. »

Jack dirigeait la brigade spéciale de la police de New York. Regan, quant à elle, était détective privé. Tous deux avaient été accaparés par des enquêtes qui s'étaient conclues, Dieu merci, quelques jours plus tôt.

« Ça va être un week-end merveilleux, dit Regan tandis que Jack la libérait de son étreinte. Je saute sous la douche en attendant que tu rentres ; fais vite.

— Toi, ce qui t'intéresse, c'est surtout que je ramène du lait presto pour pouvoir boire ta première tasse de café !

— On ne peut rien te cacher », lui susurra-t-elle au moment où il sortait.

Dans la salle de bains du rez-de-chaussée, Regan fit couler la douche. L'eau chaude sur ses épaules et son dos lui fit du bien. Sa toilette finie, elle sortit une paire de jeans et un pull de sa valise posée par terre dans la chambre. Tiens, se dit-elle soudain, il me semble que c'est la première fois que je me retrouve seule dans cette maison. Pourtant, je sens comme une présence. Étrange. Elle s'habilla, brossa ses cheveux bruns puis commença à maquiller son visage au teint pâle. Ses yeux bleus la plaçaient indéniablement dans la catégorie des « Irlandais noirs ».

Il n'y avait certes pas beaucoup de soleil dehors, mais encore moins dans la pièce. Elle s'approcha de la fenêtre, chercha le cordon et tira d'un coup sec. Les rideaux s'ouvrirent brusquement.

Un homme vêtu d'un ciré jaune à capuche avait le nez écrasé contre la vitre.

Regan poussa un cri.

C'était Skip. Il fit un pas maladroit en arrière. « Désolé ! » hurla-t-il.

Regan n'entendit pas ce qu'il dit ensuite. Elle tourna la poignée de la fenêtre et l'ouvrit.

« Désolé ! » Le mugissement du vent l'obligeait à crier. « Je vérifiais juste l'état des gouttières. »

Tu m'en diras tant, pensa-t-elle. « Vous m'avez fait peur. »

Son cœur battait à tout rompre.

« Ce n'était pas dans mon intention. L'orage a fait pas mal de dégâts dans la presqu'île. Il faudrait que j'entre pour contrôler toutes les fenêtres et le sous-sol. M'assurer qu'il n'y a pas de fuites, ce genre de choses. » Il lui adressa un sourire. Des boucles de cheveux châtains s'échappaient de la capuche de son vêtement de pluie.

Son visage respirait l'innocence. Pourtant, Regan était troublée. « D'accord, répondit-elle, à deux doigts de lui demander comment il avait fait son compte pour acheter du lait périmé.

— Je vais vérifier les autres gouttières et je reviens, dit-il avec un geste de la main. On n'est jamais trop prudent, vous savez.

— Comme vous dites. »

Elle referma la fenêtre en poussant de toutes ses forces. La mère de Jack les avait prévenus en riant qu'à l'instant où il franchissait le pas de la porte, Skip devenait intarissable. Conséquence désastreuse des mois d'hiver passés seul dans le coin. Quand il trouvait enfin un public, il ne le lâchait plus. Bon, pensa-t-elle, le cœur toujours galopant, Jack saura sûrement comment s'y prendre. Si seulement il était rentré.

Quel ne fut pas son soulagement en entendant la porte s'ouvrir !

« Regan ? » Dieu merci, c'était Jack. Elle sortit précipitamment de la chambre. « Jack, Dieu soit loué, tu es là ! »

Lorsqu'elle pénétra dans le salon, elle s'arrêta net. Près de Jack se tenaient les deux commères qui vivaient trois maisons plus bas. Elle ne se rappelait pas leur nom mais savait qu'elles étaient sœurs. On aurait dit Mrs Kravitz, la voisine qui fourre son nez partout dans la vieille série télé *Ma sorcière bien-aimée* – mais en double exemplaire !

« Eh bien ! De vrais tourtereaux ! s'exclama l'une des deux femmes. Voyez un peu comment vous accourez pour accueillir votre homme alors qu'il est parti quelques minutes pour acheter le journal.

— Jack nous a dit que c'est votre premier anniversaire de mariage, renchérit la seconde. À vous voir, on croirait plutôt que la noce date d'hier. »

Regan esquissa un sourire. « Je m'inquiétais simplement de le savoir dehors par ce temps. Il y a pas mal de dégâts, si j'ai bien compris.

— Vous ne croyez pas si bien dire, Regan, reprit la plus grande. Une énorme branche du grand arbre de notre cour s'est cassée net et a démoli la fenêtre de notre façade. C'est le chaos ! On a fait signe à Jack lorsqu'il revenait du marché. Il a poussé la branche et recouvert le trou d'un plastique. Il y a des éclats de verre partout dans le salon. On lui a demandé si nous pouvions rester chez vous le temps que tout soit rentré dans l'ordre. Je crois bien qu'on a déjà attrapé un rhume. Alors, avec la maison pleine de courants d'air… Ça ne vous dérange pas ? La mère de Jack s'est montrée si gentille avec nous pendant toutes ces années. »

C'est pas vrai, se dit Regan. J'y crois pas. Et notre week-end, alors ? « Non, bien sûr », finit-elle par articuler, la voix rauque, tout en jetant un coup d'œil furtif à Jack qui haussa les sourcils en signe d'impuissance. On aurait dit qu'il allait s'enfoncer dans le sol.

« C'est tellement aimable de votre part, Regan. Merci. Rien ne vaut de bons voisins sur lesquels on peut compter dans les moments difficiles. » Elle huma l'air. « Quelle bonne odeur de café ! C'est vous qui l'avez fait, Regan ?

— Oui.

— J'en boirais bien une tasse. Mais avec du lait écrémé. Recommandations du médecin !

— Oh, pour le lait, on a ce qu'il faut ! répondit Jack en exhibant le sac de provisions tandis qu'ils se dirigeaient vers la cuisine.

— Formidable. Alors, c'est le bonheur tous les deux, on dirait ? Racontez-nous un peu ! Mais pendant que j'y pense, je peux utiliser votre téléphone ? J'ai essayé d'avoir le vitrier depuis chez nous, en vain. Quelque chose me dit que ça va prendre un bon bout de temps avant de régler cette histoire. »

Jack se tourna vers Regan et articula deux mots en silence : *les Bermudes* – seule autre destination qu'ils avaient envisagée pour célébrer leur anniversaire.

2

Dans la maison de Summit dans le New Jersey, où Regan avait grandi, Nora et Luke, ses parents, finissaient leur petit déjeuner. Luke, propriétaire de trois entreprises de pompes funèbres, s'apprêtait à se rendre à son travail. Nora, célèbre auteur à suspense, rejoindrait alors son bureau au deuxième étage pour travailler sur son dernier roman.

« J'ai du mal à croire qu'il y a un an jour pour jour Regan et Jack se mariaient, dit Nora avec nostalgie en pliant le journal. J'aimerais tellement revivre cette journée.

— Tant qu'ils ne nous renvoient pas la facture, marmonna Luke en sortant de table.

— Tu étais le plus fier des pères en menant ta fille à l'autel.

— C'est vrai. Mais s'il me prend l'envie de revivre cette journée, je me passerai la vidéo. »

Il se leva. Vêtu d'un costume sombre, d'une chemise blanche et d'une cravate sobre, il mesurait un mètre quatre-vingt-quinze et il était mince. Avec ses cheveux poivre et sel et son beau visage, il ne manquait pas d'allure.

Nora regarda la pluie battante à travers la vitre. « Quelle chance d'avoir eu une journée magnifique l'an passé ! Ceux qui vont se marier ce week-end peuvent faire une croix sur leur séance photos en extérieur.

— Oui, je suis sûr qu'en ce moment même, ça grouille de futurs mariés qui se lamentent à l'idée d'être privés de photos dans le jardin.

— Tu es impossible ! » Nora commença à débarrasser les assiettes. À côté de Luke, elle était toute menue. Son mètre soixante, ses cheveux blonds et son teint clair lui donnaient des airs de grande dame. Regan avait hérité sa taille et la couleur de sa chevelure de son père. « J'imagine que Regan et Jack sont bien arrivés à Cape Cod.

— On le saurait s'ils avaient eu le moindre souci, ça ne fait aucun doute. »

Luke se pencha pour embrasser sa femme. « Interdiction de les appeler, d'accord ?

— Je n'en avais pas l'intention, protesta-t-elle. J'espère juste que FedEx n'aura pas eu de problème avec cet orage. »

Perplexe, Luke demanda : « Pourquoi cet intérêt soudain pour FedEx ?

— J'ai oublié de donner à Regan le dernier étage de son gâteau de mariage l'autre soir.

— Son gâteau de mariage ? Tu ne crois pas qu'il est rassis à l'heure qu'il est ?

— J'espère bien que non. Je l'ai conservé dans le congélateur du sous-sol. La tradition veut que mari et femme mangent une part de leur pièce montée le jour de leurs noces de coton ; ça porte chance, tu sais : “Ils vécurent heureux et…”

— On a fait ça, nous ? Aucun souvenir.

— Il ne restait plus de gâteau. Ta famille n’en avait pas laissé une miette.

— Pardon ?

— Il y avait tes cousins à une table ; ils ont demandé du rab. Le serveur était jeune, sans expérience. Il a pris sur lui de régler son compte à la part mise de côté pour nous.

— Formidable, ce type ! répondit Luke d’un ton ferme. Voilà quelqu’un qui a eu à cœur de faire plaisir. » Puis, il ajouta, déconcerté : « Et tu ne m’en as jamais parlé ! Incroyable !

— Je n’allais pas laisser quoi que ce soit gâcher notre grand jour, s’offusqua Nora.

— C’est fou comme les temps changent, dit-il en souriant. Je suis ravie que tu aies réussi à garder tes commentaires sur ma famille pour toi !

— N’est-ce pas ? Et notre couple a tenu même si nous n’avons pas respecté la coutume. Mais je n’allais pas prendre le moindre risque pour Regan et Jack. Je leur ai envoyé leur gâteau hier à Cape par FedEx.

— Espérons que le coursier n’aura pas eu un accès de gourmandise », lança Luke en prenant son manteau.

3

Regan ne mit pas longtemps à retrouver le nom de leurs invitées surprise, les sœurs Brewer. L'aînée se prénommait Fran, la plus jeune Ginny. Toutes deux semblaient avoir dans les soixante ans.

Grande et mince, Fran portait d'immenses lunettes rondes et ses cheveux grisonnants et ondulés lui arrivaient aux épaules. Plus replète, Ginny, qui monopolisait toujours la parole, avait les cheveux méchés et de grands yeux marron. Elle se maquillait davantage que Fran mais s'habillait à l'identique : pantalon kaki, ras-du-cou à manches longues et chaussures toute saison.

À peine entrée dans la cuisine, Fran s'était emparée du téléphone sans fil posé sur le comptoir et avait composé le numéro du vitrier. Occupé. Elle fit plusieurs tentatives avant que quelqu'un ne décroche pour la mettre aussitôt en attente.

« Une minute ! s'écria-t-elle en vain. Bon sang ! Ça va prendre des heures pour avoir quelqu'un au bout du fil. S'il continue de pleuvoir comme ça, ce plastique ne va pas faire long feu, c'est moi qui vous le dis. Il faut que les vitriers rappliquent au plus vite. » Accoudée au plan de travail, elle soupira.

« Et ces branches dans la cour ! Il faut s'en débarrasser », lâcha Ginny en beurrant le muffin à la myrtille que Jack avait acheté pour Regan. Assise à la table de la cuisine, elle était comme un coq en pâte. Tout en regardant avidement son muffin, Regan essaya de chasser de son esprit l'idée qu'en ce moment même, Jack et elle pourraient être aux Bermudes et profiter du room-service.

« Et notre arbre ! dit Fran. Ce serait dommage de devoir le faire abattre. Mais chaque chose en son temps. D'abord, la fenêtre ; on s'inquiétera du reste ensuite. »

Ginny avala une bouchée de muffin. « Un délice, déclara-t-elle en tapotant sa bouche avec une serviette. Votre mère a une bien jolie maison, Jack. Très coquette. Elle est si confortable, accueillante et – elle marqua un temps d'arrêt et leva les yeux au ciel – il y fait si bon, contrairement à chez nous.

— Merci », répondit Jack.

Regan voyait bien qu'il faisait de son mieux pour rester cordial. Il est aussi contrarié que moi de voir nos projets pour le week-end tomber à l'eau, songea-t-elle. On pourrait peut-être trouver un prétexte pour rentrer à New York. Ginny nous a bien dit que la mère de Jack les a laissées passer quelques jours ici l'hiver dernier quand leur chaudière est tombée en panne ? Ou alors, on file à Boston. Pourquoi pas ? Zut ! Même une chambre dans un motel de seconde zone entre ici et Sagamore Bridge ferait l'affaire ! N'importe où sauf ici.

« Fran et moi, on adore vivre à Cape Cod. C'est à peine croyable qu'on ait atterri dans le coin. Quelle surprise pour nous, d'hériter de la maison de notre oncle il y a trois ans !

— Ma famille ne l'a jamais vraiment connu. Il ne passait pas beaucoup de temps ici, si j'ai bien compris ? demanda Jack.

— Exact. Il a toujours loué la maison. C'était un drôle de coco. Sans cesse par monts et par vaux. Il l'a achetée, il y a dix ans environ, pour s'en servir de résidence secondaire. Et devinez quoi, un mois plus tard, il a rencontré sa troisième femme ! Elle ne rêvait que d'une chose : s'installer à Hawaii. Comme il ne voulait pas vendre la maison, il l'a mise en location. Les jeunes mariés se sont envolés pour Maui, où notre oncle a fait l'acquisition d'une magnifique demeure. Sa femme aurait dû se sentir comblée mais, pensez donc ! En voilà une que la gratitude n'a pas étouffée ! Une enquiquineuse de première. Moins d'un an après, elle n'avait plus qu'une idée en tête, divorcer. Une fois encore, Oncle Ned s'est empressé de la satisfaire. Il lui a même laissé la maison, qu'il avait payée comptant. Il a pris l'avion le jour même de la signature des papiers du divorce, histoire de mettre au plus vite un océan entre elle et lui. À ce moment-là, il s'était déjà habitué aux gros chèques de ses locataires de Cape Cod, alors il ne s'y est pas installé. Il a passé quelque temps à Phenix puis à Palm Beach. Il venait de demander en mariage celle qui serait devenue sa quatrième femme quand il est mort dans son sommeil.

— Oncle Ned était un éternel optimiste, fit observer Fran.

— Et toujours si gai, ajouta Ginny. Quand il est mort, Fran et moi-même étions proches de la retraite. Nous avions une maison de ville en Pennsylvanie, mais nous ne savions pas où passer nos vieux jours.

Au début, on pensait que Cape Cod serait peut-être trop isolé en hiver. Mais on fait de notre mieux pour rencontrer les gens… »

Aucun doute là-dessus, pensa Regan.

Ginny tendit le doigt en direction de la dernière maison de la rue. « Saviez-vous qu'en dehors de Mrs Hopkins, la dame qui loue la maison des Carpenter, il n'y a pas âme qui vive dans cette longue rue au cœur de l'hiver ? C'est triste à dire, mais notre nouvelle voisine est loin d'être aimable, elle ne manifeste pas la moindre envie de nous connaître. C'est incroyable. Le jour où elle a emménagé, en novembre dernier, on lui a apporté une tarte maison. Elle n'a même pas eu la courtoisie de nous inviter à entrer, vous vous rendez compte ? Et, visiblement, elle ne croit pas en la vertu des petits mots de remerciements. Pas vrai, Fran ?

— Pas le moindre mot, en effet, répondit Fran en tapotant impatiemment le plan de travail.

— Ce n'est pas qu'on lui en veut, ajouta Ginny avec son air de sainte-nitouche. On continue à la saluer quand elle passe en voiture, mais c'est à peine si elle nous répond.

— Certaines personnes viennent ici pour s'isoler, répondit Jack. Je ne l'ai jamais rencontrée. » Puis se tournant vers Regan : « Tu n'as pas dit que Skip vérifiait les gouttières dehors ? Je devrais peut-être aller l'aider. »

Mieux vaut être dehors sous le déluge qu'au sec avec ces deux-là, songea Regan. « C'est ce qu'il a dit, oui. Mais qui sait ? »

Fran et Ginny échangèrent un regard qui, à n'en pas douter, en disait long sur leurs réserves par rapport à Skip.

« Qu'est-ce qu'il y a ? » demanda Regan d'un ton dégagé. Elle n'avait pas oublié le coup du lait périmé et la présence de Skip derrière la vitre. « Vous avez quelque chose à nous dire ?

— Nous ne voudrions pas nous mêler de ce qui ne nous regarde pas, répondit Fran sans conviction.

— S'il y a quelque chose que nous devrions savoir… » répondit Regan en guise d'encouragement.

Comme on pouvait s'y attendre, Ginny sauta sur l'occasion. « Disons que… commença-t-elle en jetant des regards furtifs aux deux époux. Comme je le dis toujours, savoir, c'est pouvoir, et pouvoir c'est contrôler, et contrôler, c'est… »

Regan l'interrompit en riant. « Que devrions-nous savoir, Ginny ? »

Cette dernière s'éclaircit la gorge. « Il y a quelques semaines, Fran et moi avons décidé d'aller nous promener sur la plage. C'était le premier jour où on sentait le printemps pointer le bout de son nez. Le problème, c'est que le gros orage de l'an passé a détruit notre accès à la plage. Il n'y a pas plus adorable que votre mère, Jack. Elle a dit qu'on pouvait emprunter votre escalier quand on voulait. Réparer le nôtre représente une trop grosse dépense : il faut déjà faire apporter d'autres rochers pour protéger notre terrain de l'érosion. Qui aurait cru que quelques malheureux cailloux coûteraient si cher ? Bref, nous avons pris le chemin, longé votre maison par là, et en regardant dans le petit salon, devinez qui s'y trouvait ? Monsieur votre gardien, en personne, endormi sur le canapé avec la télévision allumée. C'est ça, son boulot ? Regarder la télévision ? dit-elle en gloussant.

— Je ne crois pas que ce soit dans ses attributions, en effet, répondit Jack. Il faisait peut-être une petite pause.

— Mais ce n'est pas tout ! s'exclama Ginny, visiblement contrariée par la désinvolture de Jack. Après ça, nous l'avons eu à l'œil. En revoyant sa voiture passer dans la rue et se garer dans votre allée, on a décidé de retourner sur la plage.

— Il était vingt-deux heures, tout de même », ajouta Fran en changeant le combiné d'oreille. Un enregistrement exaspérant, s'excusant du temps d'attente et vantant les mérites du vitrier, repassait en boucle.

« Je confirme ! Vingt-deux heures ! On s'apprêtait à regarder le journal régional. Au lieu de ça, on a enfilé un manteau et emprunté le chemin dans le noir. Et qu'est-ce qu'on a vu ? Skip, dans votre petit salon, à siroter une bière en regardant un match de basket. Ahurissant. »

Quelque chose me dit que la bière n'était pas périmée, pensa Regan.

« Jack, j'espère qu'il ne se fait pas payer à l'heure.

— J'en parlerai à mes parents.

— Vous devriez. Après tout, ça ne me semble pas très correct de profiter des gens de cette façon. » Ginny leva son mug. « Regan, reste-t-il du café dans la verseuse ?

— Oh… oui, bien sûr.

— Tiens, quand on parle du loup… s'écria Fran d'un air satisfait. Visez un peu ce que la marée nous amène ! »

Tous les regards se tournèrent vers le petit salon. Skip venait de monter les escaliers de la plage et courait en direction des portes vitrées coulissantes. On aurait dit qu'il avait le diable à ses trousses. Jack se leva précipitamment pour lui ouvrir la porte. Avec le vent, la pluie s'engouffra à l'intérieur et trempa le carrelage.

Skip entra en trébuchant.

« Est-ce que ça va ? » demanda Jack en refermant la porte de toutes ses forces.

Son ciré ruisselait. Son visage et ses cheveux étaient trempés. Il respirait si fort qu'il ne pouvait pas articuler le moindre mot.

« Ça va aller », dit Jack pour le réconforter.

Le pauvre, se dit Regan, apitoyée devant son air hagard.

« Que s'est-il passé ? demanda Fran, qui semblait prête à raccrocher le téléphone.

— Je voulais vérifier l'escalier, expliqua-t-il le souffle court. Pour m'assurer que les marches étaient toutes là et bien fixées. En arrivant en bas, j'ai bien regardé et j'ai vu le canot de Mrs Hopkins cogner contre les rochers.

— Elle a un canot sur la plage ? demanda Jack.

— Il est attaché au bas de son escalier, cria Ginny depuis la cuisine en se levant. Elle aime ramer dans la baie sur ce vieux machin déglingué, et elle choisit toujours le plus mauvais moment. C'est tellement dangereux.

— Ça me fait penser au *Vieil homme et la mer*, renchérit Fran.

— J'y suis allé pour voir si je pouvais attacher le canot et lui rendre service, poursuivit Skip sans prêter attention aux deux sœurs. Son corps était là, inerte, en bas des marches. »

Fran s'empressa de raccrocher.

« Elle est morte ? demandèrent-ils tous en chœur.

— Je crois, mais j'en suis pas sûr. Elle a le visage en sang. Jack, il faut y retourner. »

Dans la seconde, Fran reprit le combiné.

« J'appelle les secours », s'écria-t-elle tandis que Regan et Jack attrapaient leur manteau et sortaient à la hâte avec Skip.

4

Chez Fern, petit restaurant situé à quelques kilomètres de la maison des parents de Jack, les conversations allaient bon train. Les clients, notamment les hommes à la retraite, n'étaient pas du genre à rester cloîtrés chez eux par une matinée comme celle-ci. Du moment que leur toit n'était pas sur le point de s'effondrer, ils préféraient sortir déguster une assiette de pancakes et se tenir informés de tout ce qui se passait dans les parages. Dans l'angle au-dessus du comptoir, un grand écran plat réglé sur la chaîne locale de Cape Cod diffusait des reportages en direct sur les arbres arrachés, les routes inondées et les coupures de courant. Lorsque les mots « FLASH INFO » apparaissaient, tout le monde se taisait et attendait les nouvelles les yeux rivés sur l'écran. La plupart du temps, il s'agissait d'informations sans grand intérêt, par exemple un journaliste demandait d'un air attristé à quelqu'un dont le sous-sol avait été inondé s'il allait bien.

Tempête ou pas, si vous vouliez être au fait de ce qui se passait dans le coin, du bon, du mauvais ou du quelconque, il vous suffisait de débarquer *Chez Fern* entre six heures du matin et vingt et une heures.

De part et d'autre du restaurant s'étendaient de vastes prairies marécageuses, où coulait un ruisseau sinueux, qui donnaient à voir le même décor paisible, année après année. L'intérieur n'était pas vraiment ce qu'on appelle calme, mais il y avait juste ce qu'il fallait de badinage entre les serveuses et les clients et d'échanges animés d'une table à une autre pour conférer au lieu une atmosphère dynamique et chaleureuse. Fern veillait toujours à ce que la musique ne soit pas trop forte, ce qui aurait fait fuir certains clients, et ses employés avaient pour consigne de faire attention en déposant les assiettes sales et l'argenterie dans les panières en plastique disposées près de la porte des cuisines. Dans nombre de restaurants qu'elle avait inspectés, le bruit de la vaisselle et des couverts qu'on balance négligemment lui avait toujours mis les nerfs en pelote.

Quand Fern avait acheté la vieille bâtisse spacieuse quelques années plus tôt, elle s'était attelée à en faire un lieu de rencontre agréable. Une tapisserie à fleurs toute simple et diverses tables et chaises de cuisine achetées dans des vide-greniers avaient fait l'affaire. Le café y était toujours chaud, la nourriture savoureuse et les prix corrects. Pour ceux qui venaient avec un ordinateur portable, histoire d'avoir du monde autour d'eux quand ils travaillaient, il y avait une borne wifi pour se connecter à Internet. Que demander de plus ? Malheureusement pour Fern, ces clients qui étaient du genre à rester des heures et des heures semblaient pouvoir se contenter de café.

Vigoureuse et athlétique, Fern allait sur ses quarante ans. Elle avait des mèches blondes et portait toujours une queue-de-cheval. Bien qu'un peu bourrue, comme patronne, elle n'avait pas son pareil. Constamment en mouvement, elle braillait à longueur de journée : « Qu'est-ce que ce sera pour vous, mon chou ? » Son restaurant ne désemplissait pas : toute l'année, les locaux s'y arrêtaient pour boire un café ou manger. Un groupe de retraités s'y retrouvait autour du petit déjeuner tous les matins. Fern ne manquait pas de saluer chacun de ses clients et s'arrangeait pour glaner quelques informations personnelles sur les nouveaux venus. À cette époque de l'année, tous attendaient les beaux jours avec impatience, même si certains se seraient volontiers passés des hordes de touristes qui ne tarderaient pas à débarquer.

Ce jour-là, un groupe d'inconnus avait pris place à une table, des comédiens qui se faisaient appeler *Les Passagers du chariot de Thespis*. Arrivés la veille au soir à Chatwich, ils devaient commencer à répéter la pièce qu'ils joueraient du week-end de Memorial Day, en mai, jusqu'à la fin du mois de juin. Le propriétaire du célèbre château de Chatwich, érigé sur le front de mer à deux pas de *Chez Fern*, avait mis sa demeure et ses terres à leur disposition. Un chapiteau dressé sur la vaste pelouse ferait office de théâtre. Fern avait appris que le lendemain soir la troupe organisait un cocktail au manoir, histoire d'annoncer son spectacle à grand renfort de tambour. Les seuls qui ne voyaient pas leur présence d'un très bon œil étaient les gérants du *Pilgrim's Playhouse*, établi en ville depuis bien longtemps, où s'était produit un grand nombre de vedettes du théâtre et du cinéma. Leur petit cercle les avait rebaptisés *Les Vagabonds sans chariot*.

Le fondateur de la troupe, un certain Devon qui approchait de la soixantaine, appela Fern. En arrivant à leur table, cette dernière fit tout son possible pour ne pas fixer ses cheveux. D'un brun roussâtre, ils commençaient à grisonner. On aurait dit un postiche, quoique… Fern n'avait jamais rien vu de pareil. « Nous nous sommes à peine présentés lorsque je suis arrivé avec ma troupe dans votre merveilleux établissement ! » En voilà une drôle d'entrée en matière ! C'est horripilant, il force la note. Stupide et pontifiant, tout ce que je déteste, se dit Fern. « Vous êtes au courant pour notre petite sauterie demain soir, n'est-ce pas.

— J'en ai entendu parler, oui, répondit-elle en souriant.

— J'aimerais tant que vous vous joigniez à nous ! Vous serez mon invitée. Venez avec un ami. Ça va être fantabuleux, tout simplement fantabuleux ! s'exclama-t-il.

— J'essaierai. Mais je suis plutôt crevée en fin de journée.

— Le théâtre élève l'âme, il vous fait revivre », s'écria Devon. Il fit une pause théâtrale et poursuivit plus bas : « Les acteurs donneront lecture d'une scène de la pièce qu'ils vont jouer. Une pièce de ma plume, en exclusivité mondiale, ici, à Cape Cod. J'en suis tout excité ! »

En exclusivité mondiale, dans un jardin ? pensa Fern. Pour qui se prend-il ! Il voudrait pas ma prochaine fournée de toasts en exclusivité mondiale par hasard ? Si c'est lui qui l'a écrite cette pièce, aucune chance qu'elle me plaise. « J'essaierai vraiment de venir, dit-elle d'un air convaincant. Espérons que la tempête se calme, vous aurez plus de monde. » Elle tourna les talons et, par la fenêtre, aperçut une voiture de police qui s'engageait dans l'allée. Elle connaissait bien les flics du coin qui prenaient souvent leurs pauses à la table située au plus près du comptoir, dont elle-même se servait comme bureau. Ça m'étonnerait qu'ils puissent faire un break avec ce temps, songea-t-elle. Ils vont prendre deux cafés à emporter, et puis basta. Mais la voiture fit demi-tour aussi vite qu'elle était arrivée et sortit du parking gyrophares allumés.

« Dites donc, Fern ! s'écria Devon. On dirait bien que vous venez de perdre des clients. Mais il se passe peut-être un drame quelque part. La vie est un vaste théâtre…

— J'espère qu'il n'y a pas de blessés », répondit Fern en essayant de ne pas montrer son exaspération.

Si ce type revenait ici trop souvent d'ici fin juin, elle allait devenir folle !

5

Suivi de près par Regan et Jack, Skip s'élança de nouveau sous la pluie. À présent, les vagues étaient énormes. En atteignant l'escalier, il jeta un coup d'œil en bas et ne put s'empêcher de hurler.

« Les vagues ont atteint les rochers, s'écria-t-il. La plage est inondée ! C'est arrivé si vite, je ne comprends pas ! »

Tous trois descendirent les marches glissantes pour se retrouver bientôt dans l'eau glaciale. Regan en avait jusqu'aux cuisses. Sur leur droite, le canot de Mrs Hopkins flottait, cognant toujours contre les rochers. Ils s'approchèrent aussi vite que possible.

Mrs Hopkins avait disparu.

Skip devint fou. « Elle était juste là, cria-t-il, exaspéré. La marée a dû l'emporter. Il faut la retrouver. » Il explora les alentours de l'escalier, espérant peut-être buter contre son corps, puis s'aventura vers le large, à l'endroit où les vagues se brisaient.

Jack le retint. « Skip, il y a beaucoup de courant. Je n'ai jamais vu la mer si agitée. Ne vous éloignez pas, vous allez vous faire happer. C'est beaucoup trop dangereux.

— Et Mrs Hopkins alors ? Je n'aurais jamais dû la laisser là », dit-il en éclatant en sanglots.

Regan mit son bras autour de ses épaules. « Vous n'y êtes pour rien Skip.

— Pourquoi je n'ai pas essayé de la porter jusqu'en haut ? gémit-il.

— Vous ne pouviez pas savoir que la mer monterait si vite. »

Jack sortit son téléphone portable de sa poche. « Fran a appelé la police. Ils ne devraient plus tarder. Je me charge des gardes-côtes.

— Si seulement j'étais sûr et certain qu'elle était déjà morte quand je l'ai vue. Elle était peut-être en vie. Et maintenant, si elle est morte, ça sera de ma faute ! »

Fran et Ginny se précipitèrent sous le porche en apercevant la voiture de police, gyrophares allumés, s'engager dans la rue. Deux agents en descendirent.

« Ils sont sur la plage, s'écria Ginny. Passez par-derrière ; vous tomberez directement sur l'escalier. Je ne tiens pas à y aller, moi. Les morts, je préfère les voir après le passage de l'embaumeur. »

Les policiers firent le tour de la maison en courant. Quelques minutes plus tard, Ginny guida leurs collègues arrivés en renfort vers la plage.

« Il y a de l'action ! s'exclama-t-elle en entrant dans la maison. Je vais refaire du café.

— Bonne idée, répondit Fran. Je ferais bien de rappeler le vitrier. Notre salon ne va pas sécher par l'opération du Saint-Esprit. »

Jack reconnut les deux agents qui descendaient sur la plage : les inspecteurs Tom Barnes et Jim Malone. Ils s'étaient rencontrés *Chez Fern* l'été précédent. Il les mit au courant sur-le-champ.

« Mrs Hopkins louait la maison voisine, c'est ça ? demanda Barnes à Skip.

— Oui.

— Elle vivait seule ?

— Je crois bien, répondit le gardien en haussant les épaules.

— C'est aussi ce que pensent nos deux voisines. Elles sont chez nous en ce moment même, dit Jack. On ne sait pas grand-chose sur cette femme. Mes parents connaissent bien ses propriétaires. On pourra les contacter facilement.

— Merci, Jack. Et vous, vous l'avez rencontrée ?

— Non. Regan et moi ne sommes pas venus à Cape Cod depuis qu'elle a emménagé. »

Il tombait des cordes et le niveau de la mer continuait de monter.

Des toubibs approchèrent avec une civière, accompagnés de pompiers et d'autres policiers. Des agents chaussés de cuissardes commencèrent à explorer les lieux, mais les vagues grossissaient à vue d'œil et il pleuvait de plus en plus fort.

« C'est trop dangereux, déclara Barnes. On reviendra quand la tempête se sera calmée. Je ne voudrais pas qu'un de mes hommes se fasse emporter par le courant. Les gardes-côtes vont continuer de leur côté. »

Il interrompit les recherches puis se tourna vers Skip.

« J'aimerais vous poser quelques questions, si ça ne vous dérange pas.

— D'accord.

— Souhaitez-vous l'interroger chez mes parents ? proposa Jack.

— Ce serait bien, merci. Mais d'abord, allons sonner chez Mrs Hopkins. Il n'y aura sûrement personne, mais on ne sait jamais. »

Malgré la lumière dans la cuisine, ils trouvèrent porte close.

« La voiture est peut-être dans le garage, allons voir », dit Barnes.

Ni le vent ni la pluie ne faiblissaient. Le garage se trouvait au bout du chemin. La porte était verrouillée mais, à travers la fenêtre, ils aperçurent une berline bleue.

« Bon, elle n'est visiblement pas partie en voiture », soupira Barnes.

Ils rejoignirent ensemble la maison des Reilly, Regan s'évertuant à réconforter Skip.

« Le pire dans tout ça, dit-il, c'est d'avoir ces deux fouineuses sur le dos. »

Tu m'étonnes ! pensa Regan en franchissant le seuil.

6

Ginny et Fran ne s'étaient pas tourné les pouces. Postées derrière les fenêtres, elles n'avaient rien manqué des allées et venues des policiers et de leurs voisins. Ginny avait déjà préparé du café tandis que Fran tentait, en vain, de joindre le vitrier. Quand la porte d'entrée s'ouvrit, elles se précipitèrent dans le salon, impatientes de tout savoir.

Elles sont d'une curiosité maladive, ces deux-là ! se dit Regan. Je me demande comment elles vont réagir.

« Vous avez trouvé le corps de Mrs Hopkins ? demanda Fran sans détour, les yeux exorbités. Elle était encore en vie ? »

Skip passa devant elle en grommelant, retira son ciré trempé qu'il laissa sur une chaise de la cuisine avant d'entrer dans le petit salon. Il s'écroula sur l'un des canapés, la tête enfouie dans les mains.

Ginny regarda tour à tour Regan et Jack. « Dites-nous ! supplia-t-elle. Que s'est-il passé sur la plage ? »

Jack s'éclaircit la gorge : « Apparemment, le corps de Mrs Hopkins a été emporté par le courant.

— Quoi ? s'écria Ginny en plaquant sa main sur sa bouche.

— Le temps qu'on arrive, les vagues étaient devenues énormes et la mer avait recouvert la plage. Mrs Hopkins n'était plus là. »

Ginny se ressaisit : « Pourvu qu'ils la repêchent ! Je ne voudrais pas me retrouver nez à nez avec son cadavre en me baladant sur la plage.

— Espérons que ça n'arrivera pas, répondit Jack, essayant de rester courtois. Si on ne récupère pas le corps, ce sera sûrement très dur pour sa famille. »

Les policiers, Jack et Regan ôtèrent leurs manteaux mouillés.

« Il faut que j'interroge Skip, expliqua Barnes aux deux sœurs. Mon collègue, l'inspecteur Malone, et moi-même souhaiterions également vous parler, mesdames. »

Regan voyait bien à leurs mines que cette nouvelle, aussi effrayante fût-elle, n'en était pas moins excitante.

« Ravies de vous aider, de quelque manière que ce soit, déclara Fran. Ginny, viens avec moi, on va étendre ces manteaux tout mouillés dans la salle de bains.

— Bien sûr ! Il y a du café tout frais. C'est moi qui l'ai fait », ajouta Ginny fièrement.

Regan s'éclipsa dans la chambre pour se débarrasser de ses chaussures et de ses chaussettes trempées et enfiler une autre paire de jeans. Jamais elle n'arriverait à se réchauffer ! Jack la rejoignit et se changea rapidement. Les policiers, eux, portaient des vêtements imperméables.

Lorsque Regan et Jack réapparurent dans la cuisine, Ginny et Fran servaient le café.

« Buvez ça, dit Fran. Il vous faut quelque chose de chaud. Voilà le lait et le sucre. »

Tous deux acceptèrent les mugs que leurs voisines leur tendaient.

Debout près de la table de la cuisine, les deux inspecteurs avaient chacun une tasse. Barnes s'entretenait au téléphone avec son supérieur. « Au boulot », soupira-t-il en raccrochant.

De part et d'autre du petit salon se trouvaient deux canapés, séparés par une causeuse disposée face à la mer. Barnes montra le canapé où Skip était toujours assis, la tête entre les mains. « Mesdames, dit-il aux sœurs Brewer, si vous voulez bien vous asseoir. »

Skip se redressa. « Je m'en veux tellement, gémit-il. Je n'aurais jamais dû la laisser. »

Une fois tout le monde installé, l'inspecteur Barnes s'adressa d'abord au gardien :

« Redites-nous ce qui s'est passé, s'il vous plaît. »

Malone commença à prendre des notes.

Skip répéta aux inspecteurs ce qu'il avait raconté aux autres un peu plus tôt. « … c'est souvent qu'on retrouve les accès à la plage totalement démolis après ce genre de tempête…

— Comme le nôtre, l'année dernière, confirma Ginny. C'est terrible. Et ça coûte tellement cher de les faire réparer. »

Skip jeta un coup d'œil agacé dans sa direction avant de reprendre son récit détaillé : « … quand je suis allé voir ce que je pouvais faire pour le canot, j'ai trouvé Mrs Hopkins, face contre terre, en bas des escaliers.

— Qu'avez-vous fait ? » demanda Barnes.

La mine défaite, Skip poussa un profond soupir. « Je l'ai prise par la manche pour la retourner. C'était horrible. Elle avait le visage en sang. Je ne savais pas quoi faire, alors j'ai couru chercher de l'aide.

— Vous n'avez pas tenté un massage cardiaque ? demanda Ginny.

— Non, répliqua Skip.

— S'il vous plaît, c'est moi qui pose les questions, rappela Barnes.

— Désolée.

— C'était vraiment affreux, dit Skip. Je me suis dit qu'elle devait être morte. Mais je voulais trouver de l'aide le plus vite possible.

— Et vous êtes certain que c'était bien Mrs Hopkins ?

Skip hocha la tête.

— Oui. Je crois l'avoir reconnue, en tout cas elle portait la même veste verte que Mrs Hopkins quand je l'ai vue se diriger vers son escalier l'autre jour. J'étais passé ici pour déposer des provisions.

— Pouvez-vous nous la décrire ?

— Oui. Elle avait dans les soixante ans…

— J'aurais dit plus ! » interrompit Ginny.

Barnes la fit taire d'un regard sévère.

« Les cheveux grisonnants. Un mètre soixante environ, en forme, plutôt jolie femme, poursuivit Skip.

— Elle avait de beaux yeux à mon avis, ajouta Ginny. De grands yeux marron. Bien sûr, je ne l'ai vue qu'une fois.

— Jack, demanda Barnes, est-ce que vous et Regan étiez là quand Skip est arrivé pour chercher du secours ?

— Oui, répondit Jack. Il n'est entré qu'un instant, le temps de nous dire ce qui s'était passé. On a tout de suite filé sur la plage, Skip, Regan et moi. Mais le corps avait disparu.

— Ça me rappelle la fois où on voulait pique-niquer sur la plage, quand on était petites, raconta Ginny. Maman avait préparé nos sandwiches préférés. Une énorme vague a emporté le panier. Maman n'avait pas de quoi nous acheter à manger au kiosque, on était affamées. »

Regan esquissa un sourire de courtoisie.

« Ginny, tais-toi un peu, dit Fran.

— D'accord, répondit Ginny à voix basse. C'était juste pour dire que ça arrive en un clin d'œil. Une grosse vague et…

— Chut ! » ordonna Fran.

Barnes se tourna vers les deux sœurs. « Mesdames, je crois comprendre que vous n'aviez pas beaucoup de contacts avec Mrs Hopkins ? »

Elles acquiescèrent. « On a bien essayé de faire connaissance mais elle préférait garder ses distances, dit Fran.

— Je confirme ! déclara Ginny.

— C'était une solitaire », ajouta Fran.

Barnes hocha la tête. « Et vous, Skip ? Vous la connaissiez bien ?

— Non. Je lui disais bonjour si elle était dans la cour quand je travaillais dehors. Mais elle n'était pas très bavarde. Parfois, je la voyais sur son canot dans la baie.

— Elle aimait beaucoup cette vieille barque, déclara Ginny en souriant. Je n'ai jamais vu personne s'aventurer dans la baie si souvent en plein hiver. Elle devait être glacée jusqu'aux os. » Un éclair passa dans ses yeux, signe qu'elle venait d'avoir une idée. « Si ça se trouve, elle voulait faire une sortie en mer ! Elle était peut-être amatrice de sensations fortes ! Vous savez, comme ces skieurs fous qui font des sauts périlleux sur les pistes. Moi, je ne peux pas regarder ce genre de trucs. »

Barnes haussa les sourcils puis se tourna vers Jack. « Vous disiez que vos parents connaissent les propriétaires de la maison. C'est possible d'avoir leur numéro ?

— Pas de problème. Je vais chercher leur carnet d'adresses dans la cuisine, répondit Jack en se levant.

— Qu'est-ce que vous allez faire maintenant ? demanda Ginny à l'inspecteur Barnes.

— Jeter un œil chez elle. Et prévenir sa famille, bien sûr.

— Si elle en a, elle n'est jamais venue ! Jamais ! Même pas à Noël. Je vous assure, elle était toujours toute seule. Aucune visite ! Quelle horreur, de n'avoir personne à qui parler ! » Elle se tourna vers Skip. « La seule fois où on l'a vue discuter avec quelqu'un, c'était avec vous. On vous a aperçu sur la véranda des Reilly depuis notre porche.

— Qu'est-ce que vous sous-entendez ? demanda Skip. Je lui disais bonjour quand je la croisais, en bon voisin. C'était pareil aujourd'hui, quand j'ai voulu m'occuper de son canot. J'aurais mieux fait de ne pas m'en mêler. Après tout, ce n'était pas mon problème !

— Je ne pensais pas à mal.

— Vous savez, Skip, dit Regan, sans vous, sa famille n'aurait probablement jamais su ce qui lui était arrivé.

— Mouais », marmonna-t-il, les yeux rivés au sol.

Regan regarda par la fenêtre en direction de la maison de Mrs Hopkins. Je me demande bien ce qu'on va y trouver, dans cette bicoque, pensa-t-elle. Si elle vivait en recluse, ce n'est sûrement pas pour rien.

7

Pendant ce temps, à Bedford, dans l'État de New York, Eileen et Dennis Reilly – les parents de Jack – regardaient les informations tout en s'entraînant dans leur vaste sous-sol, partiellement reconverti en salle de gym. Le dernier de leurs sept enfants, tout juste diplômé, venait d'emménager à Boston.

Dennis courait sur le tapis de jogging tandis qu'Eileen suait sur son vélo d'appartement. Ils étaient plutôt en forme, mais quand ils avaient passé le cap des soixante ans, quelque temps plus tôt, ils s'étaient promis de faire du sport au moins trois fois par semaine.

Deux de leurs fils travaillaient avec Dennis dans la société familiale d'investissement qui avait son siège à Manhattan. Ce jour-là, Dennis avait décidé de rester à la maison en raison des routes inondées et des retards de train. Après son jogging, il filerait sous la douche avant de s'installer à son bureau.

La télévision diffusait les images des dégâts causés par la tempête qui s'abattait sur la côte Est. À l'écran, une voiture emportée par les eaux passait devant une épicerie lorsque le téléphone sonna. « Laisse, dit Dennis, le visage en sueur. Le répondeur est branché. On écoutera le message après. »

Il savait pourtant bien qu'il gaspillait sa salive ! Avec tous ses enfants et petits-enfants, Eileen ne risquait pas de laisser sonner. C'était plus fort qu'elle – son petit côté irlandais. Et si quelqu'un avait un problème, hein ?

« Tu plaisantes, répondit-elle en descendant de vélo. Tu as vu cette tempête ? » Elle se précipita vers le téléphone mural. Avec ses cheveux châtain clair, ses yeux verts et sa fine silhouette, c'était une femme séduisante qui faisait bien plus jeune que son âge. Le numéro de leur résidence secondaire s'affichait sur l'écran du téléphone.

« Allô ?

— Maman, c'est Jack.

— Bonjour, mon grand. Tout va bien ?

— Oui, Regan et moi, ça va. Mais il y a un souci avec la dame qui loue la maison des Carpenter. »

Eileen se sentit aussitôt soulagée. « Que se passe-t-il ? » demanda-t-elle, supposant que le problème, lié à la tempête, n'était pas bien grave. En janvier, Dennis et elle-même avaient passé un week-end à Cape Cod avec un couple d'amis. Ils savaient que les Carpenter avaient une locataire mais ne l'avaient pas rencontrée. Le samedi après-midi, alors qu'ils sirotaient un cocktail, confortablement installés près du feu dans leur petit salon, ils l'avaient aperçue sur son canot. À côté d'elle ils s'étaient sentis drôlement flemmards ! D'autant qu'il faisait un froid de canard !

À mesure que Jack faisait le récit des événements du matin, Eileen serrait le combiné de plus en plus fort. « Quoi ? s'écria-t-elle. Et maintenant, elle a disparu ? »

Dennis, percevant de l'inquiétude dans sa voix, coupa le son de la télévision et descendit du tapis de course.

« Pauvre Skip. Il doit être bouleversé », dit Eileen d'une voix étranglée.

Dennis leva les yeux au ciel. Il y avait toujours quelque chose qui clochait avec ce type. « Que s'est-il passé ? demanda-t-il à voix basse.

— Ne quitte pas, Jack. Apparemment, la femme qui vit chez les Carpenter est tombée dans les escaliers menant à la plage. Skip l'a trouvée là, inerte, alors il est allé chercher de l'aide. Après, elle n'était plus là. La marée l'avait emportée. » Elle s'adressa de nouveau à Jack : « Tu trouveras le numéro des Carpenter à Boston dans le carnet d'adresses. Il doit être dans un des tiroirs de la cuisine. Non ? Bon, alors regarde dans la bibliothèque du petit salon. »

Dennis fronça les sourcils en repensant au week-end qu'ils avaient passé à Cape Cod en janvier.

« … ah ! Tu l'as trouvé. Leur numéro y est sûrement. Ils étaient tellement contents de louer la maison à cette femme… Dorie m'a appelée au mois de novembre. Elle disait que la dame voulait faire changer les serrures. Elle l'a fait d'ailleurs. Mais Dorie a tenu à nous donner un jeu de clés, elle était plus tranquille, tu sais, en cas d'urgence. Je l'ai mis dans le tiroir de ma table de chevet, dans notre chambre à l'étage. Je l'y ai laissé quand on est passés en janvier… Tiens-nous au courant, d'accord ? … Non, on ne l'a pas rencontrée.

— Moi, si », dit Dennis brusquement.

Eileen le dévisagea. « Attends une minute, Jack. Dennis, de quoi tu parles ?

— Rappelle-toi, je me suis arrêté à la poste le matin où on est partis. Il y avait une femme qui faisait la queue pour envoyer un colis. Je me suis rendu compte que c'était la dame qu'on avait vue entrer chez les Carpenter après sa promenade en canot. Je lui ai dit bonjour et je me suis présenté. Visiblement, elle n'avait pas très envie de me parler. C'est tout.

— Mais, tu ne m'as rien dit !

— Quand je suis revenu dans la voiture, tu étais en grande conversation avec les Bennett. Après, ça m'est sorti de la tête. Ce n'était pas très important, de toute façon.

— Ça pourrait l'être », déclara-t-elle en lui passant le combiné. « Parles-en à ton fils. »

8

Le répondeur se déclencha dans la maison de banlieue de Boston où vivaient les Carpenter. Jack laissa un message, les priant de le rappeler au plus vite chez ses parents à Cape Cod. En raccrochant, il regarda Barnes qui était à présent dans la cuisine.

« Ils ne sont pas chez eux. Mais Mrs Carpenter a confié une clé de la maison à ma mère au cas où… On dirait bien que c'est le moment de s'en servir.

— En effet », répondit Barnes.

Cinq minutes plus tard, Jack et Regan retournaient chez les Carpenter accompagnés des deux inspecteurs. Ginny et Fran avaient proposé de se joindre à eux, mais Barnes s'y était poliment opposé. Elles restèrent chez les Reilly avec Skip qui se tordait les mains de désespoir sur le canapé.

Il pleuvait toujours à verse. Supposant que Mrs Hopkins était sortie par-derrière, ils décidèrent de passer par la véranda afin de refaire son trajet. Construite dans les années 1950 sur un terrain qui avait à présent beaucoup plus de valeur qu'elle-même, la bâtisse ressemblait à un ranch. Si les Carpenter décidaient de la vendre, nul doute que des engins de démolition envahiraient la rue en deux temps trois mouvements. Quelques années plus tôt, les parents de Jack avaient eu l'opportunité d'acheter cette maison à l'ancien propriétaire pour ce qui semblait aujourd'hui une bouchée de pain. Ils regrettaient encore d'avoir décliné son offre. Peu après, le prix des propriétés situées en bord de mer était monté en flèche. Ensuite, leurs enfants s'étaient mariés et leur avaient donné des petits-enfants. Le terrain voisin aurait été l'endroit rêvé pour construire une dépendance et y accueillir la famille qui s'agrandissait. « Si seulement on avait réfléchi ! On a raté une occasion en or », disait Eileen avec regret – ce qui ne manquait jamais de faire sourire Regan : Eileen lui rappelait tellement sa propre mère.

Avant de mettre la clé dans la serrure, Jack tourna la poignée. Verrouillée. Il ouvrit rapidement.

Ils pénétrèrent dans la petite cuisine où la lumière était allumée. L'électroménager et les meubles de rangement étaient d'un autre âge, le sol recouvert d'un linoléum défraîchi. On se sentait transporté d'un coup quelques décennies en arrière. La pièce était propre mais aurait mérité un petit coup de neuf. Sur le comptoir, la cafetière était à moitié pleine. Dans l'évier se trouvaient un mug, des couverts et une assiette sales.

« On dirait bien qu'elle a pris son petit déjeuner, en conclut Regan.

— Au moins, on sait que cette nuit, elle n'était pas sur la plage, dit Jack à voix basse.

— Ce gardien, vous le connaissez bien ? » demanda Barnes.

Jack haussa les épaules. « Ma mère, surtout. Elle dit que c'est un type bien, qu'il cherche un peu sa place. Il aime bien passer quand on est là, il fait les petits travaux qu'il aurait pu faire en notre absence.

— En tout cas, heureusement qu'il ne veut pas être médecin, déclara Barnes. J'ai l'impression qu'en voyant le visage de Mrs Hopkins en sang, il a préféré détaler. »

Regan poussa une porte battante qui donnait sur la salle à manger. Soigneusement empilées sur la table se trouvait un grand nombre de cartes et d'enveloppes. Regan s'approcha et prit une des cartes qu'elle lut à voix haute : « Pardon pour le mal que je t'ai fait. » Visiblement, elles disaient toutes la même chose. Mon Dieu, pensa Regan. Des cartes d'excuses. Elle devait avoir un tas d'ennemis.

« Des cartes d'excuses ? » s'étonna l'inspecteur Malone en prenant une feuille sur laquelle figurait au moins une cinquantaine de prénoms. « Je n'envoie pas autant de cartes de vœux pour Noël.

— Voilà qui explique son isolement, dit Regan. Elle devait avoir peur de mal agir envers les autres, d'avoir à s'excuser encore. »

Jack la regarda.

« Je suis sérieuse, Jack. Cette femme était visiblement rongée par la culpabilité.

— Je croyais qu'aimer, c'est n'avoir jamais à dire qu'on est désolé, ironisa Barnes.

— C'est moche, dit Malone.

— Je te le fais pas dire. »

Dans un coin du salon qui jouxtait la salle à manger, trois énormes sacs en plastique étaient posés par terre.

« Commande d'Adèle Hopkins », stipulait un mot agrafé sur l'un d'entre eux. Barnes se pencha et en sortit un coussin fantaisie. Dessus, en lettres brodées, figurait l'inscription « SANS RANCUNE ? ». Il fronça les sourcils. Les coussins étaient tous identiques.

La table basse disparaissait sous une pile de livres dédiés au développement personnel – alimentation, sport, méditation, voyages… ou comment devenir meilleur – dont *Le Guide du savoir-vivre : apprendre à maîtriser sa colère en douze étapes*.

« Qui était cette femme ? demanda Regan sans attendre de réponse. J'ai hâte d'entendre ce que les Carpenter auront à nous dire. »

La chambre principale était bien rangée. Dans la penderie, des pantalons unis, des pull-overs et des chemisiers aux couleurs mornes composaient une garde-robe pour le moins spartiate. Dans la salle de bains, les produits de toilette se réduisaient au strict minimum.

« Elle louait la maison pour l'hiver, déclara Regan. On dirait presque qu'elle vivait ici en ermite.

— Elle n'a pas dû manquer à beaucoup de monde, dit Barnes. Cet endroit est étrange, c'est vrai, mais de là à soupçonner un crime… Une femme angoissée et rongée par la culpabilité tombe dans l'escalier au beau milieu d'une énorme tempête. Je veux bien croire qu'elle avait des ennemis, mais vu les circonstances, ça m'a tout l'air d'un accident. Il y en a tout le temps à Cape Cod. Ce qu'il faut, c'est trouver des informations qui nous permettront d'informer sa famille. Si les Carpenter sont en croisière à l'autre bout du monde…

— Si ça se trouve, elle sortait dans ce canot pour se punir de quelque chose, suggéra Malone. S'infliger cette souffrance, c'était peut-être un moyen de rattraper tout le mal qu'elle avait fait aux autres. »

Barnes regarda son collègue d'un air perplexe. « Mouais ! À mon avis, elle aimait ramer, point barre.

— Ce n'est pas bête, dit Regan à Malone.

— Merci.

— Bien, dit Barnes, et si vous en reparliez plus tard autour d'un petit café, hein ? »

Ils éclatèrent tous de rire.

« En attendant, une femme sans sac à main, ça n'existe pas, reprit-il. Si Mrs Hopkins est sortie pour se promener sur la plage, elle l'a sûrement laissé ici. »

De retour dans la salle à manger, ils découvrirent ledit sac sous la table. À l'intérieur, ni portefeuille, ni trousseau de clés. Son téléphone portable, si elle en avait un, restait introuvable.

Barnes s'éclaircit la gorge : « Si les Carpenter tardent à vous rappeler, on peut toujours essayer de contacter les agences immobilières du coin, histoire de savoir qui s'est chargé de la location. Mrs Hopkins a sûrement donné les coordonnées de la personne à prévenir en cas d'urgence. Bon, en attendant, il faut qu'on y aille. Ils croulent sous les appels, au poste. On n'est pas couchés, c'est moi qui vous le dis.

— On vous tiendra au courant dès qu'on en saura plus », dit Jack.

Regan regarda les sacs remplis de coussins. Le nom du magasin – *Au Coussin bavard* – était inscrit en grosses lettres bleues sur chaque sac. Regan avait remarqué la petite boutique en traversant une bourgade sur le chemin de Chatwich la veille au soir. Ce n'était pas très loin. Elle se tourna vers Jack. « Si nous sommes sans nouvelles des Carpenter, on pourrait faire un saut au magasin de coussins, qu'en penses-tu ? Hopkins en a acheté tellement que les vendeurs se souviendront peut-être d'elle. On ne sait jamais.

— Bonne idée », répondit Jack. Il esquissa un sourire. « Et nos invités, qu'est-ce qu'on en fait ?

— J'avoue que je suis plutôt inquiète pour Skip. Il voudra peut-être nous accompagner, dit-elle en soupirant. Il ne s'en remettra jamais, j'en ai bien peur. »

Plus tôt ce matin-là

9

Une énorme vague s'abattit sur Mrs Hopkins. Elle reprit conscience quand les eaux tourbillonnantes l'emportèrent comme un train entraîne ses passagers à grande vitesse. Terrifiée, elle cria à l'aide et manqua de s'étouffer en buvant la tasse. Qu'est-ce qui m'arrive ? pensa-t-elle en agitant les bras avec frénésie. Je suis dans un rêve ? Je vais me noyer ? La mer, son amie de toujours, se retournait à présent contre elle. Bats-toi ! se dit-elle. Rassemblant toutes ses forces, elle réussit à sortir la tête de l'eau. Elle constata avec soulagement que les flots ne l'avaient pas emportée vers le large ; la marée montait.

Elle plongea les bras dans l'eau. Ses mains frôlaient le fond sableux. La mer la porta jusqu'à la plage. Il faut que j'arrive à me lever, pensa-t-elle. La puissance de la vague s'estompa. Elle lutta pour se mettre sur ses pieds. J'ai une chance de m'en sortir, se dit-elle en courant dans l'eau comme une folle en direction des rochers. Elle aperçut un escalier à proximité. Ce n'était pas le sien. Désorientée, elle ne savait pas jusqu'où elle avait dérivé. Elle empoigna la rampe en frissonnant et monta les marches, le cœur battant à tout rompre. En haut se trouvait une maison construite plus en retrait de la plage que les autres, avec un grand jardin et sans véranda. Je vais m'évanouir, pensa-t-elle, tout en titubant vers la maison. C'est bien un homme qui regarde par la fenêtre ?

Soudain, la porte s'ouvrit. Elle s'approcha d'un pas chancelant.

« Qu'est-ce que vous fabriquez ? » demanda-t-il en courant vers elle. Il la prit par la taille et l'aida à entrer. « Enfin ! Ma petite dame ! Ce n'est pas un jour à se promener sur la plage.

— Je sais… commença-t-elle. Je voulais juste…

— J'appelle une ambulance ? demanda-t-il en la guidant dans la cuisine.

— Non, ça va aller.

— Vous avez le visage bien amoché.

— Je suis tombée. Je crois que j'ai le nez cassé mais ça va. J'habite juste à côté. Je vais rentrer chez moi. »

Quel soulagement ! Cet homme se montrait si prévenant. Et il faisait bon comme dans un nid douillet. Une délicieuse odeur de café flottait dans l'air. La radio diffusait un morceau de musique classique apaisant. Elle n'avait jamais rencontré cet homme avant. Étrange. Il avait une épaisse crinière blanche, une moustache et un visage des plus doux. Je ne mérite pas ce qui se passe, se dit-elle.

« Vous avez quelqu'un à la maison pour prendre soin de vous ? » demanda-t-il.

Adele faillit éclater de rire. « Non, je vis seule. J'ai loué une maison en haut de la rue pour l'hiver. En tombant dans les escaliers, j'ai dû glisser jusqu'à la plage et après une vague m'a emportée, du moins je crois.

— Vous allez attraper une pneumonie, dit l'homme, inquiet. Il ne faut pas rester seule. Allez prendre une douche bien chaude dans la salle de bains. Je vais vous trouver des vêtements et un peignoir, ça vous réchauffera. »

Adele ne protesta pas. Quelques instants plus tard, en voyant le reflet de son visage sur le miroir de l'armoire à pharmacie, elle fut ébahie. Ses cheveux étaient plaqués sur son crâne, elle avait le visage couvert de coupures et le nez légèrement enflé. Que s'est-il passé ? se demanda-t-elle. Je descendais les marches. Comment ai-je fait mon compte pour tomber ? Elle retira ses vêtements tout trempés et enveloppa son corps ferme dans une serviette. Elle claquait des dents.

L'homme frappa à la porte qu'elle entrouvrit. « Voilà », dit-il en lui donnant un survêtement, des chaussettes et un peignoir pelucheux. « Filez sous la douche. Vous devez être gelée. Vous trouverez de la bacitracine dans la pharmacie. Vous devriez en mettre sur vos coupures. »

Adele s'exécuta, comme dans un rêve. C'était peut-être un assassin qui découpait ses victimes à la hache, mais pour l'instant, elle s'en moquait. L'eau chaude soulagea sa carcasse douloureuse. J'aurais pu y passer, songea-t-elle. J'ai dû m'assommer en tombant. Mais je n'irai pas chez le docteur. Je vais rester ici. Quelques minutes plus tard, elle arrêta l'eau, se sécha et s'habilla. Je ne peux pas faire grand-chose pour mes cheveux, se dit-elle en appliquant la bacitracine sur son visage. Puis elle rejoignit son hôte dans le confortable salon, dont les murs étaient couverts d'étagères et le sol d'un tapis coloré fait au crochet.

« Que diriez-vous d'une tasse de thé ou de café ? Un bol de soupe, peut-être ?

— Une tasse de thé, ce serait parfait. Au fait, je m'appelle Adele. Et vous ?

— Floyd. Asseyez-vous près du feu. Je vais vous préparer ça.

— Merci, dit Adele, soudain tout intimidée. Je ne voudrais pas abuser de votre temps.

— Du temps, j'en ai à revendre. Je n'ai pas eu la moindre visite depuis la mort de ma femme.

— Je suis désolée. Quand est-elle morte ?

— Il y a quatre ans. C'est son survêtement que vous portez. Il vous va très bien. »

10

Au Coussin bavard, boutique qu'elle venait d'ouvrir avec sa meilleure amie Ellen, Pippy Huegel tapotait les coussins exposés dans la vitrine. Elle avait peine à croire que, moins de cinq mois plus tôt, toutes deux vivaient dans un minuscule appartement à Boston, où leurs boulots respectifs, certes peu lucratifs, ne manquaient ni d'intérêt ni de perspectives d'évolution. Hélas, à seulement quelques jours d'intervalle, les deux amies d'enfance avaient perdu toute raison de se lever le matin.

Le restaurant de fruits de mer branché où Ellen venait juste d'être embauchée pour organiser des soirées privées avait mis la clé sous la porte. Le patron avait dépensé des millions de dollars dans la rénovation d'un entrepôt excentré et fait appel à un architecte qui avait imaginé un lieu où les clients auraient l'impression de goûter aux plaisirs de la plongée sous-marine tout en restant au sec. En fin de compte, se rendre au milieu de nulle part pour manger des plats médiocres dans une salle où de fausses algues pendouillaient du plafond et une cascade emplissait l'air d'une brume pestilentielle n'avait pas tenté grand monde.

Ellen avait eu du mal à avaler la pilule. Non seulement elle se retrouvait au chômage, mais en plus c'était son patron, celui-là même qui venait de la remercier, qui l'avait convaincue de quitter son ancien boulot de vendeuse dans un grand magasin où elle tenait le stand de maquillage et s'en sortait plutôt bien. En temps de crise, les femmes ne se privaient pas de rouge à lèvres ni de fard à paupières. Bien au contraire. S'offrir une nouvelle couleur de rouge à lèvres devenait un bon moyen de se remonter le moral sans se ruiner. Ellen avait accepté de travailler au restaurant parce que le patron lui avait assuré une ascension fulgurante dans un établissement qui deviendrait bientôt incontournable à Boston.

« Vous savez vous y prendre avec les gens », avait-il observé, le jour où il avait acheté des produits de beauté pour sa mère qui, soi-disant souffrante, ne pouvait pas faire ses courses elle-même. En réalité, cette dernière menait la grande vie en Floride, où elle n'avait nullement besoin d'aide au rayon cosmétique. Quant à lui, il écumait tous les comptoirs de maquillage de la ville – avant d'abandonner ses achats dans le coffre de sa voiture – dans le seul but de rencontrer des jolies filles et les convaincre de sortir avec lui. Mais quand il avait abordé Ellen, il cherchait avant tout une hôtesse d'accueil capable d'organiser des soirées privées pour les clients du restaurant. Drôle et pleine d'entrain, Ellen était une femme très séduisante avec ses longs cheveux méchés, ses grands yeux marron et son sens aigu de la mode. Son bagout l'avait totalement bluffé. Elle l'avait persuadé sans la moindre difficulté de dépenser trois cents dollars dans du maquillage que personne n'utiliserait jamais. Il avait décidé sur-le-champ qu'elle serait parfaite pour le poste.

Lorsqu'elle comprit que ce type était un faux-jeton, Ellen avait déjà démissionné et rejoint son équipe. Pendant un mois, ils avaient bossé d'arrache-pied pour préparer l'inauguration du restaurant qui s'était plutôt bien passée. Malgré des critiques culinaires mitigées, son patron restait optimiste. Pourtant, deux semaines plus tard, en arrivant au travail, elle avait trouvé les issues condamnées et un avis de dépôt de bilan cloué sur la porte. La nouvelle l'avait accablée. De plus, elle pouvait s'asseoir sur ses indemnités de licenciement : le gredin ne répondait même pas à ses coups de fil. Pippy avait fait son possible pour consoler son amie. Mais quelques jours plus tard, elle-même était rentrée de son boulot d'assistante dans une agence de relations publiques avec une mine de déterrée.

Ellen, allongée sur le canapé d'occasion qui avait pris l'empreinte de son corps en un rien de temps, avait la tête posée sur un coussin fantaisie orné des mots « Riche et célèbre ». « Qu'est-ce qui ne va pas ? » demanda-t-elle d'un air las, certaine qu'elle pourrait rapidement réorienter la conversation sur son triste sort.

« Je me suis fait virer, annonça Pippy en pleurnichant. Je leur ai donné trois ans de ma vie et ils m'ont envoyé un mec de la sécurité pour vérifier que j'embarquais pas de dossiers. Il m'a même escortée jusqu'à la porte. Comme s'ils avaient des infos top secret ! Avec leurs clients minables ! Ils se prennent pour l'agent de Lady Gaga ou quoi ? »

Ellen, soudain regonflée à bloc, se leva d'un bond. « Je vais nous servir un verre de vin ! »

Elles avaient vingt-cinq ans, pas de boulot, pas de petit ami et pas la moindre envie de retourner chez papa et maman. Leur bail touchait à sa fin. Il faisait un froid de canard. Bref, c'était déprimant.

« Tu sais, dit Ellen en ouvrant une bouteille de pinot noir, ce gars, Todd, il m'aimait bien. J'aurais peut-être dû lui donner sa chance. En plus, il a un bon boulot. Un jeune homme bien sous tous rapports, comme dirait ma grand-mère !

— Tu rigoles ! s'écria Pippy. Tu t'es endormie dans la voiture en allant au resto avec lui ! Ça veut dire quelque chose quand même !

— Ben, que j'étais crevée !

— Faux ! Tu cherchais à fuir. Ce n'était pas un mec pour toi. On n'a que vingt-cinq ans. On ne va pas laisser tomber nos idéaux. Du moins, pas encore.

— Mais qu'est-ce qu'on va faire ? demanda Ellen. Personne ne recrute en ce moment. »

Le téléphone sonna mais les deux amies étaient tellement déprimées qu'elles n'avaient aucune envie de répondre.

« Et si c'était une bonne nouvelle ? dit Pippy qui finit par décrocher le combiné sans fil près du canapé.

— Pfff… ça m'étonnerait », répondit Ellen en sirotant son verre de vin.

Il s'agissait en fait d'une amie à qui Pippy avait offert un coussin brodé pour son anniversaire. « Il est superchouette ! s'exclama Donna. Tu l'as acheté où ?

— Euh, en fait… Donna », bredouilla Pippy, visiblement gênée. « Je ne roule pas sur l'or en ce moment.

Ma grand-mère m'a appris la broderie il y a quelque temps. Alors j'ai décoré deux ou trois coussins, pour m'amuser.

— C'est toi qui l'as fait ? Mais c'est génial ! Combien tu prendrais pour m'en faire un autre ? J'ai une cousine qui se marie. Je suis sûre qu'un coussin avec "Suzy et Hank" et la date de leur mariage dessus, ça lui plairait vachement. Ce ne serait pas mal non plus pour ma copine qui vient de se faire larguer. Tu pourrais broder un truc rigolo du genre "Un de perdu, dix de retrouvés" ! Ça fait des super-cadeaux, c'est moi qui te le dis ! »

En raccrochant, Pippy se tourna vers Ellen, qui fixait l'écran du téléviseur. « Tu te souviens du stand de limonade qu'on tenait quand on était petites ?

— Comment je pourrais l'oublier ? La vieille sorcière en bas de la rue a appelé les flics parce qu'on n'avait pas de licence. Faut être tordue pour faire ça à des gamines de dix ans !

— Heureusement, ils ont bien aimé notre limonade et on a pu continuer. On a gagné pas mal de sous avant d'en avoir marre et de fermer boutique. »

Ellen regarda son amie avec méfiance. « Pippy, pourquoi tu reparles de ça ?

— Tant qu'il y a de la demande…

— Ah, non ! fit Ellen avec un signe de la main. Je ne me lance pas dans la vente de limonade. On a passé l'âge.

— Je pensais plutôt aux coussins, à dire vrai !

— Aux coussins ? »

Pippy montra du doigt celui sur lequel Ellen avait appuyé sa tête tout l'après-midi. « Donna adore celui que je lui ai fait. Elle trouve que ça fait des super-cadeaux. Elle vient juste de m'en commander deux. Et si on ouvrait un petit commerce ?

— Je ne sais même pas enfiler une aiguille !

— Je t'apprendrai. Et ma grand-mère pourra nous donner un coup de main si on a du mal à boucler nos commandes !

— Boucler nos commandes ? Mais qu'est-ce que tu racontes ?

— Il faut bien faire quelque chose. Tout le monde a besoin de réconfort. On peut fabriquer des coussins rigolos. Imagine, tu entres dans une pièce et tu vois un coussin avec un dicton qui te fait sourire. Un coussin qui parle, comme une vieille copine. » Elle marqua une pause. « Je sais ! s'exclama-t-elle. On n'a qu'à ouvrir un magasin pour vendre des coussins ! On l'appellera *Au Coussin bavard*. On vendra aussi des cartes et tout ce qui peut rendre les gens heureux. Et puis, la vente n'a plus aucun secret pour toi !

— C'est pour ça que je suis au chômage, je te rappelle !

— Ellen, il n'y a pas de boulot en ce moment, tu l'as dit toi-même. Faut bien tenter le coup. Des objets qui mettent du baume au cœur, c'est ce qui leur manque, aux gens !

— Ils ont besoin de coussins, les gens ?

— Oui ! Et dessus, on brodera des dictons. Ce sont eux qui choisiront !

— Et on va l'installer où, ce magasin ? Sur le trottoir, comme le stand de limonade ? »

Pippy se mit à réfléchir. « À Cape Cod !

— Quoi ? En plein hiver ?

— De toute façon, on doit quitter l'appartement dans pas longtemps. Heureusement qu'on n'a pas renouvelé le bail ! Si on s'y met tout de suite, on sera prêtes pour la haute saison. Qu'est-ce que tu en dis, Ellen ? Tu te lances avec moi ? »

Ellen regarda sa copine de toujours. « Je dois être complètement folle, mais je ne voudrais pas rater ça ! »

Le matin suivant, elles prirent la route pour Cape Cod, où le cousin de Pippy possédait une maison dans laquelle il passait tous ses étés. Il avait accepté de les loger gratuitement jusqu'au mois de juin et leur avait parlé d'une boutique inoccupée depuis plus d'un an. Elles avaient appelé le propriétaire qui leur avait fait visiter les lieux avant de signer, à contrecœur, un bail de six mois renouvelable.

Après avoir obtenu une licence de commerçant et aménagé le petit magasin avec des meubles d'occasion, elles avaient annoncé son ouverture avant Noël sur des panneaux aux quatre coins de Cape Cod. Au début, leur stock était modeste. Pippy créa un site Internet réservé à la vente en ligne. Puis, à l'approche de la Saint-Valentin, elles avaient customisé des dizaines de coussins rouges, en brodant toutes sortes de dictons sur l'amour – l'amour toujours, l'amour d'un jour, l'amour sans retour. Ellen dessina des cartes qu'elles firent reprographier à un prix imbattable. Dans la penderie de sa grand-mère, elle dénicha des robes des années 1960 ultra-sexy qu'elle étiqueta « vintage ». Elles se vendirent comme des petits pains. Leurs coussins aussi. Grâce à la Saint-Valentin, elles avaient pu se maintenir à flot. Elles comptaient bien gagner gros avec l'arrivée des touristes à partir du mois de mai. Elles se mirent à décorer des coussins aux couleurs de Cape Cod, avec des voiliers ou des messages comme « Alors, ça mord ? » ou « Quoi de neuf à Cape Cod ? ». Les filles durent bientôt passer leurs soirées à broder malgré les crampes et bosser dix-huit heures par jour – le prix à payer pour faire tourner la boutique.

Fin février, elles reçurent un coup de fil d'une journaliste qui travaillait pour un journal local. Elle voulait écrire un papier sur leur créativité, leur esprit d'entreprise et leur désir de rendre les gens heureux. Elles ne se firent pas prier.

Le lendemain, la journaliste leur rendit visite à la fermeture du magasin et leur demanda l'autorisation d'enregistrer la conversation, ce qui, naturellement, ne les gêna pas le moins du monde.

« Dites-moi d'abord comment vous avez commencé », demanda-t-elle en souriant.

Elle était loin d'imaginer ce qui allait suivre.

« Je vais vous raconter », dit Ellen, tout excitée. Puis, elle relata avec force détails et à toute vitesse les mensonges de son arnaqueur de patron qui avait bien failli détruire sa vie. « Vous imaginez ce que j'ai ressenti en voyant l'avis de dépôt de bilan sur la porte du restaurant ? Quelle ordure, ce type ! Bon, sans lui, je ne serais pas ici aujourd'hui, mais quand même… »

Pippy l'interrompit : « Vous savez, on tenait un stand de limonade quand on était petites. »

Ellen la regarda. « Mais on s'en fiche ! Dis-lui plutôt comment ton patron t'a traitée ! » s'exclama-t-elle. Puis elle se tourna vers la journaliste. « Excusez-la !

Elle est trop bien élevée ! C'est moi qui vais vous raconter ! Figurez-vous que sa boîte a fait appel à la sécurité pour lui montrer la porte quand elle s'est fait virer après trois ans de bons et loyaux services. C'était affreux. Maintenant, je vous le demande, elle a l'air dangereux ma copine, du haut de son mètre soixante ?

— Qu'est-ce qu'ils mériteraient ces gens selon vous ? demanda la journaliste.

— Mon ancien boss ? Des tonnes d'ennuis ! répondit Ellen du tac au tac. Pour commencer, j'espère bien que le maquillage va dégouliner partout dans son coffre ! »

Après le départ de la journaliste, Pippy, sachant toute l'importance d'avoir bonne presse, s'inquiéta de la façon dont elles seraient décrites dans l'article. Elle rappela à Ellen que leur créneau, c'était de rendre les gens heureux et de les encourager à être constructifs. « Il ne faudrait pas laisser penser à nos clients potentiels qu'on est aigries.

— Je ne faisais que répondre à ses questions », se défendit Ellen.

Mais il n'y avait pas de quoi s'inquiéter. L'article, intitulé *De la limonade aux coussins*, citait Ellen mot pour mot et fit sensation. Les visiteurs, de plus en plus nombreux, vinrent leur raconter les mauvais traitements que d'autres leur avaient infligés. Des sites d'information sur la Toile s'emparèrent de l'article. Tout à coup, le site du magasin fut inondé de mails provenant de gens qui avaient des histoires terribles à raconter – sur d'anciens patrons, professeurs ou entraîneurs qui avaient profité de leur autorité pour les humilier. Les commandes par mail ou par téléphone affluaient de partout, sans parler des clients qui se présentaient à la boutique.

Elles commencèrent à fabriquer des coussins qui disaient : « Je me suis fait virer et je me suis trouvé ! » Ils étaient en tête de leurs ventes. Elles durent embaucher des brodeuses pour répondre à la demande. Donner du travail à ces femmes – qui en avaient vraiment besoin – les comblait de joie. Ellen créa un groupe de soutien où les gens se réunissaient une fois par semaine autour d'un verre pour s'amuser et partager leurs expériences malheureuses – un véritable exutoire. Elle publiait des brèves sur ces réunions sur le site du magasin. Les deux amies croulaient sous les demandes d'interviews. Bref, elles avaient gagné leur pari.

Le succès fut tel que s'adapter à la croissance rapide de leur affaire tout en gardant une forme d'équilibre dans leurs vies se révéla un défi. Mais c'était toujours mieux que le chômage.

Tandis que Pippy finissait d'arranger les coussins, Ellen la rejoignit avec deux mugs de café chaud. « Avec ce temps, ils ne vont pas se bousculer au portillon aujourd'hui », dit-elle en allumant la radio.

« Et maintenant, votre flash info, commença le présentateur. La tempête a causé d'importants dégâts à Cape Cod. On apprend à l'instant qu'une femme, répondant au nom d'Adele Hopkins, aurait été emportée par le courant et… »

Ellen et Pippy se regardèrent.

« C'est pas vrai, dit Pippy. Tu te souviens quand…

— Attends ! interrompit Ellen en gesticulant. Il faut que je te dise ! Hier soir, quand tu es partie te coucher, j'ai bossé sur l'ordinateur. On a reçu un mail anonyme sur une certaine Adele Hopkins, monitrice d'aviron vraiment horrible. Il y a plein de gens sur notre site qui se défoulent sur ceux qui ont été méchants avec eux, mais là, c'était vraiment moche. Le mail m'a donné la chair de poule. Je n'ai pas pu m'empêcher de me demander s'il s'agissait de la même Adele Hopkins.

— Pourquoi tu ne m'en as pas parlé ? demanda Pippy, tout excitée.

— Tu dormais !

— Montre-moi ça ! » s'écria Pippy en entraînant Ellen dans l'arrière-boutique.

11

Cet homme aux petits soins pour elle, c'était un vrai bonheur. Adele n'en revenait pas. Suite à son divorce six mois plus tôt, elle s'était délibérément isolée. Son mari lui avait dit toutes sortes d'horreurs – entre autres, que ses amis et sa famille n'avaient jamais pu la supporter. « Alors pourquoi es-tu resté avec moi pendant dix ans ? avait-elle demandé. On n'a pas d'enfants, après tout.

— Je devais être dingue, avait-il répondu.

— Tu vois quelqu'un d'autre ?

— Si seulement ! »

Elle s'était réfugiée à Cape Cod où l'on pouvait rester à l'écart sans paraître étrange. Non pas que ce soit si simple. Avec ces deux sœurs qui vivaient dans la même rue, il y avait de quoi devenir folle. Adele n'avait aucune envie de les voir. Tout ce qu'elle voulait, c'était prendre le temps de se reconstruire et trouver un moyen de se racheter auprès des gens qu'elle avait blessés.

« Madame est servie », déclara Floyd qui effleura ses doigts en lui donnant une tasse de thé. Recroquevillée sur le canapé, elle profitait du feu de bois et de ce sentiment de paix qu'elle n'avait pas ressenti depuis ce qui lui semblait une éternité.

« Merci », répondit-elle en se laissant envahir par l'agréable chaleur qui se dégageait de la tasse.

Floyd s'installa dans le rocking-chair juste à côté. Il était à la fois bienveillant et imposant, ce qui était très plaisant. « Vous vous sentez mieux ? demanda-t-il.

— Beaucoup mieux. Mais je suis un peu dans les vapes.

— Pas très étonnant, dit-il en la regardant. Vous auriez pu vous noyer. Oui, vous noyer. »

Adele plissa les yeux. « Je sais. Je crois que je ne me rends pas bien compte. »

Floyd acquiesça. « Parlez-moi un peu de vous.

— J'aime autant qu'on parle de vous. Je suis en tête à tête avec moi-même depuis des mois. J'en ai plus qu'assez de ma petite personne ! »

Floyd éclata de rire, les yeux à demi fermés. « Ne dites pas ça ! Vous êtes une femme charmante, ça se voit !

— Racontez-moi un peu, dit Adele en buvant son thé. Votre femme doit vous manquer.

— Ma femme ?

— Oui. Quand vous avez parlé d'elle tout à l'heure, j'ai tout de suite compris que vous deviez être proches.

— Ah, oui ! Vous me perturbez, là. »

Adele esquissa un sourire. Elle commençait à se sentir mal à l'aise. « Quel genre de femme était-elle ?

— Un véritable cauchemar, répliqua-t-il d'une voix sinistre, le regard sombre. Une créature sortie tout droit de l'enfer. »

Adele essaya de dominer l'angoisse qui la gagnait. « Ce n'est pas l'impression que j'ai eue. »

Floyd ne daigna pas répondre. Une ombre passa sur son visage. Soudain, il se leva. « “Romains, compatriotes et amis, entendez-moi dans ma cause[1]", grondat-il. Ça vous dit quelque chose ?

— Il se trouve que oui », répondit Adele en essayant de se lever.

Ce n'est pas pour rien que j'ai décidé de m'isoler, songea-t-elle. Il y a des dingues partout. Il vaut mieux que je m'en aille.

« Pourquoi vous vous levez ? Vous ne voulez pas entendre la suite ? demanda-t-il, contrarié.

— Une autre fois. Il faut que je rentre.

— Pourquoi ?

— Je crois que j'ai laissé quelque chose sur le feu. »

Il s'approcha d'elle, les bras tendus.

Adele tenta se s'échapper.

« Restez ! » cria-t-il en la retenant par la taille. Il la souleva et l'entraîna au sous-sol. Elle essaya de se libérer, en vain. Il était trop fort. « Vous refusez de m'écouter réciter mon texte ? J'en reviens pas, dit-il d'une voix geignarde.

— D'accord. Je vous en prie. Posez-moi par terre. J'écouterai votre tirade. Jusqu'au dernier mot.

— Trop tard. »

Il la déposa sur une chaise, saisit un rouleau de corde accroché au mur et la ligota. Il alluma le poste de radio qui se trouvait dans un coin de la pièce et monta le volume à fond. « Voilà, dit-il, comme ça, personne vous entendra crier à l'aide. À plus tard.

— Où allez-vous ? demanda Adele, désespérée.

— À ma répétition. Au moins, là-bas, on m'écoutera. »

1. William Shakespeare, *Jules César*, acte III, scène 1. (Les notes sont de la traductrice.)

12

De retour dans la maison familiale, Regan et Jack consultèrent le répondeur – pas de message – et découvrirent avec surprise qu'il n'y avait plus personne. L'espace d'un instant, ils se prirent à espérer que leurs invitées avaient trouvé à se loger ailleurs – espoir bientôt contredit par la lecture du mot que Ginny et Fran avaient laissé sur la table de la cuisine.

Chers Regan et Jack,

Skip s'en veut tellement d'avoir laissé Mrs Hopkins sur la plage alors qu'il aurait pu la sauver (si elle n'était pas déjà morte, évidemment) qu'il s'est proposé de boucher notre fenêtre avec des planches. Étonnant, quand on sait qu'il ne peut pas nous supporter ! Nous l'accompagnons donc au magasin pour payer par Carte bleue. Comme ça, on gagnera des points de fidélité. Nous lui avons exprimé toute notre reconnaissance mais lui avons suggéré d'attendre votre retour. Nous sommes impatientes de savoir ce que vous avez découvert chez les Carpenter. Mais il faut croire que son désir de soulager sa conscience était impératif. Il nous a dit « C'est maintenant ou jamais ». Pauvre bougre ! Il est totalement effondré. Comme nous n'avons pas pu joindre le vitrier, nous avons pensé qu'il valait mieux profiter de son aide avant que la maison tombe en ruine. Du coup, nous allons acheter des planches. À très vite.

Fran et Ginny

PS : des idées pour le dîner ? Skip sera des nôtres. Nous lui avons dit que ce n'était pas le moment de rester tout seul et qu'il devrait passer la nuit ici. Nous préparerons le repas.

Regan et Jack se regardèrent.

« Le pauvre, dit Regan en s'asseyant à la table de la cuisine. Quel calme, ici ! Nous n'avons pas eu une minute de paix depuis que tu es parti au marché.

— Dire que c'était il y a tout juste quelques heures.

— Au fait, il s'est passé quelque chose ce matin. Je n'ai pas pu t'en parler. Quand j'ai ouvert les rideaux dans la chambre, je suis tombée nez à nez avec Skip, de l'autre côté de la vitre. Il a fait un bond en arrière et a prétexté qu'il vérifiait les gouttières. J'ai eu vraiment peur. C'est pour ça que je me suis précipitée dans l'entrée quand je t'ai entendu entrer.

— Ce n'est pas parce que je te manquais affreusement ? demanda Jack, les yeux pleins de malice. Regan, tu me fends le cœur.

— Très drôle. Je t'assure, Jack, la fenêtre était fermée et il y avait un vent à décorner les bœufs, mais ça m'a fait froid dans le dos.

— Je veux bien te croire.

— Quand je pense qu'en plus, les deux pies se sont fichues de moi ! Elles vont raconter ça partout, maintenant.

— Je sens que ça va me plaire ! répliqua Jack, radieux. Le Tout-Cape Cod convaincu que tu te précipites sur moi chaque fois que je passe le pas de la porte ! C'est bon pour mon image de marque ! »

Il se pencha pour l'enlacer et se lover sur son épaule.

Regan esquissa un sourire. « Tu te soucies de ton image de marque, toi ? » s'exclama-t-elle en lui ébouriffant les cheveux. « Blague à part, elles sont un peu trop démonstratives, ça me met mal à l'aise.

— Pourquoi ?

— Je suis certaine qu'elles vont réapparaître d'un coup de baguette magique.

— On ne voulait pas rester de toute façon. »

Regan poussa un soupir. « Et toutes ces cartes d'excuses, quelle tristesse ! Adele Hopkins essayait de se racheter, et voilà qu'elle meurt alors qu'on aurait pu la sauver. Je serais curieuse de savoir qui était cette femme.

— Moi aussi. Espérons que les Carpenter ne tarderont pas à rappeler. Écoute, si ça se trouve, Hopkins était une arnaqueuse professionnelle venue ici pour se repentir après avoir eu une révélation. Elle envoyait peut-être des cartes à tous ceux qu'elle a escroqués. Ou alors, elle veut se faire pardonner ses frasques de méchante petite fille qui piquait dans les tirelires de ses copines !

— Cette pauvre femme est morte, Jack.

— Je sais. Mais à mon avis, elle n'avait pas trop la cote. Ce qu'on a découvert chez les Carpenter soulève des tas de questions. En plus, ajouta-t-il en faisant un geste théâtral, elle n'a pas été très gentille avec mon père !

— Ça, c'est un mauvais point pour elle ! acquiesça Regan en souriant. Jack, je me disais… Si Hopkins cherchait à rester incognito dans son coin, quelle qu'en soit la raison, ça a dû drôlement la contrarier quand elle a compris qu'elle vivait à deux pas de Fran et Ginny.

— Tu imagines ! répondit Jack avec un petit rire. Chaque fois qu'elle prenait sa voiture, elle devait passer devant leur maison et faire mine de ne pas les voir quand elles lui faisaient coucou. »

Regan jeta un œil à la pendule murale. « J'espère que les Carpenter ne sont pas partis en week-end. Avec un peu de chance, ils pourront bientôt répondre à nos questions.

— Si c'est le cas, je propose qu'on rentre dès demain.

— On ne peut pas faire ça.

— Pourquoi ?

— Tu oublies Skip. Je m'en voudrais tellement de le laisser tomber. Et puis, j'ai comme l'impression qu'on ne va pas trouver des réponses si facilement concernant Hopkins. » Elle se leva. « On devrait faire un saut au magasin de coussins. Une aussi bonne cliente, ça ne s'oublie pas.

— Je prendrais bien le temps de déjeuner, objecta Jack. On n'a rien mangé ce matin.

— Ça, c'est parce que tu as donné mon muffin à la myrtille à Ginny.

— Elle s'est régalée, ça devrait te consoler ! » dit Jack en prenant le téléphone. « Je rappelle chez les

Carpenter pour laisser mon numéro de portable. Je ne leur ai donné que le fixe tout à l'heure. Après le répondeur m'a coupé.

— Oh, il est vexé ! dit-elle en lui pinçant la joue.

— Non, mais je trouve que ça mériterait bien une petite carte d'excuses.

— Un coussin, même ! s'exclama Regan en quittant la cuisine. Je vais chercher mon manteau, ma montre et me pomponner un peu. La journée a commencé sur les chapeaux de roue, j'ai juste eu le temps de m'habiller ce matin. »

Jack consulta de nouveau le carnet d'adresses et composa le numéro des Carpenter. À sa grande surprise, Dorie décrocha, essoufflée. « Qui que vous soyez, attendez deux secondes », lança-t-elle avant de poser le combiné. Jack la voyait d'ici : proche de la cinquantaine, les cheveux blonds coupés court et le teint hâlé à longueur d'année, Dorie était un petit bout de femme plein d'entrain. Originaire de Boston, elle venait à Cape Cod depuis toujours. Elle y passait son temps au grand air, à faire du tennis, du golf et de la natation. Après son mariage avec Dan, le couple avait pris l'habitude d'y louer une villa pour passer deux semaines chaque été.

Quelques années plus tôt, par un heureux hasard, ils avaient entendu parler d'un homme qui s'apprêtait à mettre sa maison en vente. Ce dernier, souhaitant conclure l'affaire au plus vite – afin de s'éviter un défilé de visiteurs qui passeraient leur temps à ouvrir les placards en se plaignant de ce qui ne leur convenait pas dans la maison –, en demandait un prix modéré. Cela ne l'avait pas empêché de faire une plus-value non négligeable, son bien ayant pris beaucoup de valeur au cours des nombreuses années qu'il y avait passées.

Cette chère Dorie ne se l'était pas fait dire deux fois. Munie de l'adresse de la maison, elle avait tiré Dan du terrain de golf, pris la voiture et sonné chez le propriétaire. L'audace de Dorie ne fut pas pour lui déplaire. Même si cela entamait sérieusement leur budget, Dorie et Dan – surtout Dorie – savaient que laisser passer une telle occasion serait pure folie. Une maison en bord de mer à si bon prix, c'était exceptionnel. Ils avaient fait le grand saut et signé l'après-midi même. La mère de Jack, qui ne s'était jamais remise d'avoir refusé l'offre de leur précédent voisin, était tout de même devenue amie avec Dorie et Dan, ce qui était tout à son honneur.

« Me revoilà ! dit Dorie avec enthousiasme. Bonjour !

— Bonjour, répondit Jack. Jack Reilly à l'appareil. C'est vous, Dorie ?

— Oui ! Coucou ! Je reviens juste de l'épicerie, dit-elle en reprenant son souffle. J'avais fermé la porte d'entrée derrière moi mais un coup de vent l'a rouverte. Cette pluie, c'est affreux. Comment allez-vous ? » demanda-t-elle, soudain inquiète, Jack n'appelait sûrement pas pour lui faire la causette.

« Bien. Regan et moi sommes à Cape Cod pour le week-end, nous fêtons notre premier anniversaire de mariage…

— Vous n'avez pas choisi le meilleur moment ! » lança Dorie.

Ce n'est rien de le dire, pensa Jack. « En effet, avec ce temps… Dorie, j'ai bien peur d'avoir de mauvaises nouvelles à vous annoncer. C'est au sujet de votre locataire.

— Que se passe-t-il ? » demanda-t-elle, le cœur serré – son ciré jaune gouttait sur le sol de la cuisine.

« Ce matin, Skip, notre gardien, est descendu sur la plage pour voir si la tempête n'avait pas fait trop de dégâts… » Il l'informa ensuite du décès de Mrs Hopkins.

« Mon Dieu, non ! s'écria Dorie. Elle a été emportée ? Mais pourquoi l'a-t-il laissée sur la plage ? S'il n'était pas sûr qu'elle était morte, il aurait dû… »

Ces quelques mots firent grimacer Jack. Ce pauvre Skip n'avait pas fini d'entendre ça. « Il en est malade, vous pouvez me croire, dit Jack. Il s'en veut terriblement. Mais il était pratiquement certain qu'elle était morte.

— Pratiquement ? Elle ne pesait pas trois tonnes, Jack. Si seulement il avait essayé de la déplacer…

— Dorie, interrompit Jack, je crois qu'il était sous le choc. Elle avait le visage en sang.

— Je suis désolée. Quelle horreur. Si je ne lui avais pas loué la maison, rien de tout cela ne serait arrivé.

— Ce n'est pas votre faute. Elle a dû glisser et dévaler les escaliers. Elle voulait probablement s'assurer que son canot était bien attaché au bas de l'escalier.

— Elle avait un canot ?

— Oui.

— Je l'ignorais.

— Je l'ai vu ce matin. Apparemment, elle sortait en mer régulièrement, quel que soit le temps. »

Jack lui raconta ensuite sa visite de la maison avec Regan et les inspecteurs de police.

« Pourquoi diable envoyait-elle toutes ces cartes d'excuses ? Elle m'a paru sympathique et discrète. Je ne comprends pas. Pourquoi ce besoin de demander pardon à autant de gens ? Qu'avait-t-elle fait de si horrible ? »

Super, se dit Jack. Dorie est censée éclairer nos lanternes, pas nous bombarder de questions. « C'est justement ce qu'on se demandait. Cette culpabilité qui l'empêchait de dormir, c'était peut-être dans sa tête. On a aussi trouvé des livres de développement personnel.

— La pauvre ! dit Dorie, au bord des larmes. Elle voulait changer alors. Quels livres exactement ? Vous vous souvenez de leurs titres ?

— L'un d'entre eux s'appelait *Le Guide du savoir-vivre* ou quelque chose comme ça.

— Du savoir-vivre ? C'était totalement superflu, dans son cas ! Qu'est-ce que je vous disais ! Elle était sans doute trop critique envers elle-même. Elle n'avait rien à se faire pardonner.

— C'est difficile à dire pour l'instant. Le plus urgent, c'est d'informer sa famille. A-t-elle noté sur son dossier de location les coordonnées de la personne à contacter en cas d'urgence ?

— Son quoi ? demanda Dorie.

— Son dossier de location. Elle a bien eu des papiers à remplir à l'agence ? »

Il y eut un moment de silence.

« Dorie ?

— Nous ne sommes pas passés par une agence.

— Comment l'avez-vous rencontrée alors ?

— Ça risque de ne pas vous plaire.

— Dites toujours, répondit Jack, essayant de prendre un ton léger.

— Dan et moi avons passé un week-end à Cape Cod au mois de novembre. Le dimanche matin, nous avons pris le petit déjeuner au restaurant de Fern. Nous parlions argent. Avec nos deux enfants à l'université, on a beaucoup de frais. Dan a suggéré qu'on loue la maison au moins un mois cet été. J'ai failli m'étouffer. On s'arrange toujours au travail pour prendre des week-ends prolongés en juin et juillet et poser nos congés au mois d'août. J'en rêve toute l'année. J'ai proposé à Dan de confier la maison à une agence pour qu'ils la louent jusqu'à fin mai.

— Qu'a-t-il répondu ?

— Que j'étais folle ! Il a dit qu'avec la crise, les gens avaient déjà du mal à louer leurs maisons à la haute saison. Alors, en plein hiver ! Eh bien, vous savez quoi, Jack ? Mrs Hopkins était à la table voisine !

— Vous plaisantez !

— Absolument pas. Le hasard fait bien les choses. Du moins, c'est ce que je pensais jusqu'à maintenant. Elle nous avait entendus. Elle s'est présentée en disant qu'elle venait d'arriver à Cape Cod. Elle cherchait une maison à louer pour quelques mois, suite à son divorce. Elle avait l'air tellement gentil. Et si triste. Je vous laisse imaginer la suite. Dan n'a même pas pris le temps de finir ses pancakes – pour quelqu'un qui ne laisse jamais une miette dans son assiette ! Nous avons payé l'addition aussi sec et elle nous a suivis jusque chez nous. Elle nous a offert une jolie somme, on n'en revenait pas ! La maison est loin d'être un palace, vous le savez bien. La vue est superbe, mais il faudrait lui donner un petit coup de neuf. On espère la rénover quand on aura un peu plus d'argent. Autant dire jamais ! Bref, peu importe. Pour nous, c'est une bénédiction d'avoir trouvé cette maison en bord de mer à cet endroit, surtout au prix où on l'a payée. Quand je pense qu'aujourd'hui elle vaut dix fois plus… »

Vous feriez bien de ne plus parler de cette histoire à ma mère, pensa Jack. Elle serait capable de vous sauter à la gorge.

« … Du coup, on a fait affaire en moins de deux, comme lorsqu'on a acheté la maison. Le lendemain matin, Mrs Hopkins a fait virer vingt-cinq mille dollars sur notre compte. On était fous de joie. Les vacances approchaient. Ça nous a enlevé un sacré poids, avec toutes ces factures. Quand elle est revenue, nous lui avons donné les clés. La seule chose qu'elle a exigée, c'était de changer les serrures, ce que je peux très bien comprendre. Le serrurier était là à la première heure. »

Bizarrement, Jack connaissait déjà la réponse à sa prochaine question. « Avez-vous vérifié ses références ?

— Devant une somme pareille, qui se compliquerait la vie avec ça ?

— Vous avez raison.

— Vous trouvez ?

— Pas vraiment, non. Mais, si je peux me permettre, lui avez-vous seulement demandé ses références ?

— Cela aurait été très délicat. Ça tombait tellement bien, comme lorsque nous avons acheté. Le propriétaire a tout de suite accroché avec nous quand on a sonné chez lui à l'improviste. On a ressenti exactement la même chose avec Adele Hopkins. Elle est arrivée dans notre vie, comme ça, et on lui a fait confiance. Cette femme est morte, Jack, pas en cavale. Elle n'a rien fait de mal. Et puis, ça m'étonne qu'elle soit tombée dans les escaliers.

— Pourquoi ?

— Quand on lui a fait visiter la maison, ce qui n'a pas pris longtemps – elle n'était pas très difficile –, elle a dit être ravie à l'idée de passer du temps seule après l'épreuve de son divorce. Elle espérait que vivre au bord de la mer lui ferait du bien. Je lui ai demandé si elle avait des enfants, elle a dit non. En descendant les marches jusqu'à la plage, elle a été très prudente. Elle nous a raconté qu'une fois, elle était tombée dans des escaliers et qu'on ne l'y reprendrait pas. La façon dont elle a dit ça, je ne sais pas... Peut-être que son ex-mari en a eu assez de lui verser sa pension et qu'il l'a poussée dans l'escalier !

— Dorie, vous vous égarez. Il n'y a aucune raison de penser une chose pareille. Il fait un temps pourri, les marches sont glissantes. Elle n'aurait pas dû sortir. Comme je vous le disais tout à l'heure, il faut informer sa famille. Même si vous ne lui avez pas demandé ses références, elle vous a sûrement dit qui contacter en cas de problème. »

Nouveau silence.

« Dorie ?

— Quand on lui a remis les clés, je lui ai posé la question, sans parler d'urgence bien sûr. J'y ai mis les formes. Mais elle a tout de suite compris et a répondu sur le ton de la plaisanterie qu'elle ne comptait ni tomber malade ni mourir. Elle a ajouté que sa meilleure amie était en plein déménagement, qu'elle aurait bientôt sa nouvelle adresse et son numéro de téléphone et qu'elle nous les donnerait. Je lui passais un coup de fil tous les mois pour m'assurer que tout allait bien. La première fois, je lui ai demandé le numéro de son amie mais elle m'a dit qu'elle était en retard à un rendez-vous et qu'elle ne l'avait pas sous les yeux. Elle n'était pas très bavarde. Je n'ai pas insisté. Elle ne nous a jamais causé d'ennuis…

— Vous êtes en train de me dire que vous n'avez aucun moyen de joindre qui que ce soit ?

— J'en ai bien peur.

— Savez-vous si elle utilisait le téléphone ? Vous avez vu des numéros sur votre facture ?

— Aucun. Elle n'a passé aucun coup de fil et ne répondait que lorsque mon numéro s'affichait sur l'écran.

— On n'a pas trouvé de pièce d'identité dans la maison, mais il y a sa voiture dans le garage. Il est fermé à clé. Si je pouvais y entrer pour relever la plaque d'immatriculation, je demanderais à mes hommes de faire des recherches. »

Dorie poussa un soupir. « Nous avons un double de la clé. On arrive, dit-elle d'un ton résolu. Le temps que Dan revienne de la salle de gym.

— Soyez prudents sur la route. C'est dangereux.

— Ça m'est égal. Adele Hopkins était notre locataire. Elle nous a payés rubis sur l'ongle et voilà qu'elle est morte. Il faut qu'on sache qui était cette femme. Jack, nous tenons à vous rémunérer, vous et Regan.

— Inutile, Dorie. On veut juste rendre service. À vrai dire, Regan et moi nous apprêtions à faire un saut au magasin de coussins pour voir si quelqu'un sait quelque chose.

— Ah, très bien. Et n'oubliez pas, nous l'avons rencontrée chez Fern. Elle avait trouvé le petit déjeuner délicieux. Elle y est peut-être retournée. Fern sait tout ce qui se passe dans le coin. Mais j'y pense ! Fran et Ginny ! Si vous leur parliez…

— Oh, ça, ne vous en faites pas, c'est fait. Une branche a démoli la fenêtre de leur façade ce matin. Elles se sont pointées chez nous et ne sont pas près de s'en aller.

— Je vous plains.

— Ne m'en parlez pas.

— J'avoue que je comptais sur ces deux-là pour m'appeler si Mrs Hopkins faisait quoi que ce soit de louche. La rue est sous bonne surveillance avec elles.

— Ça, on peut le dire !

— Merci pour votre aide, Jack. Heureusement que Regan et vous êtes sur place. Je ne sais pas ce qu'on ferait sans vous. À tout à l'heure. »

Jack raccrocha. Regan, qui se tenait près de lui, avait pu suivre la conversation.

« Tu avais raison, Regan. Difficile de trouver des réponses sur cette femme. »

Regan esquissa un sourire. « En effet, mais je ne m'attendais pas à ce que le mystère reste entier. Allons-y. Quelque chose me dit que ceux qui ont croisé Mrs Hopkins à Cape Cod en sauront plus que Dorie. »

13

« On en a de la chance d'avoir trouvé ce restaurant ! C'est un endroit fantastique ! » déclara Devon tandis que sa troupe, presque au complet, s'entassait dans un minibus en sortant de *Chez Fern*. « Rien de tel qu'un bon petit déjeuner pour commencer la journée ! À partir de maintenant, on va avoir besoin de toute notre énergie !

— Mouais ! » maugréèrent ses compagnons.

Comme tout comédien qui se respecte, aucun d'entre eux n'était du matin.

Devon alluma le contact et s'engagea sur une petite route glissante. Deux kilomètres plus loin, en apercevant leur nouveau foyer – un magnifique manoir blanc perché sur une colline face à la mer, il fit un grand geste du bras. « La fortune nous sourit, déclama-t-il. D'ici peu, nous ferons notre show sur cette immense pelouse. Notre public, assis sous un chapiteau ouvert, humant l'air marin…

— Avec ce temps, ils vont adorer, commenta l'un de ses acteurs.

— Enfin, Brandon, gloussa Devon, nous fermerons les rabats. Les gens seront tellement fascinés par nous que le reste n'aura pas la moindre importance.

— Moi, ce que je préfère, c'est la maison, déclara Martha. Il m'est arrivé de jouer dans des patelins où on était logés dans des dortoirs d'école carrément insalubres.

— On est tous passés par là ! » dit Annie, l'ingénue de la troupe. Elle adressa un clin d'œil conspirateur à Martha. « Vivre dans ce manoir, c'est génial, mais j'aimerais tellement mieux être chez moi.

— À qui le dis-tu ! »

Devon fit mine de s'étrangler. Il savait que ses acteurs aimaient bien le taquiner, ce qui n'était pas pour lui déplaire.

Cette compagnie de théâtre itinérant, c'était un peu comme son bébé. Au fil des années, plusieurs de ses pièces avaient trouvé un producteur, sans toutefois laisser un souvenir impérissable. Pourtant, cette année, sa dernière création avait reçu un accueil favorable à New York, lors des lectures destinées à attirer les investisseurs. Devon, tout fier, la présentait comme une comédie sur une famille dysfonctionnelle lambda qui part en week-end à la campagne. Son rêve, bien sûr, c'était d'emmener sa troupe à Broadway. Mais d'abord, il fallait faire un galop d'essai loin du temple du sixième art. Nul doute qu'en cours de route, il faudrait apporter quelques petites corrections au texte.

Devon avait réuni suffisamment d'argent pour produire sa pièce dans trois endroits différents au cours de l'été. Première étape, Cape Cod, puis les Berkshires, et pour finir, les Hamptons. Il s'était débrouillé pour trouver des coins accueillants où installer son chapiteau. Il avait auditionné des centaines d'acteurs avant de dégoter ceux qui incarneraient à la perfection les personnages qu'il avait créés – un couple d'environ quarante-cinq ans, leurs deux enfants, un garçon et une fille d'un peu plus de vingt ans, le petit ami de la demoiselle – véritable enquiquineur – et le grand-père, personnage clé de la pièce, un homme complètement cinglé qui rendait visite à sa famille.

Devon mourait d'impatience de commencer les répétitions. Le cocktail organisé le lendemain soir serait pour lui et sa troupe l'occasion de s'amuser avant de passer aux choses sérieuses et de s'adonner à leur activité préférée. Monter une pièce, c'était aller de découverte en découverte, rien n'était plus excitant. Il avait hâte de diriger les comédiens, priant pour qu'ils sachent tirer la substantifique moelle du génie qu'il avait mis dans chaque réplique.

La seule chose qui le rendait nerveux, c'était de travailler avec Floyd Wellington, celui qui jouait le grand-père. Véritable star dans le monde du théâtre, Floyd avait toujours eu des idées bien arrêtées sur les moindres aspects des pièces dans lesquelles il s'était produit.

Le convaincre de participer à une des lectures à New York relevait de l'exploit. De l'avis de tous, le rôle lui allait comme un gant. La plupart des investisseurs avaient accepté de miser sur la pièce à la seule condition qu'il soit de la partie. Comme acteur, Floyd Wellington n'avait pas son pareil : il pouvait jouer tous les registres. Sur scène, il était toujours fascinant, imprévisible, vif, quelquefois complètement dingo et, si nécessaire, charmant. Malheureusement, dans la vraie vie, il se comportait exactement de la même façon. Ce type ne pouvait pas faire le plein de sa voiture sans trouver le moyen de se mettre en scène. Après son unique participation à un blockbuster, il avait déclaré qu'il ne s'était jamais autant ennuyé. Qu'il avait perdu son temps et qu'on ne l'y reprendrait pas. Les années suivantes, il avait reçu un tas de propositions mais ça ne l'intéressait pas. Il avait pris sa décision : le seul film qui vaille, c'était sa propre vie.

S'il avait accepté de se joindre aux *Passagers du chariot de Thespis* dans leur tournée estivale, Floyd avait catégoriquement refusé de vivre avec eux, manoir ou pas.

« Voyons Floyd, je n'exigerais jamais cela de vous », avait dit Devon sur un ton servile.

Devon avait donc loué une charmante maison en bord de mer, à Cape Cod, où Floyd séjournerait seul.

Il savait que le succès de la pièce reposait sur l'acteur qui, sans conteste, serait la principale attraction du cocktail. Ceux qui l'avaient vu dans son unique film quarante ans plus tôt ou sur les planches à Broadway avaient hâte de le rencontrer.

Au volant du minibus, sur la longue allée qui menait au manoir, Devon constata avec surprise que la voiture de Floyd était déjà là. Tiens ! On ne l'attendait pas avant une bonne demi-heure, pensa-t-il. Ça ne lui ressemble pas d'être en avance.

En entrant dans la maison, il trouva Floyd dans l'immense cuisine, cloué devant le poste de télévision. Comme la plupart des gens à Cape Cod, il regardait les informations sur la tempête.

« Bonjour, Floyd ! lança Devon avec entrain. Je n'espérais pas vous voir si tôt. »

Floyd esquissa un sourire. « Je suis impatient de commencer à répéter, Devon. Je vais pouvoir me donner à fond, avec ce rôle. » Il poussa un grognement de plaisir, une lueur dans les yeux.

Ouah ! pensa Devon. Il est de bonne humeur. « Je vous sers un café ?

— Non, merci. »

Les mots « FLASH INFO » apparurent sur l'écran en grosses lettres rouges. « Une nouvelle bien triste vient de nous parvenir, annonça le présentateur. Une femme qui louait une maison sur Pond Road à Chatwich aurait été emportée par le courant. Pour votre sécurité, ne vous aventurez pas sur les plages. La mer…

— C'est affreux, déclara Foyd en se tournant vers Devon d'un air affligé. Une bien triste histoire ! Je sens que ça va m'inspirer.

— Intéressant, répondit Devon. Même sans connaître cette femme, vous pourriez vous nourrir de sa mort une fois sur les planches ? »

Floyd acquiesça gravement. « J'ai hâte d'en savoir plus sur son compte. Ça me rendra encore plus triste, ce sera d'autant plus enrichissant. » Puis il ajouta en ricanant : « Hé, Devon ! J'espère qu'elle n'avait pas l'intention de vous faire un gros chèque au cocktail de demain ! Tout est affaire de timing, comme on dit ! » Son rire tonitruant emplit la cuisine.

Et moi, j'espère qu'on poussera bientôt les portes de Broadway, pensa Devon en faisant mine de trouver la plaisanterie très drôle. On m'avait prévenu à propos de ce type. J'aurais peut-être dû écouter.

Mais il avait besoin de Floyd.

14

En pénétrant sur le parking du *Coussin bavard*, joli petit magasin situé en retrait de la route et entouré d'arbres, Jack secoua la tête. « C'est ici ? Je n'en reviens pas.

— Pourquoi ça ? » demanda Regan tandis que Jack garait la voiture près de l'entrée. « C'est l'endroit idéal pour ce genre de boutique. Le cottage est bourré de charme et tellement typique de Cape Cod. » Elle marqua un temps d'arrêt. « Qu'est-ce que tu lui reproches ? »

Jack coupa le moteur. « C'est l'endroit idéal, c'est vrai. Mais les commerçants ont toujours eu des problèmes ici.

— Quel genre de problèmes ?

— Avant, la boutique appartenait à un tailleur. Il y a travaillé pendant plus de quarante ans. Quand il est mort, sa famille a vendu. C'était il y a cinq ans environ. Il semblerait que, depuis, les locataires ne restent que quelques mois. Tu ne l'as sans doute pas remarqué, mais l'été dernier, la boutique était vide.

— Une raison particulière à tous ces changements ?

— Le nouveau bailleur a mené la vie dure aux occupants. À l'époque où c'était un marchand de glaces, il s'asseyait là pendant des heures, à leur expliquer comment attirer la clientèle. Ensuite, il demandait un sundae. À l'œil. Après il y a eu un magasin de vêtements. Quand il passait par là, il s'affalait sur la chaise réservée aux maris qui en ont plein les bottes de faire du shopping. Si une femme lui demandait ce qu'il pensait de la tenue qu'elle essayait, il se contentait de secouer la tête en faisant la grimace. Personne n'a jamais voulu renouveler son bail. C'est sans doute pour ça que c'était fermé l'année dernière. Les commerçants se donnent le mot.

— Il doit s'ennuyer, ce type. On devrait lui présenter Fran et Ginny. » Regan ouvrit la portière. « Il faut croire que les nouveaux locataires sont d'un optimisme à toute épreuve. Ou alors, ils ne sont pas du coin. »

Un tintement de clochettes se fit entendre lorsque Regan et Jack entrèrent dans le magasin.

Regan remarqua aussitôt l'un des coussins posés sur une étagère avec l'inscription : « Je me suis fait virer et je me suis trouvé ! » Jack l'aperçut également.

« Intéressant comme philosophie », murmura-t-il.

La pièce, peinte en jaune pâle, était pleine de gaieté. Sur un mur, des rangées de cartes de vœux. Sur un autre, des rayons remplis de coussins fantaisie dont les dictons ne manquaient pas de mordant. « J'ai mis mon ex à l'index ! » lut tout haut Regan avec un sourire.

Dans l'angle se trouvait une table ronde recouverte d'une nappe à fleurs avec quatre chaises. Près de l'entrée, plusieurs articles de presse encadrés étaient accrochés au mur. Regan s'en approcha pour lire les titres : *Citrons et limonade, quand le rêve de deux amies d'enfance devient réalité.*

Une jeune femme sortit précipitamment de l'arrière-boutique. « Bonjour, dit-elle gaiement. Je m'appelle Ellen. Puis-je vous aider ou souhaitez-vous simplement jeter un œil ? »

Jack lui tendit la main. « Jack Reilly. Et voici ma femme Regan. Mes parents ont une maison à Chatwich. Nous voudrions savoir si vous pouvez nous renseigner sur une femme qui a acheté une bonne douzaine de coussins dans votre boutique. Il s'agit d'Adele Hopkins. »

Ellen rougit. « Pippy, cria-t-elle, tu peux venir ? »

C'est à croire qu'elle nous prend pour des voleurs, pensa Regan. En tout cas, elle se souvient de Hopkins.

Pippy apparut sur-le-champ. C'était une femme menue, aux cheveux châtains frisés et aux traits harmonieux. À cet instant, une ride d'inquiétude barrait son front.

« Que se passe-t-il ?

— Ces gens s'intéressent à Adele Hopkins.

— Ça, alors ! On a entendu parler d'elle aux informations. C'est fou qu'elle soit morte.

— On est sous le choc, confirma Ellen. Sans vouloir être impolie, en quoi ça vous concerne ? »

Jack leur expliqua ce que Regan et lui-même faisaient dans la vie. « Quoi qu'il en soit, nous voudrions nous rendre utiles. La maison de mes parents est juste à côté de celle que louait Mrs Hopkins. Nous connaissons bien les propriétaires. »

Pippy montra la table située dans l'angle. « Asseyez-vous, je vous en prie. Je peux vous offrir un café ?

— Non, merci », répondirent Regan et Jack.

Si elles nous proposent de nous asseoir, c'est qu'elles savent quelque chose, songea Regan. « Je crois comprendre que vous avez ouvert il y a peu. Depuis quand êtes-vous installées ici ? »

Ellen leur raconta leur histoire à toute allure. « La nouvelle s'est répandue comme une traînée de poudre sur Internet grâce à ce premier article, publié il y a six semaines. On a tellement de commandes qu'on a du mal à tenir la cadence. C'est de la folie sur notre site. Des tas de gens nous écrivent pour nous parler de leur licenciement ou de ceux qui leur ont fait du mal. Ce qui nous ramène à Mrs Hopkins.

— Comment cela ? demanda Jack.

— Eh bien, la première fois que nous l'avons rencontrée, c'était en janvier. Elle est entrée pour nous demander si on vendait du papier à lettres. On lui a dit que non. Du coup, elle a commencé à regarder les cartes et les coussins. C'était avant la publication de ce fameux article, on ne faisait pas encore tous ces coussins rigolos sur le fait d'être viré, ou ce genre de trucs. Mais on en avait déjà avec des vannes sur les ex et les mecs en général. »

Pippy l'interrompit :

« Au début, on voulait vendre des cartes et des coussins amusants, histoire de réconforter les gens. La boutique marche super bien mais maintenant, notre site est devenu un défouloir pour certains internautes qui ont l'air d'en vouloir au monde entier.

— J'y viens, dit Ellen. Donc, Mrs Hopkins était là, à regarder les coussins, elle s'est tournée vers moi et a pris la défense des méchants, en disant que certains devaient avoir des regrets. Qu'ils ne savaient peut-être pas comment se rattraper. Je lui ai répondu qu'ils pouvaient envoyer une carte d'excuses. On venait justement d'en recevoir. C'était l'idée de Pippy d'en commander. Mrs Hopkins a demandé à les voir. J'en ai sorti quelques-unes et elle en a acheté quatre boîtes ! Elle a bien vu que j'étais surprise alors elle a baragouiné quelque chose, comme quoi elle connaissait quelqu'un qui saurait quoi faire avec.

— La bonne vieille excuse : "C'est pour un ami", ajouta Pippy. Ça laisse songeur, quand même. Ensuite, elle s'est renseignée sur les coussins. On lui a dit qu'on pouvait broder tout ce qu'elle voulait. Elle en a commandé douze, tous pareils – "Sans rancune ?" – et puis elle a voulu savoir si elle pourrait en avoir un rapidement. À ce moment-là, on faisait tous les coussins nous-mêmes. J'ai dit d'accord, je vais le faire ce soir. Elle est venue le récupérer le lendemain. Plus d'un mois après elle est revenue pour prendre les autres, c'était le jour où on a donné notre première interview. Elle sortait juste du magasin quand la journaliste est arrivée. Je crois que ça l'a mise mal à l'aise quand elle lui a demandé ce qu'elle avait fait broder sur ses coussins. Elle a filé en disant : "Rien de spécial."

— La journaliste nous a reposé la question, poursuivit Ellen, mais on ne lui a rien dit, ça n'aurait pas été très correct. Elle aurait pu chercher qui c'était, et franchement, qui a envie que tout le monde sache que vous demandez pardon à la terre entière ?

— J'ai dit à la journaliste que Mrs Hopkins avait choisi plusieurs modèles, expliqua Pippy d'un ton grave.

— Après ça, on ne l'a plus jamais revue », dit Ellen.

Ça ne nous aide pas beaucoup, pensa Regan. « A-t-elle parlé de…

— Attendez ! Ce n'est pas tout, lâcha Ellen.

— Je vous écoute », répondit Regan en esquissant un sourire – en voilà une autre qu'on devrait présenter à Ginny.

« Ce jour-là, dans l'après-midi, on a reçu un des coussins qu'on avait faits pour elle par la poste. Ça ne pouvait être que celui qu'elle avait récupéré en premier. Il était en lambeaux. »

Regan et Jack se penchèrent en avant.

« Y avait-il l'adresse de l'expéditeur ? demanda Regan.

— Non, rien du tout. Le colis portait le cachet de Long Branch, une ville au sud de Boston.

— Mrs Hopkins n'avait sûrement pas mis son adresse sur le paquet, fit remarquer Jack. Comment le destinataire a-t-il pu savoir où le renvoyer ?

— On coud une petite étiquette avec le nom et l'adresse du magasin sur tous nos coussins, répondit Pippy. Je travaillais dans la com avant. On n'en fait jamais trop pour vendre un produit. »

Ellen coinça une mèche de cheveux derrière son oreille. « On n'a pas pu joindre Mrs Hopkins. Elle avait payé en espèces et refusé de figurer sur notre liste de diffusion. On l'a revue le jour où la journaliste était là, et après, plus rien ! On était bien embêtées mais, d'un autre côté, quel soulagement ! Vous imaginez un peu la scène, lui rendre ce coussin en lambeaux ?

— Vous l'avez gardé ? demanda Regan.

— Bien sûr. Il est dans l'arrière-boutique.

— Si ça ne vous ennuie pas, dit Jack, il faudrait qu'on l'emporte.

— Pas de problème, répondit Pippy aussitôt. Au fait, j'allais oublier…

— Je vous écoute, dit Jack.

— Hier soir, on a reçu un de ces mails odieux dont je vous ai parlé. L'objet du message, c'était : "Adele Hopkins, l'abominable monitrice d'aviron."

— Non ! s'exclama Regan.

— Si. Ellen l'a lu hier soir. La personne qui l'a envoyé raconte qu'elle n'a jamais rencontré une femme aussi sadique et cruelle que son ancienne monitrice d'aviron, une dénommée Adele Hopkins. Elle s'acharnait sur toutes les filles qui ne sortaient pas du lot. Elle leur rendait la vie impossible. Un tyran d'un tout petit mètre soixante ! C'est ce que dit le mail. La dame a même écrit qu'elle lui aurait bien cassé son nez retroussé.

— Quelle taille faisait la femme qui vous a acheté les coussins ? demanda Regan calmement.

— Environ un mètre soixante, répondit Ellen. Elle avait les cheveux bouclés et un petit nez en trompette.

— Vous dites que ce mail était anonyme ? demanda Jack.

— Affirmatif, dit Pippy. Ellen et moi avons appris la mort de Mrs Hopkins à la radio et après, elle m'a parlé de ce message. Quand je l'ai lu, j'ai tout de suite répondu : "Ça vous intéressera peut-être de savoir qu'une certaine Adele Hopkins qui vivait à Cape Cod a trouvé la mort dans un accident terrible. Mrs Hopkins était une femme charmante. Vous devriez avoir honte." »

C'est pas vrai, pensa Regan. « Vous avez eu une réponse ?

— Pas encore. Je n'en attends pas.

— Il me faudrait aussi une copie de ce mail si ça ne vous dérange pas, dit Jack.

— Vous croyez qu'il s'agissait de Mrs Hopkins ?

— Possible. Elle avait un canot. »

Ellen et Pippy en eurent le souffle coupé.

« Si vous recevez d'autres messages la concernant, tenez-nous au courant, d'accord ? demanda Regan.

— Mais ne répondez surtout pas avant de nous en avoir parlé, ajouta Jack aussitôt.

— Ne vous inquiétez pas, dit Pippy. Et on demandera à tous nos clients s'ils savent quelque chose sur elle. On ne sait jamais.

— C'est vrai, dit Regan. On ne sait jamais. »

15

Assise pieds et poings liés sur une chaise à dossier droit des plus inconfortables, Adele était terrifiée. Elle avait essayé de desserrer les cordes à maintes reprises, en vain. Si je n'étais pas allée voir mon canot, je n'en serais pas là, se dit-elle. C'en est presque risible.

Qui c'est, ce dingue ? se demanda-t-elle. Est-il vraiment parti répéter ? Si c'est le cas, pas étonnant que je me sois laissé abuser. Il était on ne peut plus convaincant dans le rôle du voisin inquiet. Quand je pense qu'il m'a fait le coup du veuf solitaire.

En tout cas, bonjour le revirement ! Ça fait peur à voir ! Je préfère même ne pas imaginer ce dont il est capable.

Adele en avait froid dans le dos. Le sous-sol, humide et sombre, empestait le moisi. La musique, assourdissante, décuplait son angoisse.

Il est en location ou c'est chez lui, ici ? se demanda-t-elle. Moi qui étais venue à Cape Cod pour me faire oublier. On peut dire que c'est réussi, pensa-t-elle, pleine d'amertume. Qui va partir à ma recherche ? Personne ! On ne remarquera même pas que j'ai disparu, à part ces deux sœurs peut-être. Si ça se trouve, on commencera à s'inquiéter le mois prochain, quand les Carpenter voudront récupérer leur maison.

Les yeux fermés, elle se repassa le fil des événements. Elle s'était levée de bonne heure et avait pris son petit déjeuner avant de filer sous la douche et de s'habiller. Elle avait prévu d'aller récupérer son ordinateur, enfin réparé.

Elle avait peine à retenir ses larmes. Pourquoi a-t-il fallu que j'aille voir le bateau ? Avec ce vent, j'avais peur qu'il se brise en mille morceaux. Ou qu'il se détache. J'ai traversé la pelouse, descendu quelques marches, la main sur la rampe. J'ai glissé et patatras ! J'ai atterri sur la plage. La seule chose dont je me souviens ensuite, c'est de m'être retrouvée dans l'eau, ballottée par les flots…

Le morceau s'arrêta enfin. Faites qu'ils changent de registre, se dit-elle. Tout sauf cette musique de fou.

« Salut, Cape Cod ! lança une voix masculine. Ici Charles Bingley, votre animateur préféré ! Je viens de tomber sur une histoire vraiment horrible sur Twitter. Écoutez un peu. »

Merci mon Dieu, pensa Adele.

« Chères auditrices, chers auditeurs, poursuivit Charles. Une femme qui louait une maison dans le coin a été emportée par la mer. Une dénommée Adele Hopkins.

— Quoi ? s'écria Adele. Ils pensent que je me suis noyée ? Ils vont vite en besogne !

— Cette histoire est d'autant plus triste qu'apparemment, on ne sait pas grand-chose sur cette malheureuse. En tout cas, ses voisins ne la connaissaient pas du tout. Pour l'instant, le mystère reste entier.

— Ça t'étonne ! dit Adele pour elle-même, les joues inondées de larmes. Après tout, c'est ce que tu voulais.

— L'homme qui l'avait trouvée sur la plage a couru chercher de l'aide. À son retour, la mer l'avait emportée. Vous imaginez un peu ce qu'il doit ressentir ? La culpabilité qui le ronge ?

— Comment ça ? Quel homme ? hurla Adele.

— À mon avis, il s'en mord les doigts. Pas plus tard qu'hier, je plaignais cette femme qui s'était écroulée sur une toile de Monet en visitant un musée. Elle l'avait déchirée sur plus de quinze centimètres. Je me disais qu'elle devait s'en vouloir à mort. C'est vrai, maintenant, le tableau ne vaut plus un clou ! Mais là, on parle d'une vie humaine ! Cette femme est morte !

« Tiens, un nouveau message sur Twitter : on a trouvé une pile de cartes d'excuses sur la table de sa salle à manger. Visiblement, elle comptait les envoyer. Il y avait même des coussins fantaisie probablement destinés aux gens qui avaient une dent contre elle. Adele Hopkins était une âme tourmentée. Je voudrais bien savoir pourquoi. »

Adele fut terrassée par la honte. Quelle idée stupide, ces cartes ! Et qui c'est, cet homme qui m'a « trouvée » ?

Tout à coup, une lueur d'espoir l'envahit. Au fait, j'ai envoyé un de ces coussins, se dit-elle. Ça devrait aider les recherches. Puis elle fut brutalement rappelée à la réalité.

Ça ne fait aucune différence. Tout le monde me croit morte.

16

Assis dans son luxueux appartement de Boston, Reed Danforth – la cinquantaine, les cheveux grisonnants, pas mal vu de loin – avait le visage fermé et les mâchoires serrées. Il s'apprêtait à se connecter au site du *Coussin bavard*. Depuis qu'il avait appris que son ancienne employée s'était fait un nom suite à son expérience malencontreuse avec lui, il le consultait quotidiennement. Ce premier article sur le magasin d'Ellen mentionnait son nom et celui de son restaurant en lettres capitales. Et dire que c'était il y a tout juste six semaines. Depuis, nombre de ses amis – de ceux qu'il considérait comme tels – ne cessaient de se payer sa tête : quoi de plus ridicule que d'acheter du maquillage pour rencontrer des femmes ? Plusieurs investisseurs, avec qui il était sur le point de conclure, avaient brusquement fait machine arrière en découvrant quel parfait crétin il était.

« Malheureusement, quand on a compris qu'on ne ferait aucun bénéfice avec le restaurant, il nous a semblé préférable de sauver les meubles, leur avait-il expliqué. La situation n'est réjouissante pour personne, vous savez.

— De là à prétendre que votre mère était malade ! avait rétorqué l'un d'entre eux, prêt à investir dans la rénovation d'un immeuble d'appartements. C'est en dessous de tout, franchement ! »

La mère de Reed n'allait pas dire le contraire. Elle l'avait appelé de Floride à la minute où elle avait eu vent de ses frasques, grâce à un ami de son club de bridge qui passait son temps sur la Toile. « Reed, vraiment ! lui avait-elle dit. Aller raconter que j'étais malade ! Tu n'as pas eu peur de me porter la poisse ? C'est vrai que j'ai mal partout. Mes sinus me jouent des tours. Et je ne parle pas de mes pieds ! Ces douleurs en fin de journée… Mais de là à dire que je ne pouvais pas sortir de chez moi ! Ce n'est pas comme ça que je vais me trouver un mari.

— Désolé, m'man.

— Tant qu'à faire, envoie-moi tout ce maquillage. Je partagerai avec mes copines.

— Je m'en suis déjà débarrassé… »

Elle lui avait raccroché au nez.

Il ne gardait pas un très bon souvenir du jour où Ellen s'était garée à côté de lui dans le parking du restaurant, tandis qu'il fouillait dans sa boîte à gants. Avant même qu'il puisse sortir de sa voiture, elle avait découvert, médusée, le contenu du coffre resté ouvert.

« Elle fait du trafic de rouge à lèvres, votre mère ? avait-elle plaisanté.

— C'est pour la drague ! avait-il dit d'un ton enjoué en haussant les épaules. Je ne décroche pas le moindre rancard sur les sites de rencontres !

— Pour la drague ? Vous me faites marcher ? » avait-elle répondu, incrédule.

Peu après, Reed avait dû mettre la clé sous la porte et les choses n'avaient fait qu'empirer. L'article sur Ellen, qu'on voyait partout sur Internet, avait fini de l'achever.

Je déteste la Toile, songeait Reed en tapant l'adresse du site du *Coussin bavard*. Impossible d'avoir une vie privée de nos jours. Si je bossais encore pour Sweetsville, rien de tout ça ne serait arrivé. Je leur ai donné mes plus belles années.

Sweetsville, entreprise implantée sur tout le territoire américain, vendait des glaces. Grâce à son poste de cadre supérieur, Reed y gagnait assez d'argent pour mener la grande vie, malgré la pension alimentaire qu'il versait à son ex-femme le premier de chaque mois. Mais, du jour au lendemain, son patron l'avait licencié. La boîte allait devoir se passer de ses services. « Nos glaces sont délicieuses, lui avait-il dit, mais elles ne font plus recette. Tout le monde est au régime. »

Non sans ironie, Reed avait subi le même sort que tous les gens qui envoyaient des mails sur le site du *Coussin bavard*.

Après des années de bons et loyaux services chez Sweetsville, où il espérait finir sa carrière, il n'avait pas retrouvé de travail. Il décida d'ouvrir un restaurant, choix pour le moins mal avisé. Sa sœur aînée et quelques amis, tous plus riches les uns que les autres, étaient prêts à investir dans son projet. Il s'attela à la tâche entre ses nombreuses allées et venues aux rayons cosmétiques des grands magasins de la ville. Une fois la rénovation achevée et les aquariums géants livrés, il recruta le personnel.

Entre les dettes et les mauvaises critiques, le restaurant s'était effondré en un rien de temps. J'aurais dû prévenir Ellen qu'on allait fermer, se dit-il pour la énième fois. Pourquoi je ne l'ai pas rappelée ? À l'époque, sa vie se résumait à un grand écart permanent entre des investisseurs furieux et une femme merveilleuse qui l'entourait de mille attentions. Il l'avait rencontrée trois semaines avant l'ouverture du restaurant, sans même lui faire le coup du maquillage. Ils s'étaient bousculés dans la rue et avaient littéralement craqué l'un pour l'autre. Reed avait fini par se convaincre que le fait qu'elle soit belle, riche et de dix ans sa cadette n'avait rien à voir là-dedans.

Ces trois premières semaines avaient été tout simplement magiques. Accaparé par le lancement du restaurant, il s'échappait dès qu'il le pouvait pour la rejoindre. En raison d'un voyage d'affaires qu'elle ne pouvait annuler, Olivia n'avait pas assisté à la soirée d'inauguration. Ensuite, elle avait rendu visite à son père qui était souffrant, si bien qu'à son retour, le restaurant était déjà en cessation d'activité. L'idée qu'elle le prenne pour un loser le rendait malade, mais elle s'était montrée compréhensive et bienveillante. Cette femme exceptionnelle dans sa vie, c'était à peine croyable. Quand Ellen avait révélé au monde entier ce qu'il lui avait fait et sa façon de draguer les filles, il était certain qu'Olivia prendrait ses jambes à son cou. À sa grande surprise, elle avait été adorable.

« Le coup du maquillage, c'était avant de me rencontrer, lui avait-elle dit. Je m'en fiche. Je suis bien contente que ça n'ait pas marché ! Quant à cette Ellen, c'est sûr, tu aurais dû l'appeler et t'excuser pour le restaurant, mais tu allais tellement mal. On fait tous des erreurs. Nous deux, c'est pour la vie. On le sait depuis le premier jour. Pas vrai, chéri ?

— Oui », avait-il dit avant de l'embrasser.

Mais, en son for intérieur, il se repassait une scène qu'Olivia ne lui pardonnerait jamais. Heureusement, Ellen n'y avait jamais fait allusion dans ses interviews. Du moins, pas encore.

Il parcourut le site rapidement. Ellen et Pippy y déploraient la mort d'une cliente emportée par la mer dans la tempête qui balayait la côte.

Ouf ! se dit-il. Je suis tranquille pour aujourd'hui.

Il se connecta ensuite à la chatbox. Tous les jours à midi, Ellen ou Pippy passaient une demi-heure sur leur ordinateur à discuter en direct avec des internautes de plus en plus nombreux. Questions et commentaires venaient des quatre coins du pays. Quand je pense que tout ça, c'est grâce à moi, se dit Reed. Nombreux étaient ceux qui venaient dialoguer pour décharger leur colère. Certains organisaient des petites réunions dans leur ville ; d'autres avaient même rencontré l'âme sœur sur le site. Ça marche du tonnerre, leur affaire ! Pourquoi ça n'arrive qu'aux autres ? se demanda-t-il.

Reed ne tarda pas à se rendre compte que la discussion du jour avait pris un tour inhabituel. Ellen disait avoir lu un article sur l'émergence des sites de pardon. Les gens y présentaient leurs excuses – pour des erreurs parfois très lointaines – en espérant que ceux qu'ils avaient blessés et qu'ils ne pouvaient pas contacter liraient leurs regrets sur la Toile et leur accorderaient leur pardon. « Parmi vous, y a-t-il des gens qui seraient prêts à accepter des excuses de ce genre ? demandait Ellen.

— Peut-être. Mais seulement si la personne a l'air vraiment sincère » fut la première réponse.

Quelqu'un d'autre pensait que la Toile, espace public, n'était pas le lieu. « Qui donc voudrait que tout le monde sache qu'untel est désolé de l'avoir traité de pou à l'école primaire ? »

Reed fut tout retourné en lisant la réponse suivante. « Et puis quoi, encore ? Il y a quelques années, mon patron m'a sauté dessus dans son bureau un soir où on travaillait tard. À l'époque, personne ne portait plainte pour ce genre de trucs. Il a essayé de m'embrasser, et je peux vous dire que c'était vraiment répugnant ! La beauté ne fait pas tout, certes, mais ce type ressemblait carrément à un troll. En plus, il était marié. Il n'y a pas de pardon qui tienne. Dites-nous Ellen, votre patron, l'affreux jojo au maquillage, il n'a rien tenté avec vous ? Vous êtes tellement jolie. Je suis sûre que c'est son genre ! »

Reed attendit, tétanisé, la réponse d'Ellen.

« En plein dans le mille !

— Racontez-nous ! répondit la femme.

— Le jour de l'ouverture du restaurant, il m'a fait du gringue en sirotant son champagne. Il m'a embrassée sur la bouche. Il savait bien, m'a-t-il dit, que je le trouvais trop vieux, mais sans ça, il n'aurait eu qu'à claquer des doigts pour que je lui tombe dans les bras.

— Comment vous avez réagi ?

— J'ai fait mine de trouver ça drôle avant de m'éclipser. Le restaurant a fermé dans la foulée. Pas plus tard que la semaine dernière, j'ai appris qu'il avait une liaison torride avec une femme qu'il a rencontrée il y a quelques semaines. Évidemment, elle n'était pas à cette fameuse soirée d'inauguration. »

Reed s'effondra sur le canapé au moment où la porte d'entrée s'ouvrait brusquement. « Coucou chéri ! s'écria Olivia. C'est moi ! Tu as passé une bonne matinée ? »

17

À la fin de la séance de chat, Ellen rejoignit Pippy dans la boutique où cette dernière encaissait l'achat d'une cliente âgée.

« Non, je ne l'ai jamais rencontrée, dit la dame en signant son reçu de carte de crédit. Mais je ne l'oublierai pas dans mes prières.

— Merci. Soyez prudente, avec cette pluie !

— Je vis à Cape Cod depuis toujours, dit-elle en agitant sa canne. Ça souffle fort mais on en a vu d'autres. » Elle marqua un temps d'arrêt avant d'ajouter : « J'étais gogo danseuse, vous savez.

— Oh, vraiment ? dit Pippy poliment.

— Eh oui, ma p'tite. Je me suis fait renvoyer la semaine dernière ! » L'octogénaire s'esclaffa tout en se dirigeant vers la porte. « Au revoir !

— Au revoir ! répondit Pippy en riant. N'hésitez pas à repasser !

— Je ferai de mon mieux ! »

Ellen s'approcha du comptoir, un large sourire aux lèvres. « J'espère bien vieillir comme elle.

— Moi aussi ! Alors, ce chat, comment ça s'est passé ?

— Bien, jusqu'à ce qu'une femme se mette à poser des questions sur Danforth.

— Quel genre de questions ?

— Elle voulait savoir s'il m'avait fait des avances.

— Aïe !

— J'ai dit la vérité, sans en faire des tonnes. De toute façon, c'était pas bien méchant. Tu te souviens, je ne l'ai pas vraiment mal pris. Enfin… jusqu'à ce que j'apprenne qu'il était déjà casé quand il m'a draguée. C'est vrai quoi ! Imagine, s'il m'avait plu. Ça confirme que ce type est un roublard. Si j'avais su qu'il avait une liaison lors de notre première interview, je ne me serais pas privée pour en parler.

— En parler ? demanda Pippy sur un ton désinvolte en s'éloignant du comptoir. Tu aurais fait bien plus que ça.

— Oui… peut-être. » Ellen poussa un profond soupir. « Je n'arrête pas de penser à Mrs Hopkins.

— J'aurais jamais cru ça de toi !

— Pippy ! Je trouve ça horrible, vraiment. Comme si tu ne le savais pas !

— Mais si, répondit Pippy doucement. Moi aussi. Un petit café ?

— Non, ça va, merci. »

Une fois dans l'arrière-boutique, Pippy qui s'apprêtait à se servir une tasse, ne put s'empêcher de s'installer devant l'ordinateur. Ça va me trotter dans la tête toute la journée, cette histoire, se dit-elle en remontant la liste des messages reçus. Trois secondes plus tard, elle sentit une bouffée d'adrénaline l'envahir. Bingo ! L'expéditeur qui avait écrit un mail à propos d'Adele Hopkins ! La réponse venait juste d'arriver.

Pippy entendit un tintement de clochettes. Oh, non ! pensa-t-elle. Pas maintenant, je voudrais lire ça avec Ellen. Hors de question d'attendre que le client s'en aille ! Retenant son souffle, elle cliqua sur le message.

Fait surprenant, l'expéditeur n'avait pas utilisé la même police de caractères que dans son dernier mail.

ÉCOUTEZ-MOI BIEN, MISS COUSSIN !

VOUS NE MANQUEZ PAS DE TOUPET D'INCITER LES GENS À PARTAGER LEURS MALHEURS SUR VOTRE SITE POUR ENSUITE ME FAIRE LA MORALE. JE SUIS NAVRÉE D'APPRENDRE QUE VOTRE CLIENTE EST MORTE. S'IL S'AGISSAIT DE LA MÊME ADELE HOPKINS, CETTE FEMME AURAIT ATTEINT DES RECORDS DE LONGÉVITÉ DIGNES DU GUINNESS : AUJOURD'HUI ELLE AURAIT AU MOINS 110 ANS. J'EN AI MOI-MÊME 87, ET JE N'OUBLIERAI JAMAIS LA FAÇON DONT ELLE HUMILIAIT TOUTES CES JEUNES FILLES, MOI COMPRISE.

NE PRENEZ PAS LA PEINE DE RÉPONDRE. SI JE VOIS VOTRE ADRESSE J'EFFACERAI VOTRE MESSAGE AUSSI VITE QUE MON ARTHRITE ME LE PERMETTRA.

IL ME TARDE DE LIRE SUR LE NET QUE VOUS AVEZ FAIT FAILLITE.

BON DÉBARRAS.

Pippy en resta bouche bée. Dire que je passe mon temps à répéter à Ellen de ne pas être trop impulsive, pensa-t-elle. J'aurais dû me calmer avant de répondre à ce mail ce matin. Si cette femme n'affabule pas, son Adele Hopkins a dû lui en faire baver.

Il faut que je raconte ça à Ellen, songea-t-elle, en priant pour que leurs clients s'en aillent rapidement. Elle prit le téléphone. En attendant, je peux toujours appeler Regan et Jack Reilly.

18

Au volant de sa vieille camionnette, Skip conduisait Fran et Ginny à House Junction, immense magasin qui vendait absolument tout ce qu'il fallait pour la maison. En raison de deux déviations dues aux inondations et d'un ralentissement suite à un accrochage impliquant plusieurs véhicules, le trajet, qui d'ordinaire se faisait en une vingtaine de minutes, prit trois quarts d'heure.

Assise entre Skip et Fran, Ginny faisait de son mieux pour ne pas se cogner à eux à la moindre irrégularité de la chaussée. Le fait qu'elle porte sa ceinture de sécurité n'y changeait rien : la camionnette n'avait visiblement ni amortisseurs ni suspension.

En sortant de la maison, Fran s'était précipitée pour ouvrir la portière côté passager en s'exclamant : « Après toi ! » Cela n'avait guère surpris Ginny. J'ai soixante-trois ans, s'était-elle dit, et c'est toujours et encore Fran qui a la meilleure place.

« C'est très aimable à vous, Skip, avait-elle déclaré. Nous vous sommes très reconnaissantes. »

Il avait marmonné quelques mots avant d'allumer l'autoradio qu'il avait aussitôt réglé sur une station de musique classique.

« Vous êtes trop gentil de changer de radio pour nous, dit Ginny en riant.

— En effet, trop gentil », ajouta Fran, regardant droit devant elle, la main droite agrippée à la poignée de plafond.

Ginny essaya de lancer la conversation à plusieurs reprises, en vain. Skip n'était visiblement pas d'humeur bavarde. Ils poursuivirent leur route cahin-caha sans dire un mot, le bruit des essuie-glaces couvrant la musique. Lorsque Skip pénétra sur le parking bondé de House Junction, Ginny frappa dans ses mains. « Nous y voilà !

— Je vais vous déposer devant l'entrée, annonça Skip. Je me garerai après. Je ne voudrais pas vous laisser sous ce déluge. »

Tous trois se raidirent, songeant à l'ironie involontaire des propos qui venaient de lui échapper.

Skip frappa le volant. « C'est Mrs Hopkins que je n'aurais pas dû laisser sous ce déluge. »

Ginny posa sa main sur son épaule. « Oh, Skip, dit-elle doucement, ne soyez pas trop dur avec vous-même. »

Il ne se donna pas la peine de répondre.

La voix d'un journaliste interrompit la musique. « À présent, votre flash info. Nous apprenons à l'instant la mort tragique d'une femme répondant au nom d'Adele Hopkins… »

Fran éteignit la radio en un clin d'œil. « Pas besoin d'écouter ça.

— Tu as raison, fit Ginny. Skip, inutile de nous déposer, nous allons chercher une place avec vous.

— Non.

— Vous n'avez pas le choix, déclara Fran.

— N'insistez pas, rétorqua Skip en arrêtant la voiture devant l'entrée. Je sais que vous vous donnez du mal pour me réconforter, mais ce qui est arrivé est arrivé. Il va bien falloir que je l'accepte. Je ne sais pas comment, ni quand, mais là tout de suite, je veux simplement garer la voiture. Alors, s'il vous plaît, allez-y. Je vous rejoins dans deux minutes.

— Bon, on vous attend à l'intérieur », dit Ginny en lui tapotant l'épaule.

19

En entrant *Chez Fern*, Regan et Jack furent accueillis à bras ouverts.

« Regardez qui voilà ! s'écria la patronne en se précipitant pour leur serrer la main. Ça fait plaisir de vous voir ! Mais quelle drôle d'idée de venir à Cape Cod par ce temps !

— Nous fêtons notre premier anniversaire de mariage dimanche, expliqua Jack, tout sourires, en enlaçant sa femme. Elle ne peut plus se passer de moi !

— Nous espérions passer un week-end tranquille, dit Regan, mais… »

Fern l'interrompit :

« Je suis au courant. Allons nous asseoir. »

Fern les guida jusqu'à la table où elle prenait ses repas tout en gardant un œil sur la porte d'entrée, s'acquittait de la paperasse, recevait ses fournisseurs et – en de telles occasions – conviait ses invités de marque à papoter en privé. Son QG en somme.

En traversant la salle pleine d'animation, Regan constata que les clients suivaient les informations à la télé. Comme on pouvait s'y attendre, la chaîne locale diffusait un reportage sur la tempête. À peine furent-ils installés qu'une serveuse au visage couvert de taches de rousseur qui devait avoir tout juste vingt ans leur proposa du café.

« Excusez-moi un instant, dit Fern. J'ai une table à vérifier. Je vous rejoins ensuite.

— La carte ? proposa la serveuse.

— Non, merci. Je crois que nous savons tous les deux ce que nous voulons. Autant commander tout de suite, si ça ne vous dérange pas. On n'a rien avalé de la journée.

— Pas de problème ! » Elle posa les menus sur la table et sortit un bloc-notes et un crayon de sa poche. « C'est parti, mon kiki ! »

Après avoir noté leur commande – un petit déjeuner classique –, elle ramassa les menus. « Je vais demander au cuisinier de vous faire ça vite ! » dit-elle en s'éloignant.

« Elle est mignonne ! » dit Regan.

Pile à ce moment, le téléphone de Jack sonna. Il regarda le numéro qui s'affichait sur l'écran. « Sûrement quelqu'un du coin… Oui, allô ? Oh, Pippy ! »

Tiens, tiens, Pippy ! pensa Regan. Si tôt ? Elle comprit l'essentiel de la conversation en écoutant Jack.

« Merci de nous tenir au courant, Pippy. À bientôt, dit-il avant de raccrocher.

— Ce n'était pas la même Adele Hopkins, hein ? demanda Regan.

— Non, pour ça, il aurait fallu qu'elle fasse drôlement plus jeune que son âge ! répondit Jack avant de lui donner les détails.

— On peut quand même essayer de joindre la femme qui a envoyé le mail. Je n'y crois pas trop, mais si ça se trouve, les deux Adele ont un lien de parenté. Après tout, adorer l'aviron, c'est peut-être dans les gènes.

— Mouais. Sauf que la nôtre se faisait appeler *Mrs* Hopkins. C'est sûrement son nom d'épouse. Donc, pas de lien de sang !

— Et nous alors ?

— Ce n'est pas faux, Regan Reilly Reilly ! »

Fern les rejoignit et s'affala sur une chaise. « Me revoilà ! Vous avez dû avoir une matinée mouvementée. C'est Skip qui a trouvé le corps de votre voisine ? »

Le pauvre, pensa Regan en frémissant.

« Oui », répondit Jack avant de tout raconter à Fern.

Cette dernière désigna l'écran de télévision derrière elle. « Ils ont fait un reportage dans la cour des Carpenter il y a une vingtaine de minutes.

— Déjà ? demanda Regan. Qu'est-ce qu'ils ont dit ?

— Rien que vous ne sachiez déjà, je pense. Le journaliste a donné dans le mélo. Il était près de l'escalier qui mène à la plage et a commencé en disant quelque chose comme : « En empruntant ces marches ce matin, Adele Hopkins était probablement loin de se douter que sa vie allait prendre fin. » Au secours !

— J'espère qu'il sera parti quand on rentrera, dit Jack.

— À votre place, je n'y compterais pas trop, répondit Fern sans détour. À mon avis, il va rester planté là, en priant pour que la mer rejette le corps. Comme ça, il sera aux premières loges. »

Regan leva les yeux au ciel.

« Au moins, avec tout ce battage, il y a une chance pour que la famille de Mrs Hopkins apprenne son décès et se manifeste. On essaie de les aider à localiser ses proches. C'est pour ça qu'on voulait vous voir d'ailleurs.

— J'ai appelé les Carpenter ce matin, poursuivit Jack. Ils ont géré la location eux-mêmes. Dorie a cherché à savoir qui contacter en cas de problème, mais Adele Hopkins ne lui a jamais donné le moindre numéro. Ils l'ont rencontrée ici, vous le saviez ? Elle les a entendus parler de leur maison et s'est présentée.

— Comment ça a pu m'échapper ? dit Fern, visiblement chagrinée.

— Incroyable, en effet ! répondit Jack sur un ton taquin. Plus sérieusement, cette femme était très discrète, mais on se disait que, si quelqu'un savait quoi que ce soit sur elle, ce serait vous. D'après Dorie, Hopkins a adoré votre petit déjeuner. Elle est peut-être revenue. Elle avait dans les soixante ans. Les cheveux gris. Un mètre soixante. Le nez retroussé. »

Fern fronça les sourcils. « Si elle était venue régulièrement depuis le mois de novembre, je l'aurais sûrement repérée. Je connaîtrais son nom. Mais si elle n'est venue que deux ou trois fois, j'ai pu la manquer. Je travaille beaucoup, mais je ne suis pas ici à longueur de journée. Je n'ai aucune idée de qui ça peut être. » Elle baissa la voix : « Bien sûr, parfois, il suffit de voir quelqu'un une fois pour s'en souvenir à vie. Ce matin, une troupe de théâtre itinérant qui vient juste d'arriver dans le coin était là pour le petit déjeuner. Le metteur en scène est d'un snob ! Et vous auriez vu ses cheveux ! Je ne suis pas près de l'oublier, celui-là – qu'il revienne ou pas !

— Une compagnie théâtrale ? demanda Regan. Où vont-ils jouer ?

— Au château de Chatwich. On les a autorisés à planter un chapiteau sur la pelouse de Memorial Day à fin juin. Ils organisent un cocktail demain soir, pour se présenter et collecter des fonds. Le m'as-tu-vu de service m'a invitée mais je crois bien que je vais me trouver un tas d'occupations ! »

La serveuse revint avec deux assiettes d'œufs, des toasts et des fruits.

« Ça a l'air bon ! dit Regan.

— En effet, ajouta Jack.

— Vous n'êtes pas au courant ? demanda Fern sur un ton théâtral. Mes toasts, je vous les fais en exclusivité mondiale ! »

Regan la regarda d'un air interrogateur.

« C'est ce type du théâtre, il m'a dit qu'ils joueraient leur pièce en exclusivité *mondiale*. Il m'a vraiment tapé sur les nerfs ! »

20

Assis dans le gigantesque salon du manoir, Devon riait aux éclats en écoutant ses acteurs lire la scène qu'ils présenteraient à l'occasion du cocktail. Pour résumer : le grand-père débarque dans la nouvelle maison de campagne de son fils et sa bru pour y passer le week-end. Son attitude est pour le moins troublante. Il est obnubilé par le cadeau qu'il vient de leur offrir – un luxueux assortiment de couteaux de cuisine ultra-tranchants qu'il a dénichés en solde. Depuis peu, il s'est mis au théâtre, ce qui réjouit toute la famille, jusque-là inquiète de le voir passer beaucoup de temps seul suite au décès de la grand-mère. Manque de chance, ils n'avaient pas prévu qu'il se mettrait à réciter les monologues de ses pièces préférées de manière totalement inopinée en brandissant le plus gros couteau de la collection pour appuyer son effet. Sa petite-fille est mortifiée. Son nouveau petit ami vient pour le week-end. Elle est convaincue que d'ici dimanche soir – dernier carat – il l'aura plaquée.

À la fin de la scène, Devon se leva d'un bond en applaudissant. « Bravo ! Bravo ! Quelle prestation ! Juste ciel ! Si vous saviez votre texte, on pourrait faire la première dès ce soir ! » s'exclama-t-il, un rien trop enthousiaste.

Les acteurs avaient un sourire jusqu'aux oreilles. Tous sauf Floyd. Il n'avait pas l'air content du tout.

Oh, non, pensa Devon. Ça ne va pas commencer. Pas dès le premier jour. Mais il est épatant dans le rôle du grand-père ! Ingérable, mais épatant ! Le jeu en vaut la chandelle… du moins, je l'espère. « Floyd, des commentaires ?

— Il me faut un couteau.

— Comment ça ? »

Floyd poussa un long soupir. « Je sais bien que demain soir, c'est seulement une lecture, et que normalement, on n'a pas d'accessoires. Mais je ne le sens pas du tout. Il me faut un gros couteau. »

Devon devina ce que les autres comédiens pensaient. Ils ne manqueraient pas de raconter partout cette première anecdote sur leur collaboration avec Floyd, connu pour ses changements d'humeur dans le monde du théâtre. « Floyd, déclara Devon le plus sincèrement du monde, la scène était parfaite. Je ne crois pas que le couteau soit nécessaire. Pendant les lectures à New York…

— Nous ne sommes pas à New York, grinça Floyd.

— Je suis au courant, dit Devon d'un ton léger. Si vous pensez être plus à l'aise avec un couteau demain soir, pas de problème. Le camion qui doit nous livrer les accessoires et le décor ne sera pas là avant la semaine prochaine, mais je peux aller vous acheter un couteau qui…

— Inutile. Il y en a un avec une lame bien luisante dans la maison que je loue, répondit Floyd sur un ton inquiétant. Je l'apporterai.

— Vous êtes sûr ? Parce que je peux toujours …
— Sûr et certain.
— Bon, dans ce cas… Je propose qu'on relise la scène.
— Je croyais qu'elle était parfaite, rétorqua Floyd. Nous avons fait un long voyage, tout le monde est fatigué. Je n'ai qu'une envie : rentrer chez moi pour me reposer.
— C'est juste. Il vaut peut-être mieux en rester là et garder une certaine spontanéité pour la lecture de demain. Bon. Floyd, on se retrouve à dix-sept heures trente pour la conférence de presse. »
Floyd acquiesça.
« Il y aura beaucoup de journalistes locaux, annonça Devon à la troupe. Le temps de répondre à leurs questions, le cocktail débutera à dix-huit heures. Et on commencera la lecture à dix-neuf heures. Espérons que la tempête se sera calmée. Bonne journée à tous. »
Les acteurs se séparèrent.
Floyd s'approcha de Devon. « Je voudrais bien un autre exemplaire du texte.
— Un autre exemplaire ?
— J'en garde toujours un près de la baignoire.
— D'accord, dit Devon en riant. Si vous le faites tomber, bonjour les dégâts ! Pas facile de bosser sur un texte tout trempé ! »
Floyd le regarda froidement.
« Il me reste une copie dans l'autre pièce. »
Trois minutes plus tard, Floyd reprit sa voiture. Une fois devant la maison, il éteignit le moteur et se précipita sous le porche. Il s'apprêtait à ouvrir la porte quand il aperçut la sonnette. Un éclair passa dans ses

yeux. La mine réjouie, il appuya dessus une première fois, avant d'être pris d'un fou rire et d'appuyer encore et encore, comme un enfant qui bout d'impatience. J'adore, pensa-t-il. Il finit par ouvrir. « Il y a quelqu'un ? » cria-t-il en abandonnant son sac dans l'entrée avant de se diriger vers l'escalier menant au sous-sol.

Le cœur battant, Adele s'était mise à hurler de toutes ses forces en entendant sonner à la porte. Mais elle avait vite compris qu'il s'agissait de Floyd. C'est un malade mental, pensa-t-elle, il prend son pied à me torturer.

Floyd descendit les marches lourdement puis alluma la lumière.

« Je vous ai manqué ? Cette musique est vraiment trop forte, vous ne trouvez pas ? » Il alla éteindre la radio. « Vous ne m'avez pas répondu. Je vous ai manqué ?

— Non », répliqua Adele avec dédain.

Floyd écarquilla les yeux.

« Et indomptable avec ça ! dit-il. J'adore ! » Il détacha Adele et se planta devant elle, le doigt levé. « Je vous préviens, dit-il en imitant la sorcière du *Magicien d'Oz*, n'essayez pas de vous échapper, ma jolie !

— Loin de moi cette idée.

— Tant mieux. Debout, maintenant ! »

Tout endolorie, Adele eut les plus grandes peines du monde à se lever.

« Montez. Je reste derrière vous », ordonna Floyd.

Adele obéit tout en se demandant comment elle allait se sortir de là. Même en prenant appui sur la rampe, chaque pas était un effort.

« Tout le monde vous croit morte. Vous le savez ?

— Oui, répondit-elle d'un ton brusque.

— Je me suis toujours dit que ce serait super d'assister à mes propres funérailles, histoire d'entendre toutes les choses sympa qu'on raconterait sur moi. S'ils organisent une messe de souvenir en votre honneur, on tâchera d'y aller en douce.

— Je doute qu'il y en ait une. »

Une fois en haut, elle eut un moment d'hésitation.

« Allez vous asseoir sur le canapé. »

Comment ai-je pu croire, ne serait-ce qu'un instant, que grâce à ce type, je ne serais plus jamais seule ? pensa Adele. Comment ai-je pu être aussi stupide ? En prenant place sur le sofa, elle remarqua que Floyd fouillait dans son sac. « Et maintenant ? demanda-t-elle.

— Vous allez m'aider à apprendre mon texte », répondit-il en lui lançant l'exemplaire que Devon lui avait confié.

Me torturer, c'est ça son plan… Je le savais, songea-t-elle.

21

En déplacement à Boston depuis deux jours, la meilleure amie de Regan, Kit, devait déjeuner avec une copine de fac avant de regagner ses pénates. Quelle barbe, ce trajet jusqu'à Hartford ! pensa-t-elle en traînant sa valise dans le hall de l'hôtel. Juste à ce moment-là, son téléphone portable se mit à sonner. Elle s'arrêta, fouilla dans son sac à main et reconnut le numéro qui s'affichait sur l'écran. « Salut, Meg !

— Kit, je suis navrée. J'ai un souci avec un dossier, je ne peux pas quitter le bureau. Tu peux rester dans les parages cet après-midi, histoire qu'on dîne ensemble pas trop tard ?

— Oh, Meg, j'ai très envie de te voir, vraiment. Mais là, je suis déjà dans le hall de l'hôtel avec ma valise. S'il faisait beau, j'irais faire les magasins. Mais avec cette pluie, je crois bien que je vais rentrer.

— Je suis vraiment désolée.

— Ce n'est pas grave. On se verra bientôt ! »

Kit raccrocha avec un haussement d'épaules. Ces deux derniers jours, elle n'avait fait que travailler et aurait volontiers passé un moment de détente entre filles. Dommage, pensa-t-elle en s'approchant du voiturier qui prit son ticket.

« Ce ne sera pas long », lui dit-il.

Au bout de vingt minutes, un employé avança la voiture de Kit. C'est ça, qu'ils appellent « pas long » ici ? songea-t-elle tandis que l'homme chargeait ses bagages dans le coffre avant de lui ouvrir la portière. Elle lui tendit son pourboire puis se mit au volant.

« Merci de votre visite et à bientôt », marmonna-t-il.

Kit boucla sa ceinture de sécurité, ajusta le rétroviseur et sortit du parking, passablement déprimée. Pas de petit ami, pas de projet pour le week-end, songea-t-elle. Regan a bien de la chance d'avoir rencontré Jack. Mon père ferait n'importe quoi pour m'aider à trouver un jules, mais de là à se faire kidnapper pour le rencontrer ! Évidemment Luke, le père de Regan, n'avait rien demandé. Il n'empêche, Jack Reilly, chef de la brigade spéciale de New York, l'avait sauvé des griffes de ses ravisseurs. Il avait tout pour plaire et, cerise sur le gâteau, portait le même nom que Regan. Kit ralentit à l'approche d'un feu rouge.

Aussitôt, le feu passa au vert. Kit appuya sur le champignon au moment où un homme s'élançait sur la chaussée, juste devant ses roues. « Crétin ! » s'écria-t-elle en pilant, manquant de l'écraser. Il traversa la route en courant. Le cœur battant, Kit accéléra de nouveau. Agressive au volant, moi ? Tu parles ! Après une journée comme celle-ci ! Qu'est-ce que je donnerais pas pour parler à Regan ! Mais bon, ce n'est pas le moment de l'appeler…

Regan et Jack étaient partis en week-end pour fêter leurs noces de coton. Avec la vie qu'ils menaient, nul doute qu'ils profitaient pleinement de cette petite escapade, loin de toute obligation. Non pas que Regan rechignerait à parler à Kit. Après tout, elles étaient inséparables, amies pour la vie.

De plus en plus démoralisée, Kit essayait de se raisonner. Je me sentirais tellement mieux si je pouvais lui parler. Non, n'appelle pas Regan. Tu la laisses tranquille, c'est son anniversaire de mariage.

Quelques minutes plus tard, elle changea d'avis. Juste un petit coup de fil ! Si elle répond, je lui souhaite un joyeux anniversaire pour dimanche, et je raccroche !

Son portable étant équipé d'un système Bluetooth, Kit sélectionna le numéro de son amie sur l'écran et attendit, les mains sur le volant.

Au bout de deux sonneries, Regan décrocha. « Salut, Kit !

— Regan ! Bonjour !

— Ça ne va pas ?

— Si, si. Je voulais juste te faire un petit coucou. Je rentre de mon voyage d'affaires à Boston.

— Comment ça s'est passé ?

— Stressant, mais bon, c'est fini. Et vous ? Pas de fuites ou de galères de ce genre, j'espère !

— Non, on est au sec ! Mais…

— Écoute, Regan, je ne veux pas te déranger, interrompit Kit. Passez un bon week-end et…

— Kit ! Pourquoi tu raccroches ? Tu ne m'as même pas laissée finir.

— Oups !

— Tu as un moment ?

— Je quitte juste la ville. J'ai tout mon temps ! »

Regan lui raconta les événements de la journée.

« Tu plaisantes ? Et ils vont passer la nuit chez vous, tous les trois ? Incroyable ! Moi qui vous croyais en amoureux !

— C'était l'idée, au départ. Et toi ? Des projets pour le week-end ?

— Pas vraiment, non. Je vais aller à la gym …

— Tu viens juste de prendre la route, tu dis ?

— Oui !

— Alors, rejoins-nous !

— Quoi ?

— Viens passer la nuit à Cape Cod ! Après ça, tu ne m'adresseras plus jamais la parole, c'est sûr ! Finie, notre amitié ! Mais viens quand même, on mangera à la bonne franquette ! »

Kit se mit à rire. Elle me connaît si bien, se dit-elle, les larmes aux yeux. « Tu es sûre ?

— Mais oui ! Tu peux peut-être nous aider à résoudre le mystère Adele Hopkins !

— Je suis une enquêtrice hors pair ! Donne-moi l'adresse exacte que je l'enregistre dans mon GPS.

— Pond Road, à Chatwich. C'est l'avant-dernière maison sur la gauche. Si on n'est pas là, bonne chance avec nos chères voisines !

— Merci ! Je filerai tôt demain. En tant que demoiselle d'honneur, je n'imaginais pas être là aussi le jour de votre premier anniversaire !

— Plus on est de fous, plus on rit ! Si tu rencontres quelqu'un de chouette sur la route, n'hésite pas à l'inviter !

— À tout à l'heure, Regan.

— Tchao ! »

Kit raccrocha. Il n'y en a pas deux comme elle, pensa-t-elle de meilleure humeur. J'ai de la chance… on ne peut pas en dire autant d'Adele Hopkins. Elle n'avait visiblement pas d'amis.

22

Pendant ce temps, Nora Reilly travaillait à son nouveau roman. À l'heure du déjeuner, elle s'était préparé un sandwich avant de retourner à son bureau pour imprimer et relire les pages qu'elle venait d'écrire tout en mangeant. Stylo en main, elle griffonnait quelques petites corrections, ayant déjà révisé son livre sur écran. Une de ses amies, libraire, lui avait fait remarquer un jour que les écrivains qui travaillaient sur ordinateur ne gardaient plus leur premier jet. D'un simple clic, ils effaçaient toute trace de la matière première. Nora lui avait répondu que pour les auteurs, c'était sûrement mieux ainsi !

Sa relecture achevée, Nora redescendit à la cuisine pour faire du thé. En attendant que l'eau chauffe, elle s'attarda devant la fenêtre. Il tombait toujours des cordes.

Quelle journée ! Je me demande si Regan et Jack ont reçu leur gâteau de mariage, songea-t-elle en souriant. Depuis un an, Nora conservait le dernier étage de leur pièce montée au congélateur. Grâce aux instructions qu'elle avait trouvées sur la Toile, elle l'avait enveloppé avec mille précautions : film alimentaire, emballage sous vide, boîte, nouvelle couche de plastique. Malgré tout, les témoignages des internautes étaient unanimes : leur gâteau avait pris un goût infect. Une femme avait même écrit que son mari et elle n'en avaient mangé qu'une bouchée avant de le jeter à la poubelle. Tant qu'ils en mangent une cuillerée, ça me va, se dit Nora, curieuse de savoir si elle n'avait pas fait tout ça pour rien tandis que la bouilloire se mettait à siffler.

C'était il y a tout juste un an, pensa-t-elle encore, en mettant son thé à infuser. Un an. Je m'en souviens comme si c'était hier. Elle poussa un long soupir avant de s'installer dans le petit salon pour regarder la vidéo de cette merveilleuse journée.

Elle ne put s'empêcher de sourire en revoyant les images : Regan se préparant avec ses demoiselles d'honneur, Regan quittant la limousine, ses témoins descendant l'allée centrale de l'église. Puis, le silence. Les yeux humides, Nora avait dû sortir son mouchoir en apercevant Regan et Luke sortir du vestibule. L'assemblée s'était levée. La marche nuptiale avait empli l'édifice tandis que son mari et sa fille – les deux êtres qu'elle aimait le plus au monde – se dirigeaient vers l'autel. Puis, en voyant Jack, rayonnant, prendre la main de Regan, elle avait donné libre cours à ses larmes. « Dieu soit loué ! » s'était-elle écriée, en s'essuyant les yeux.

« Dieu merci ! dit-elle à voix basse.

— Alors, on s'amuse ? »

Nora sursauta.

Luke, debout dans l'encadrement de la porte, avait un sourire jusqu'aux oreilles. « Je voudrais que Regan puisse voir ça ! Et je ne parle pas de la vidéo.

— Luke ! Tu exagères. » Troublée, elle tamponna ses yeux et se força à rire. « C'est tellement émouvant. Ça faisait longtemps que je ne l'avais pas regardée.

— C'est à croire que tu étais persuadée que Regan ne se marierait jamais.

— Non, tu sais très bien que c'est faux. Je ne pensais pas qu'elle trouverait un homme aussi merveilleux que Jack.

— Je vois.

— C'est la vérité !

— En tout cas, elle me doit une fière chandelle.

— Elle le sait, Luke, elle le sait ! » dit Nora en essayant de retrouver son calme. Puisque tu es là, assieds-toi quelques minutes qu'on regarde ensemble.

— J'ai faim. Je suis rentré pour manger.

— Rien que cinq minutes. S'il te plaît ! Ensuite, je te fais un sandwich, promis ! »

La sonnerie du téléphone retentit.

« Ah ! Le devoir t'appelle ! dit Luke en riant tandis que Nora décrochait.

— Allô ?

— Bonjour, Nora. Eileen Reilly à l'appareil.

— Oh, bonjour Eileen. Comment allez-vous ?

— Très bien. Et vous ?

— Bien », répondit Nora.

Luke, qui s'était réfugié dans la cuisine, se préparait un en-cas.

« C'est déjà l'anniversaire de Jack et Regan ! On ne se voit pas assez souvent. À leur retour, nous pourrions nous retrouver au restaurant tous les six, histoire de fêter ça ensemble ! Qu'en dites-vous ?

— Quelle bonne idée ! répondit Nora. Avec plaisir ! Regan et Jack doivent être tellement contents de profiter de leur week-end à Cape Cod !

— Euh… J'en conclus que vous n'avez pas eu Regan au téléphone.

— Non. Je n'espérais pas avoir de nouvelles ce week-end, à dire vrai.

— Eh bien, il se trouve que Jack m'a appelée pour … »

Eileen informa Nora des événements concernant la locataire de leurs voisins.

« … Du coup, j'ai dit à Jack que nous avions un double des clés de la maison des Carpenter. Dorie et moi avons échangé nos trousseaux, au cas où.

— Qu'ont-ils trouvé ?

— Aucune idée.

— Vraiment ? s'étonna Nora.

— Jack ne m'a pas encore rappelée. Mais il va le faire. Je ne veux pas le déranger. S'ils sont encore avec la police… »

Si Regan et Jack étaient dans ma résidence secondaire à un moment pareil, se dit Nora, je ne pourrais pas m'empêcher d'appeler toutes les cinq minutes, police ou non. « Eh bien, Eileen, j'en suis toute retournée. Cette femme qui… c'est affreux.

— En effet. Quand je pense à notre gardien, un garçon tellement adorable. Je le plains. Il est anéanti. »

Nora se rappela son professeur de littérature à l'université. Il disait que dans la vie, il n'y avait rien de plus triste – ou presque – que de se répéter : « Si seulement j'avais agi autrement… »

« Cela ne m'étonne pas. Je passerai un petit coup de fil à Regan dans l'après-midi.

— Je vous rappelle la semaine prochaine pour fixer une date pour ce dîner. »

Puis Nora rejoignit Luke dans la cuisine.

« Que s'est-il passé ? demanda-t-il. Ça va, chérie ?

— Écoute un peu ça », commença-t-elle avant de tout lui raconter. Ensuite, elle composa le numéro de Regan. « C'est à peine croyable, cette femme emportée par le courant. Quelle triste nouvelle. Je sais que tu ne veux pas que j'appelle Regan, mais là c'est différent. Il faut que je sache ... »

Luke acquiesça. Emportée par la mer, pensa-t-il. En tant que directeur de pompes funèbres, il savait combien c'était dur pour les familles lorsqu'il n'y avait ni tombe où se recueillir, ni cendres à conserver.

23

Surpris par l'arrivée précipitée d'Olivia, Reed se leva d'un bond. « Ma matinée ? Oui, très bien. Je me suis préparé pour ma réunion de cet après-midi. »

Une fois au salon, elle se jeta à son cou et l'embrassa. « On a fini de bonne heure aujourd'hui. À ton retour, on aura tout le week-end à nous. Enfin ! J'en ai plein le dos de tous ces voyages d'affaires ! »

Olivia avait rencontré Reed alors qu'elle venait d'arriver à Boston. La start-up pour laquelle elle travaillait ouvrait des succursales aux quatre coins du monde, ce qui l'obligeait à être toujours par monts et par vaux. À son grand soulagement, son patron lui avait promis que si elle s'installait à Boston, dernière étape du développement de la boîte, elle n'aurait plus à voyager autant. Elle avait donc pris ses quartiers dans un grand hôtel du centre-ville avec l'intention de chercher un appartement mais n'en avait jamais trouvé le temps. Ses déplacements, certes moins nombreux, continuaient de lui peser. Puis elle avait rencontré Reed. Le véritable coup de foudre. Il l'avait convaincue d'emménager chez lui.

Toujours ébranlé par ce qu'Ellen avait écrit à son

propos, Reed essayait de se concentrer sur Olivia. « Oui, on va passer un super week-end.

— Assieds-toi. Je ne veux pas te déranger dans ton travail. Et si je nous préparais quelque chose à manger ?

— Bonne idée. »

En réalité, il avait l'estomac barbouillé. Je vais la perdre, pensa-t-il, tandis qu'Olivia pendait son manteau en fredonnant. Il faut que je fasse quelque chose. Il passa la main dans ses cheveux, trempés de sueur.

Ellen… Elle ne pourrait pas se réjouir de sa réussite, simplement ? Pourquoi faut-il qu'elle me harcèle ? Elle ne s'arrêtera donc jamais ?

Voilà ce qu'il craignait. Qu'Ellen s'acharne sur lui, juste pour le plaisir.

Reed toucha à peine à son assiette, ce qu'Olivia ne manqua pas de remarquer.

« Tu veux autre chose ? Cette quiche n'était pas…

— Non, répondit-il en se forçant à sourire. C'est cette réunion, ça me stresse tellement.

— Ce soir, je ferai un bon petit plat, dit Olivia en débarrassant la table. Je te laisse tranquille. Je descends à la salle de gym. Quel bonheur de ne pas avoir à sortir sous la pluie ! »

Reed retourna à son ordinateur tandis qu'Olivia mettait de l'ordre dans la cuisine. Elle rejoignit ensuite la chambre. Sa présence était tellement agréable. Dix minutes plus tard, elle passa près de lui dans sa tenue de sport. « À tout à l'heure, chéri ! » Elle sortit, laissant derrière elle une traînée de parfum.

Reed resta comme paralysé par le vide que son absence laissa dans l'appartement. Il lui avait menti. Il n'avait pas de réunion. Il ne voulait pas qu'elle pense que sa carrière était au point mort.

Au bout de vingt minutes, qu'il passa à surfer sur la Toile, Olivia déboula dans le salon. Il leva le nez de l'écran.

« Reed, je viens d'avoir ma mère au téléphone ! dit-elle tout essoufflée. Elle dit que papa ne va pas bien, qu'il est au bord de la crise cardiaque. Elle l'emmène à l'hôpital. »

Reed se précipita vers elle. « Je peux faire quelque chose ? »

La voir aussi triste fendait le cœur. « Je saute dans le premier avion pour Atlanta, je n'ai pas le choix, dit-elle d'une voix étranglée, au bord des larmes. Je suis désolée pour notre week-end.

— Ne sois pas ridicule. Je viens avec toi.

— Non ! C'est pas une bonne idée. Ma mère est du genre réservé et vieux jeu. Je préfère y aller seule. Le moment est vraiment mal choisi pour faire les présentations.

— Ça fait un moment qu'on aurait dû le faire, dit-il en la prenant dans ses bras. C'est vrai qu'à Noël, je devais rendre visite à ma mère et…

— Je sais bien. Et on voulait s'échapper un peu pour la nouvelle année… on n'a pas eu le temps de rencontrer nos belles-familles. Le temps passe si vite. » Elle se mit à pleurer. « Je suis tellement inquiète pour mon père.

— Laisse-moi t'accompagner. Je prends l'avion avec toi, et après je rentre. Comme ça, tu ne seras pas seule.

— Non, vraiment. En plus, tu as ta réunion cet après-midi. J'appelle la compagnie aérienne pour réserver un billet. J'espère que la tempête ne retarde pas trop les vols.

— Laisse-moi au moins te conduire à l'aéroport.

— Non, je veux partir le plus vite possible. Concentre-toi sur ta présentation. Tu as eu ta dose de problèmes ces derniers temps… »

Tout ça, grâce à Ellen, pensa-t-il avec colère.

« J'espère que ça va marcher, ton projet, dit-elle en s'essuyant les yeux délicatement. Histoire d'avoir quelque chose à fêter. »

Reed ne pouvait pas la quitter des yeux. Elle était si belle. Et à ce moment précis, tellement vulnérable. Il prit son visage entre ses mains. « Je t'ai, toi. Crois-moi, Olie, rien ne peut me rendre plus heureux.

— C'est réciproque, tu sais. Bon, il faut que je fasse ma valise », dit-elle en allant dans la chambre.

Planté dans le salon, Reed se sentait impuissant. Il détestait la voir dans cet état. Nous sommes faits l'un pour l'autre, pensa-t-il. J'aurais déjà dû la demander en mariage. Mais je ne voulais pas paraître trop empressé. Je le ferai à son retour. Elle m'aime. Elle est restée à mes côtés quand d'autres auraient détalé. Elle est déjà désespérée à cause de son père malade. Si elle apprend ce qu'Ellen a écrit aujourd'hui…

Difficile de l'en empêcher, songea-t-il, les mâchoires serrées. Par contre, je ne vais pas rester là sans rien faire. Rira bien qui rira le dernier …

24

Tout en sortant de *Chez Fern* avec Jack, Regan tâchait d'abréger la conversation avec sa mère. « Oui, je te le promets… Oui, les voisins arrivent de Boston… Non, ils ne savent rien sur leur locataire… C'est fou, oui… Jack va demander à un collègue de faire des recherches à partir de l'immatriculation de la voiture… Je te tiens au courant, promis ! »

Ils étaient presque arrivés à Pond Road quand elle raccrocha enfin. « Jack, tu n'as pas rappelé tes parents ? Tu exagères ! Ma mère n'en revient pas !

— Je n'ai rien de nouveau à leur dire.

— Ce n'est pas la question. »

Jack esquissa un sourire. « Moi, ce qui m'étonne, c'est que Fern ne connaissait pas Hopkins. Cette femme a dû passer des mois dans sa bulle.

— Pour échapper à Ginny et Fran, ça se comprend. Mais fuir le monde au point d'éviter *Chez Fern* ! Si ces deux-là se mettent à imaginer que leur seule voisine avait des mafieux aux trousses, elles vont être dans tous leurs états. Je les entends d'ici.

— Cela dit, elles n'auraient pas tort. Pour ce qu'on en sait, Hopkins donnait peut-être dans le trafic de drogue.

— Je n'y crois pas trop. Tu oublies les cartes d'excuses qu'on a trouvées sur la table. »

Ils passèrent devant la maison des deux sœurs dont la façade était toujours couverte de plastique. « Tiens, s'étonna Jack. Ils ne sont toujours pas revenus. C'est bizarre.

— Oh non ! Regarde un peu. » Une camionnette de journaliste était garée devant chez les Carpenter. « Ça doit être le journaliste dont Fern nous a parlé.

— Dépêchons-nous de rentrer. Si la route était pavée jusqu'au bout, ce serait quand même plus simple », dit-il en ralentissant à cause des trous et des bosses dont ses parents se plaignaient depuis des années.

Le journaliste et son cameraman se trouvaient déjà sur leur propriété lorsque Jack s'engagea dans l'allée. À sa descente de voiture, il lui colla un micro sous le nez.

« Monsieur, vous vivez ici ? demanda-t-il sur ses talons.

— C'est la maison de mes parents, répondit Jack tout en se dirigeant vers la porte d'entrée avec Regan qui lui tenait la main.

— Je crois savoir que c'est leur gardien qui a laissé Adele Hopkins sur la plage. Un commentaire sur cette erreur fatale ? »

Ça, c'était la question à ne pas poser, pensa Regan en voyant Jack se raidir.

« La vie est fatale, répondit-il sèchement. Excusez-nous. » Il ouvrit la porte et emboîta le pas à Regan avant de la refermer.

Le reporter ne s'arrêta pas pour autant. « Pensez-vous qu'Hopkins était toujours en vie ? cria-t-il. La connaissiez-vous ?….

— Incroyable, grommela Jack en gagnant la cuisine. Il y a des tas de journalistes très bien dans le coin. D'où il sort celui-là ?

— Pourvu qu'il soit parti quand Skip reviendra. C'est fou le temps qu'ils mettent pour acheter une planche », dit-elle en fronçant les sourcils.

25

Floyd fonça jusqu'à sa voiture et quitta le manoir à plein gaz tandis que Devon, debout devant la porte de la cuisine, agitait la main en guise d'au revoir. Il est survolté, songea-t-il. Un bon bain bien chaud, voilà ce qu'il lui faut. Je lui en ferais couler un moi-même si j'étais sûr que ça le calme.

Devon finit par rentrer, préoccupé. À l'autre bout de la pièce, les autres acteurs l'attendaient, le visage grave. C'est pas vrai, se dit Devon. Je sens que ça ne va pas être de tout repos, cet été.

Hadley Wilder, qui tenait le rôle du père, prit les devants. « Devon, il faut qu'on discute. »

À peine Devon avait-il ouvert la bouche qu'Annie, la petite mignonne qui jouait la jeune fille, lui vola dans les plumes. « Si vous croyez que je vais rester assise à côté de Floyd pendant la lecture alors qu'il brandit un énorme couteau avec une lame "bien luisante", vous vous fourrez le doigt dans l'œil. C'est beaucoup trop dangereux. »

Brandon, son petit ami dans la pièce, la réconforta d'une tape dans le dos. « Ne t'en fais pas, Annie, ça n'arrivera pas. »

Tiens, pensa Devon, la première amourette au sein du groupe… Ils ne sont pas nombreux, ce sera sûrement la seule. Du moins, je l'espère. Quelques années auparavant, les deux vedettes d'une pièce qu'il montait dans un minuscule théâtre new-yorkais avaient mis un terme à leur courte idylle avant la fin des représentations. Heureusement, chacun rentrait chez soi après le spectacle – c'était déjà assez compliqué de se retrouver tous les soirs sur les planches. En tournée, la situation aurait viré au cauchemar. J'espère que ces deux-là ne vont pas me refaire le coup, se dit-il. « Soyez certains que…

— Donner la réplique au légendaire Floyd Wellington, c'est une opportunité en or, j'en ai bien conscience, interrompit Annie. Je sais que j'ai beaucoup à apprendre d'un acteur comme lui. Sur scène, il se donne à fond. Respect. Moi-même en tant que comédienne, je devrais me lâcher davantage, mais… il est un peu dingo ! Hors de question de risquer ma vie. Même pour travailler avec lui. »

Et travailler avec moi, ça ne compte pas ? se demanda Devon, offensé.

« Tu as raison, Annie, répondit Brandon. Jolie comme tu es, ce serait dommage qu'il t'abîme le portrait. »

Au moins, le public n'aura aucun mal à croire que ces deux-là sont fous l'un de l'autre. Au début, en tout cas, pensa Devon. Hadley enchaîna sans lui laisser le temps de dire le moindre mot :

« Devon, vous devez absolument dégoter un faux couteau pour demain. J'ai joué dans des dizaines de pièces et je n'ai jamais, jamais vu un vrai pistolet, un vrai couteau ou une vraie épée sur scène ! Vous voulez faire plaisir à Floyd. Le camion des accessoires n'est pas encore là. Tout ça, je le comprends. Mais il faut trouver une solution. »

Puis ce fut au tour de Martha. « Une amie qui jouait en Europe le mois dernier m'a raconté que pendant une scène, un acteur s'est emparé d'un couteau, qu'il pensait être un faux bien sûr, et se l'est planté dans la bouche. C'était un vrai. Quelqu'un les avait échangés ! »

Chuck, qui incarnait le fils, plissa les yeux, incrédule. « Il s'en est sorti ?

— Oui. Il a eu quelques points de suture dans la joue et a pu remonter sur scène dès le lendemain.

— J'aurais fait pareil, déclara-t-il avec arrogance, les poings serrés. Et le coupable, ils l'ont trouvé ?

— Aux dernières nouvelles, tout le monde a eu droit à un prélèvement d'ADN. Comédiens comme techniciens.

— Je vous en prie, dit Devon. Je comprends votre inquiétude. Je vous assure, je ressens exactement la même chose.

— Dans ce cas, pourquoi ne pas lui avoir interdit d'apporter un vrai couteau ? » demanda Annie.

À présent, Brandon avait la main sur son épaule.

Un jour peut-être, vous comprendrez, pensa Devon. Avec tous ces investisseurs sur le dos, je risque gros. « Comme vous pouvez le constater, il vient de partir », dit-il en tendant le doigt vers la porte. « D'abord, je vais passer un petit coup de fil pour voir si on peut nous envoyer les faux couteaux d'ici demain. Ce serait vraiment l'idéal. Floyd les a vus et n'a rien trouvé à redire. Et même si on me dit que c'est faisable, je préfère avoir un plan B. Sans ça, je ne dormirai pas tranquille. Je vais appeler les théâtres de Cape Cod, histoire de voir s'ils n'auraient pas un couteau qui ferait l'affaire. Sinon, je trouverai bien un magasin à Cape Cod ou à Boston… » Devon poussa un long soupir. Puis il redressa les épaules. « Jamais je ne l'aurais laissé vous mettre en danger avec un vrai couteau ! »

L'espace d'un instant, la troupe sembla rassurée. Jusqu'à ce que…

« Et si les accessoires n'arrivent pas à temps ? lança Chuck. Si Floyd refuse de jouer avec le couteau que vous aurez trouvé ? Qu'est-ce qui se passera, hein ?

— Dans ce cas, je le mettrai à la porte ! » aboya Devon.

Un silence pesant emplit la pièce. « Je le mettrai à la porte, répéta Devon, comme pour mieux s'en convaincre. Mais ça n'ira pas jusque-là. Floyd est un original, je vous l'accorde. Mais c'est un vrai pro. Il s'investit à cent pour cent dans ses rôles, à tel point qu'à la ville, il a tendance à se croire sur les planches. »

Annie leva les yeux au ciel. « Heureusement qu'il ne vit pas ici avec nous ! » s'exclama-t-elle, provoquant les gloussements de certains de ses partenaires.

« Mes chers amis ! déclara Devon, le sourire aux lèvres, visiblement soulagé. C'est ça, le monde du théâtre ! Une bonne dose d'imprévus, un brin de folie, mais des sensations fortes ! Ce ne sera pas toujours facile mais on va monter un spectacle fabuleux ! Maintenant, allez vous reposer, appelez vos amoureux, que sais-je ? Faites ce qu'il faut pour vous remettre d'aplomb !

— On dîne dehors ? demanda Brandon. Vous parliez d'une réservation… »

Manger, c'est le cadet de mes soucis, pensa Devon. « Oui ! J'ai trouvé un super-restaurant italien ! Retrouvons-nous ici à dix-neuf heures trente. On va s'amuser et profiter de la soirée autour d'un bon petit plat. D'ici là, j'aurai déniché un faux couteau plus vrai que nature. Même Floyd n'y verra que du feu ! »

Au bout de quelques minutes, les comédiens finirent par s'en aller. Dans la pièce adjacente à la cuisine, dont il se servait de bureau, Devon s'écroula sur une chaise. Bon, je n'ai plus le choix, pensa-t-il. Je me disais bien que ce n'était pas très malin de laisser Floyd brandir un couteau sur scène, surtout devant la presse. Les journalistes seront juste devant. Proposer une lecture au public était un risque en soi. Mais l'idée, c'était de montrer aux gens comment on s'attaque à la mise en scène d'une pièce. Avec un peu de chance, ils accrocheraient et se sentiraient associés au processus de création. Ils reviendraient avec tous leurs amis pour assister au spectacle quand les acteurs seraient fin prêts. Et s'ils détestaient la pièce dès le début ? Ils bouderaient le show et diraient partout que la pièce ne valait pas le déplacement. Rien que d'y penser, ça me rend malade ! pensa Devon. Sans parler du couteau pour Floyd. Comme si je n'avais que ça à faire.

Il prit le téléphone, déterminé à régler le problème. Il le faut ! Et si Floyd insiste pour monter sur scène avec son couteau, je jouerai le grand-père moi-même.

Et tant pis si je fais beaucoup trop jeune.

26

« Être ou ne pas être[1] », s'écria Floyd d'une voix tonitruante, en agitant un énorme couteau de cuisine dans les airs, « telle est la question ! » Il marqua une pause et frappa du pied. « Mon texte ! »

Adele lui souffla sans regarder le script. « Y a-t-il plus de noblesse…

— C'est bon. » Après un moment, il poursuivit : « Y a-t-il plus de noblesse d'âme à subir la fronde et les flèches de la fortune outrageante, ou bien à s'armer contre[2]…

— M'man, grand-père me fait vraiment flipper, dit Adele, lui donnant la réplique. Dis-lui d'arrêter.

— Adele ! cria Floyd. Ce serait trop vous demander d'y mettre un peu plus de cœur ? Comment je peux apprendre mon rôle si vous ne me donnez rien ? Rien du tout ! » Il fonça vers elle.

Il était à moins d'un mètre, le visage rouge de colère.

« Je vais tâcher de faire mieux, promit Adele, la gorge serrée. Je ne suis pas actrice.

---

1. William Shakespeare, *Hamlet*, acte III, scène 1.
2. *Ibid.*

— Et vous ne le serez jamais », hurla-t-il.

Qu'est-ce qu'il veut dire ? se demanda Adele. Que je n'obtiendrai jamais de rôle, j'espère. Elle n'était pas ligotée mais n'osait tenter de s'échapper.

« Si ça ne vous dérange pas, je ne me sens pas très bien. Je pourrais avoir du thé, s'il vous plaît ? Je n'ai pas fini ma tasse ce matin. Et j'aurais besoin d'aller aux toilettes.

— Je vois, dit-il d'un air révolté. Vous n'êtes pas à ce que vous faites.

— À quoi bon ? Vous avez dit vous-même que je ne serai jamais actrice.

— Je parle plus globalement. Quel que ce soit le domaine, quel que soit le but, on n'y arrive qu'en se donnant à fond ! »

Il faut l'interner, ce type, pensa Adele.

« Vous avez déjà travaillé ?

— Oui.

— Et vous étiez impliquée dans votre travail ?

— Oui. J'y ai mis tout mon cœur et toute mon âme. Tous les jours sans exception.

— Bien, très bien ! Donc ça vous plaisait ! Ça vous rendait heureuse ! »

Plus heureuse que vous ne le serez jamais, se dit-elle. Ce que j'ai pu être bête. « S'il vous plaît, j'ai besoin…

— Oui, oui, allez-y. La conversation ne vous passionne pas, on dirait.

— Détrompez-vous », dit-elle en se levant lentement – c'est juste que ça me rend triste, poursuivit-elle *in petto*.

« Dix minutes de pause. Mais d'abord, dites-moi ce que vous pensez de la pièce.

— C'est drôle. »

Puis elle commença à s'éloigner, le corps tout endolori. Floyd se tenait juste derrière elle.

« Drôle ? Évidemment que c'est drôle, dit-il, furieux. Qu'est-ce que vous croyez, que j'accepterais un rôle dans une comédie si elle n'était pas drôle ?

— Non, vous êtes plus malin que ça.

— Le metteur en scène me sort par les yeux, mais il va falloir faire avec.

— Je peux ? demanda-t-elle en atteignant la porte de la salle de bains.

— Faites, faites. Je ne bougerai pas d'ici », déclara-t-il en pointant le couteau vers le sol. « Alors, pas de bêtises. »

27

Aussitôt après son coup de fil avec Jack, Dorie Carpenter laissa un message sur le portable de son mari. « Dan, après ta séance de sport, rentre à la maison directement, tu veux bien ? Ne t'inquiète pas. Je t'aime. »

Elle prépara ensuite leurs bagages à toute vitesse avant d'allumer le poste de télévision. Elle découvrit avec horreur que les médias s'étaient déjà emparés du décès d'Adele Hopkins. Rien encore sur ses propriétaires – de parfaits crétins – c'est déjà ça, pensa-t-elle. Pourtant, il ne faisait aucun doute que la presse cherchait à en savoir plus. Elle rappela Jack pour lui demander s'il était possible de taire le fait qu'ils n'avaient pas la moindre information sur leur locataire.

À deux kilomètres de là, Dan quittait la salle de sport, le sourire aux lèvres. Après un entraînement intensif et un moment de détente au hammam, il avait pris une douche bien chaude. Malgré la pluie torrentielle, il flottait sur un petit nuage – endorphines obligent.

La veille au soir, en sortant du travail, Dan avait salué son patron qui, installé derrière un impressionnant bureau ancien, l'avait invité à s'asseoir un instant. Le cœur battant, il s'était exécuté.

« Dan, je suis très content de vous et je tenais à vous le dire. Vous travaillez d'arrache-pied et, plus important, vous faites preuve de jugement. En cas de problème, vous saurez prendre les bonnes décisions. Je me réjouis de vous compter parmi mes collaborateurs. Je sais que vous ne compromettrez jamais la réputation de notre agence de publicité. *McPhee & You* fêtera demain ses quatre-vingt-deux ans. Mon grand-père serait fier », déclara Mickey McPhee III en montrant derrière lui le portrait de son aïeul, qui arborait un large sourire sous de grosses moustaches.

Dan balbutia quelques mots de remerciement. L'image de marque de *McPhee & You* était un sujet épineux. L'un des concepteurs de l'agence, primé et reconnu, s'était fait prendre en train de voler l'argent de la quête à l'église. Les journaux locaux ne l'avaient pas loupé, prenant un malin plaisir à citer les slogans que cette crapule avait écrits en utilisant le mot « confiance ». « Votre grand-père était un homme brillant, répondit Dan.

— Ah ! On n'en fait plus des comme lui ! C'est pour cette raison que, le 7 avril, nous nous devons de lui rendre hommage. Tout le monde est sous pression ces derniers temps. Ma femme pense qu'on devrait s'activer et venir travailler demain, mais je ne suis pas de son avis – le 7 avril, c'est sacré ! » Il frappa dans ses mains puis se leva. « Profitez de votre journée de congé, dites une prière pour grand-père et revenez-nous plein d'ardeur lundi. D'ici là, j'espère qu'on aura signé avec Sinclair.

— J'ai hâte de travailler sur ce contrat », répondit Dan, toujours soucieux de plaire. Sinclair, grand magasin de Boston, souhaitait rafraîchir son image. « À lundi. »

Dan s'était empressé de retrouver Dorie à la maison pour lui raconter sa petite conversation avec le patron.

Il en souriait encore en montant dans sa voiture après le sport. Il glissa un disque de Bruce Springsteen dans le poste et chanta « Born to run » à tue-tête pendant les trois minutes qu'il lui fallut pour rentrer chez lui. Ceux qui le connaissaient auraient eu du mal à croire que Dan, d'un tempérament calme et plutôt timide, pouvait se lâcher ainsi. Une fois dans l'allée, il resta dans la voiture à beugler et gesticuler. Déchaîné, il martelait le volant à coups de poing quand la chanson prit fin.

Il était loin de se douter que le retour à la réalité serait si brutal. Il courut vers la porte d'entrée et eut à peine le temps de fermer son parapluie que Dorie se précipita vers lui.

« Garde ton manteau ! Qu'est-ce que tu fabriquais dans l'allée ? Tu n'as pas eu mon message ?

— Euh… », fit Dan, confus. Il passa la main dans ses cheveux bouclés d'un brun roux. « J'étais en train de…

— Oui, peu importe. On file à Cape Cod.

— À Cape Cod ? demanda-t-il, médusé.

— Oui, à Cape Cod. Les nouvelles ne sont pas très bonnes, j'en ai bien peur. Je te raconterai dans la voiture. J'ai préparé nos affaires. On peut partir tout de suite.

— Mais enfin, Dorie, dis-moi ce qui se passe.

— Jack Reilly a téléphoné. Lui et Regan sont là-bas pour le week-end. Adele Hopkins s'est noyée. »

Dan, estomaqué, ouvrait des yeux comme des soucoupes. « Comment ça, noyée ?

— Pour les détails, ce sera dans la voiture ! Il faut qu'on y aille. Jack et Regan vont nous aider à trouver d'où elle venait et qui contacter.

— Il y a forcément quelque chose dans la maison qui permettra de savoir tout ça, non ?

— Ils ont déjà fouillé la maison avec la police. Mrs Hopkins devait avoir son portefeuille sur elle. Jack veut qu'on lui ouvre le garage, on aura plus d'informations grâce à la plaque.

— Dorie ! Comment on a pu être aussi stupides ? Louer la maison à quelqu'un qu'on ne connaissait ni d'Ève ni d'Adam ! On ne lui a même pas demandé ses références ! Si mon patron apprend ça…

— Vingt-cinq mille dollars, chéri, cash. Tu te rappelles ? » Elle ramassa son sac près du porte-parapluies. « Allez, viens !

— Pourvu qu'il n'entende jamais parler de cette histoire.

— C'est passé aux infos.

— Quoi ?

— Ils racontent partout qu'elle s'est noyée et que ses voisins ne la connaissaient pas. C'est pour ça qu'il faut se dépêcher. Si les Reilly trouvent qui était Hopkins, personne ne saura qu'on a été assez bêtes pour lui louer la maison sans rien lui demander.

— On a agi sans réfléchir », s'écria Dan en suivant Dorie dans l'allée. « "Dan, vous travaillez d'arrache-pied et, plus important, vous faites preuve de jugement…" tu parles !

— Monte de l'autre côté. C'est moi qui conduis.

— Je savais que c'était une erreur. Je le savais.

— Dan, cette pauvre femme est morte ! Tu y penses un peu ?

— C'est affreux. Mais imagine qu'on découvre qu'elle avait un passé un peu louche et qu'on a mis nos voisins en danger ! De quoi on aura l'air ? »

Ils firent la route jusqu'à Cape Cod en silence.

28

Adele aperçut ses vêtements trempés sur le rebord de la baignoire. Quand je pense que j'ai mis le nez dehors pour aller récupérer mon ordinateur portable, songea-t-elle. J'étais tellement contente qu'il soit enfin réparé. Et voilà que je sors en pleine tempête, que je me mets en tête de vérifier le canot et que je finis retenue en otage par un fou furieux. Tout ça parce que des abrutis s'amusent à mettre des virus sur Internet. Beau travail, vraiment.

Adele s'approcha sans bruit de la baignoire. Avec un peu de chance, son téléphone fonctionnerait encore ; elle pourrait joindre les secours par SMS. En lettres capitales. Avec des points d'exclamation pour qu'ils sachent qu'elle ne plaisantait pas. Le numéro d'urgence recevait-il les SMS ? Elle n'en avait pas la moindre idée, mais il fallait bien tenter le coup. Tout doucement, elle ouvrit la fermeture Éclair de la poche de son manteau et y glissa la main. Ni téléphone, ni clés, ni portefeuille ! Au lieu de tout ça, elle découvrit avec horreur un bout de papier froissé sur lequel était griffonné : « Espèce d'idiote ! »

Floyd tambourina à la porte. « Pas très discret, le

coup de la fermeture Éclair ! Pour qui vous me prenez ? » cria-t-il avant d'éclater de rire. « Vous me croyez assez stupide pour vous laisser seule avec votre portable ? J'en ai une bien bonne pour vous, ma belle. Il est au fond de la baie de Cape Cod, votre téléphone ! Comme vous ! Enfin, c'est ce que tout le monde croit. »

29

À House Junction, où les clients se bousculaient, Skip dut patienter vingt minutes pour obtenir l'aide d'un vendeur au rayon menuiserie. Il commanda une planche de contreplaqué aux dimensions de la fenêtre qu'il retirerait, soigneusement emballée dans du plastique, à l'arrière du magasin. Il chercha ensuite les divers articles qui lui manquaient, Ginny et Fran ne le quittant pas d'une semelle à mesure qu'il remplissait son panier. Quand ce fut enfin leur tour à la caisse, il y eut une panne informatique.

Les récriminations des clients se firent aussitôt entendre.

« C'est Folhouse Junction qu'on devrait l'appeler ce magasin, dit Ginny.

— Je n'en peux plus », répondit Fran.

Skip, lui, regardait dans le vide.

Quelques instants plus tard, un tapotement sur un micro retentit dans les haut-parleurs, suivi d'une voix masculine. « Mesdames et messieurs, en raison d'une panne informatique, nous vous remercions de bien vouloir patienter. Le problème sera réglé dans les plus brefs délais. Nous avons déjà rencontré ce genre de panne par le passé… »

La caissière regarda Ginny et leva les yeux au ciel. « Par le passé ! Tu parles, c'était pas plus tard qu'hier !

— Combien de temps ça a pris la dernière fois ? demanda Ginny.

— Bonne nouvelle, chers clients ! Le système fonctionne de nouveau, annonça l'homme avec enthousiasme, comme s'il commentait une course de chevaux. Nous vous souhaitons une agréable journée et espérons vous revoir bientôt à House Junction… »

Le micro se mit à grésiller puis, plus rien.

« Change de disque », chuchota la caissière en scannant le premier article du panier de Skip.

Trois quarts d'heure plus tard, le trio arrivait à Pond Road avec la grande planche de bois à l'arrière du pickup bringuebalant. Aussitôt, ils aperçurent une camionnette de journalistes devant la maison des Carpenter.

« C'est pas vrai, grommela Skip en s'engageant dans l'allée de Fran et Ginny.

— Ne vous en faites pas Skip, dit Fran. On ne laissera personne vous embêter.

— Je rentrerais chez moi tout de suite si je ne vous avais pas proposé de m'occuper de votre fenêtre. Je ne vais pas me défiler mais je me sauve dès que j'ai terminé.

— Non, Skip ! » protesta Ginny tandis que tous trois descendaient de voiture.

Un reporter et un cameraman s'approchaient en courant.

« Entrons vite », ordonna Fran, les clés à la main.

Ils se précipitèrent à l'intérieur et fermèrent la porte derrière eux au moment où les Carpenter passaient devant la maison dans leur vieille décapotable. Ginny jeta un œil dehors, à travers le plastique qui couvrait la fenêtre. Le journaliste avait fait demi-tour et courait après la voiture des Carpenter. « Regardez, Skip ! La voie est libre !

— Pour le moment, dit-il en ressortant. Mais ça ne va pas durer. »

30

Ellen tâchait d'être patiente, mais les clientes qu'elle conseillait étaient là depuis des siècles. La jeune femme, accompagnée de sa mère, s'était mis en tête d'offrir un coussin à chacune de ses huit demoiselles d'honneur. Âgée de vingt-deux ou vingt-trois ans, vêtue d'un manteau Burberry, la future mariée était du genre obsessionnel, à vouloir tout régler dans les moindres détails pour que le grand jour soit parfait. Elle passerait le reste de sa vie à se lamenter sur ce qui n'avait pas marché selon ses plans.

Le mariage n'aurait lieu qu'au mois d'août mais elle tenait absolument à commander les coussins maintenant. « Dessus, je voudrais quelque chose en rapport avec l'amitié. Mais j'ai des rapports différents avec chacune de mes demoiselles d'honneur. Nancy, je la connais depuis la maternelle. Carin, je l'ai rencontrée sur les bancs de l'université et Lindsey, au boulot il y a quelques années. On a tout de suite accroché. Il faut quelque chose de spécial pour chaque coussin. Je ne sais pas quoi faire, je suis désolée.

— Vous n'êtes pas obligée de vous décider aujourd'hui, répondit Ellen. J'ai une idée ! Commencez par trouver leurs couleurs préférées ! Ensuite, réfléchissez à des citations sur l'amitié, faites votre choix et tenez-nous au courant. Le mariage est dans quatre mois, dit-elle avec un large sourire, on a tout le temps !

— Je les connais, leurs couleurs préférées, répondit la jeune femme, médusée. Sinon, on ne serait pas copines.

— Que je suis bête ! fit Ellen avec un rire qui sonnait faux.

— Le problème, c'est que l'une d'entre elles a deux couleurs préférées, et une autre, trois. » On aurait dit qu'elle portait le poids du monde sur ses épaules. « Il faut que je règle ça aujourd'hui. »

Au bout de trois quarts d'heure de tergiversations, la future mariée raya le dernier nom sur sa liste, la commande enfin terminée. « Ce sera prêt dans deux semaines, c'est bien ça ?

— Oui. »

La jeune femme sortit un livre intitulé *Préparez votre mariage* de son porte-documents en cuir souple. Un véritable plan de bataille ! Les lèvres pincées, elle nota quelques mots au 21 avril et poussa un long soupir. « Il y a tellement de choses à prévoir. Quel stress ! Je veux que tout soit parfait.

— Ne t'en fais pas, ma chérie. Tout sera *parfait* », dit sa mère.

Une fois les clientes parties, Ellen rejoignit Pippy dans l'arrière-boutique. « Oh là là ! Si un jour il me prend l'envie de me marier, ce sera sans chichis, c'est moi qui te le dis ! » Elle se servit une tasse de café puis, en se tournant, remarqua que Pippy fronçait les sourcils. « Qu'est-ce qui ne va pas, Pippy ?

— Lis ça, répondit son amie en lui tendant le mail qu'elle avait imprimé. Tu en as mis du temps. Je n'en pouvais plus de t'attendre. »

Ellen parcourut le message vibrant de colère de la femme qui avait connu une Adele Hopkins, monitrice d'aviron. « Elle aurait cent dix ans ?

— Qu'est-ce que je m'en veux ! Je lui ai répondu pour m'excuser, mais elle ne le lira jamais, mon mail.

— Tu n'as rien à te reprocher, Pippy. Cette femme n'a rien d'un ange. Elle a dit qu'elle voulait lui casser le nez, je te rappelle. Pas très sympa, non ?

— Je sais, mais… »

Il pleuvait toujours des trombes. « Je n'arrive pas à croire qu'Adele Hopkins est morte, dit Ellen doucement.

— Moi non plus.

— Je serais curieuse de savoir qui nous a renvoyé ce coussin en lambeaux.

— Qui que ce soit, il devait lui en vouloir à mort.

— Ça fait froid dans le dos. Tu te rends compte ? Furieux au point de mettre un cadeau en pièces et de s'embêter à le réexpédier !

— Tu l'as dit. Tu sais, Ellen, sans vouloir te vexer, je pense que tu devrais faire gaffe à ce que tu racontes sur Internet… surtout à propos de ton ancien patron. Désolée, mais ça me fait flipper.

— Tu as raison, répondit Ellen en sirotant son café. Ça m'a étonnée qu'on me pose des questions à son sujet aujourd'hui. Mais franchement, je n'avais pas parlé de lui depuis un petit moment. À partir de maintenant, je ne mentionnerai même plus son nom. Promis ! Il est temps que je passe à autre chose.

— Super.

— Mais, tu sais, c'est un gros lâche, ce Reed. Je ne le vois pas s'en prendre à nous. Ne t'en fais pas.

— Je te l'ai dit, ça me fait flipper, répéta Pippy en faisant la moue. Bon, qu'est-ce que tu veux faire ce soir ?

— Je suis plutôt crevée. Avec ce temps, je crois que je vais rentrer à la maison, histoire de me poser. Tu avais envie de sortir ?

— Non. Mais j'irais bien au centre commercial pour me faire faire une manucure. On a cette soirée demain.

— *Les Passagers du chariot de Thespis*, dit Ellen sur un ton théâtral. Qu'est-ce qu'il faut pas faire pour attirer du monde !

— Je suis sûre que ça va être sympa. C'est l'occasion de voir de nouvelles têtes. Ça fait six mois qu'on n'arrête pas de bosser. On a à peine bougé. Après le cocktail, on pourrait se payer un bon petit resto !

— Je plaisante, Pippy ! J'ai hâte d'y aller moi aussi ! Au fait, j'ai eu ma grand-mère au téléphone hier soir. Je lui ai parlé de ce cocktail. Elle m'a demandé le nom des acteurs. De mémoire, je ne savais pas. Du coup, j'ai sorti le carton d'invitation. Dire que je vais rencontrer Floyd Wellington ! On en revenait pas !

— Floyd Wellington ? C'est qui ?

— Un acteur de théâtre super connu. Quand j'étais petite, ma grand-mère m'emmenait tout le temps voir des spectacles à Broadway. Un jour, on l'a vu sur scène, et le bon vieux Floyd m'a signé un autographe dans les coulisses. Il était adorable. Je devais avoir neuf ans.

— Dis donc, tu as le béguin pour lui, toi !

— N'importe quoi ! Il a au moins soixante ans, figure-toi ! Mais je me rappelle qu'il a pris le temps de papoter avec moi quand il a signé mon programme. Il m'a même serré la main ! J'étais qu'une gamine… j'ai eu l'impression qu'il s'intéressait vraiment à moi. Si j'arrive à l'approcher demain, je lui raconterai !

— Je suis sûre que tu pourras lui parler. Je parie même qu'il va te donner rancard !

— Au secours ! » s'exclama Ellen en retournant dans la boutique pour accueillir de nouveaux clients.

31

« C'est insensé », maugréa Dan, tandis qu'au volant de la voiture Dorie dépassait la maison des Reilly et se garait sur un bout de terrain qu'ils avaient fait paver pour avoir une place de parking supplémentaire. « Regarde ! Il nous court après ! Comme si on venait de s'évader de prison. Je ne veux pas qu'on me filme ! Qu'est-ce qui lui prend, à ce journaliste ?

— Il flaire quelque chose, répondit Dorie en coupant le moteur. On file. S'il nous rattrape, je lui dirai deux ou trois mots en vitesse. »

Installé côté passager, Dan emprunta directement l'allée qui menait à la maison et partit comme une flèche. Dorie, elle, fut moins chanceuse. En contournant la voiture, elle se retrouva face à face avec le reporter qui ouvrait de grands yeux.

« Vous êtes bien Mrs Carpenter ? demanda-t-il en lui collant son micro sous le nez.

— Oui. Si ça ne vous dérange pas, je suis en train de me faire tremper. »

Elle tourna les talons et se précipita vers la porte d'entrée.

« Qu'avez-vous à nous dire sur Adele Hopkins ?

poursuivit le journaliste en courant derrière Dorie avec son cameraman, indifférent à ses réticences. « Cette histoire est bouleversante. Cette femme, et toutes ces lettres d'excuses. Elles sont toujours à l'intérieur ? Est-il possible d'en avoir une ?

— Et puis quoi, encore ? Comment osez-vous le demander ? »

Dorie lui claqua la porte au nez.

Dan se tenait près de la table basse, abasourdi.

« Je ne voulais pas être grossière, mais ce type est une calamité », déclara Dorie en enlevant son manteau.

« Tiens ! Voilà une lecture qui ne te ferait pas de mal ! » répondit Dan en montrant le livre intitulé *Le Guide du savoir-vivre.*

« Jack Reilly m'en a parlé », dit Dorie en fermant les stores de la fenêtre de devant. « Inutile de le tenter, ce type serait capable de monter sur une échelle pour regarder chez nous. » Dans l'angle, elle aperçut les sacs remplis de coussins et y jeta un œil. « Ça, par exemple ! C'est tellement triste. »

Ils firent le tour du propriétaire rapidement.

« Mrs Hopkins n'a pas apporté grand-chose, on dirait, fit Dan une fois dans leur chambre.

— En effet. »

Le téléphone sur la table de chevet se mit à sonner. Dorie décrocha. « Allô ?

— Dorie ? Jack à l'appareil. Ça va ? On vous a vus passer en voiture avec ce journaliste à vos trousses.

— Odieux, ce type ! Il a eu le culot de me demander une carte d'excuses. Vous vous rendez compte ?

— Regan et moi avons eu affaire à lui, on ne l'a pas trouvé très sympathique non plus ! Dorie, j'aimerais jeter un œil à la voiture de Mrs Hopkins au plus vite.

— On vous attend, Jack. Et ce reporter, on peut s'en débarrasser ?

— Selon la loi, il a le droit d'être dans la rue, mais pas sur votre propriété. Je le lui rappellerai si besoin. J'arrive avec Regan. Vous n'avez qu'à surveiller par la fenêtre et sortir dès que vous nous verrez.

— Si ça ne vous embête pas, j'aime autant que Dan reste à l'intérieur. Il ne veut pas être filmé.

— Je comprends. Pas la peine d'être quatre pour recopier une plaque d'immatriculation. À tout de suite. »

Dorie raccrocha.

« Merci, dit Dan d'une voix morne.

— De rien, chéri. On ne sera pas longs », déclara Dorie en se dirigeant vers la porte d'entrée.

Moi qui me réjouissais d'avoir acheté dans le coin, songea Dan. Pauvre femme. Cette bicoque lui a coûté la vie, et si ce journaliste continue de fouiner, elle pourrait bien me coûter mon boulot. Il n'avait qu'une envie : s'allonger et fermer les yeux. Se planquer. Ce n'est pas raisonnable, se dit-il en allant jusqu'à la chambre de sa fille pour regarder par la fenêtre.

Depuis la rue, le journaliste beuglait ses questions à l'intention de Dorie, Jack et Regan qui fermèrent la porte du garage derrière eux.

Dan se mit à paniquer. Je ne peux pas rester là sans rien faire, se dit-il. Qui était cette femme ? Il y a forcément des indices dans cette maison. Il retourna dans la salle à manger à grands pas pour regarder de nouveau les cartes.

S'il s'était laissé aller à s'allonger, il serait peut-être tombé sur quelque chose d'intéressant sans même le vouloir. Juste sous l'oreiller qui avait été celui d'Adele Hopkins.

32

Devon ne savait plus quoi faire. D'abord, il avait appelé son assistant à New York. Selon Grant, qui bossait à mi-temps, le camion qui devait transporter les accessoires et le décor se trouvait dans un entrepôt à Long Island. Il prendrait la route lundi, il n'y avait aucun souci à se faire.

« Grant, j'ai besoin des couteaux. Floyd Wellington s'est mis en tête d'en utiliser un vrai pour la lecture. Il n'est pas question de le laisser faire.

— Sage décision.

— Ce qu'il faudrait, c'est que vous récupériez les couteaux dans le camion et que vous me les fassiez parvenir pour demain.

— Impossible.

— Grant, je vous en supplie !

— Je vous dis que c'est impossible. Les rues sont inondées, le garage est à perpète sur la voie express et ce soir, j'ai une représentation. En plus, il faudrait ouvrir tous les cartons pour mettre la main sur les couteaux.

— Grant, c'est un cas de force majeure.

— Vous allez bien trouver une solution.

— Grant, s'il vous plaît ! Dois-je vous rappeler que sans moi, vous n'auriez pas de boulot ?

— Vous parlez d'un boulot ! À courir partout pour des clopinettes ! Je suis acteur. Vous ne m'avez même pas proposé un rôle dans votre pièce. J'aurais pu jouer le petit ami de la fille.

— Il a vingt et un ans, Grant. Vous en avez dix de plus.

— Et alors ? Il n'y a pas de gros plans au théâtre que je sache.

— Bon, au revoir, Grant.

— Au revoir, Devon. À demain. »

Ensuite, Devon avait cherché à joindre les théâtres de Cape Cod. Certains attendaient la haute saison pour rouvrir leurs portes. D'autres disposaient de serveurs vocaux qui expliquaient en long, en large et en travers comment réserver des billets pour les spectacles à venir. Finalement, il laissa ses coordonnées sur deux répondeurs, précisant gentiment ce qu'il voulait et suppliant qu'on le rappelle – il en serait éternellement reconnaissant.

Il espérait qu'au moins un théâtre pourrait l'aider, mais il repensa subitement à l'un des dictons préférés de sa mère : « Il ne faut pas vendre la peau de l'ours avant de l'avoir tué. »

Ne faisant ni une, ni deux, il se précipita dans sa voiture pour aller jusqu'à Princetown, ville faussement bohème située à la pointe de Cape Cod. Je devrais pouvoir y dénicher quelque chose qui ressemble à un couteau, se dit-il. Ils ont des petits magasins incroyables dans le coin.

Au bout d'une heure et quart de route sous une pluie battante, Devon se gara dans un parking public et fila en direction de Commercial Street. En été, le quartier était bondé de touristes qui flânaient, faisaient les magasins ou déjeunaient en terrasse. D'autres, assis sur des bancs, dégustaient leurs glaces en regardant les passants. À cet instant, il n'y avait rien à voir : la rue était presque déserte.

Frigorifié et trempé, Devon descendit la rue, cherchant désespérément un magasin dont la devanture indiquerait qu'il pourrait y trouver un faux couteau.

Voyons, se dit-il. Une diseuse de bonne aventure, pas pour moi. Tee-shirts, non plus. Alimentation, toujours pas. Puis, il aperçut une vitrine pleine d'articles en cuir, de bijoux, de costumes et de masques. C'est parti ! pensa-t-il en entrant dans la petite boutique.

À l'intérieur se trouvait un jeune homme avec une crête sur la tête, des piercings dans le nez, les oreilles et les lèvres et des bracelets argentés qui couvraient la quasi-totalité de ses bras. Des jeans, des bottes et un gilet en cuir complétaient la panoplie. « Salut, mec. J'peux vous aider ?

— Je l'espère, répondit Devon en prenant un air enjoué. Je cherche un faux couteau qui ait l'air vrai. Un grand couteau de cuisine. Vous vendez ce genre de choses ? C'est la caverne d'Ali Baba, votre boutique ! Tous ces costumes et ces articles en cuir, j'adore ! »

Le vendeur le regarda fixement de ses yeux noirs perçants.

« Je suis auteur, pour le théâtre. Et metteur en scène aussi. J'en ai besoin pour une lecture.

— Pigé, mec. Je réfléchissais.

— Ah, super !

— J'ai mon atelier là, dans le fond. J'en ai pas pour longtemps. Attendez-moi ici.

— D'accord. Merci. »

Devon, près du comptoir, se mit à prier. Il entendit bientôt le ronron d'une perceuse. Il sait ce qu'il fait, pensa-t-il. Je croise les doigts.

Vingt minutes plus tard, le jeune homme réapparut. « Ça vous va ? » demanda-t-il en posant l'objet de sa création sur le comptoir.

Le couteau, magnifique, était plus vrai que nature. Devon n'avait jamais rien vu de pareil. Le manche en bois, incrusté de rivets argentés, et la lame en plastique – Dieu merci – étincelaient. Il en eut les larmes aux yeux. « Ce couteau est superbe. Je ne sais pas comment vous remercier.

— Vous pouvez peut-être me payer, dit le vendeur en souriant.

— Bien sûr, répondit Devon en cherchant son portefeuille. Vous êtes drôlement doué. »

Sur le chemin du retour, Devon était fou de joie. Floyd allait l'adorer, ce couteau. Aucun doute. J'ai hâte de le lui montrer.

Et si je lui faisais une petite surprise ? Si j'arrive chez lui avec ce bijou, peut-être que ça nous rapprochera ! On rira un bon coup, et vas-y que je te tape dans le dos et qu'on est les plus beaux ! Allez ! Je fonce !

Mais sa détermination fut de courte durée. Et si ça se retournait contre moi, cette histoire ? Floyd n'appréciera peut-être pas du tout que je débarque à l'improviste. Il pourrait penser que j'empiète sur sa vie privée.

Vaut mieux pas que j'y aille.

C'est un solitaire après tout.

33

Seul et d'humeur plutôt maussade, Mickey McPhee tournait en rond dans sa magnifique demeure située dans une petite ville pittoresque au nord de Boston. Sa femme, avocate, travaillait sur un procès de la plus haute importance. Il était hors de question qu'elle reste à la maison pour lui tenir compagnie en cette journée dédiée à son cher grand-père. Leurs trois enfants avaient quitté le nid et, malheureusement, aucun d'entre eux n'avait souhaité rejoindre l'entreprise familiale. À dire vrai, ils ne l'avaient pas envisagé une seule seconde, ce qui attristait beaucoup leur père. Ce dernier n'avait personne au sein de la famille avec qui échanger des idées, débattre des campagnes publicitaires ou fêter comme il se doit un gros contrat.

Il ne revivrait jamais ce qu'il avait vécu avec son aïeul.

Mickey était entré chez *McPhee & You* dès la fin de ses études, trente-huit ans plus tôt. Pendant vingt ans, il avait bossé main dans la main avec son grand-père. Ensemble, ils avaient fait la promotion d'un tas de produits et partagé les hauts et les bas de l'entreprise. Mais un jour, le vieux McPhee était mort dans son sommeil.

Son propre fils n'avait pas voulu reprendre le flambeau.

Assis dans le petit salon joliment décoré avec ses canapés en cuir et ses bibliothèques, Mickey regardait par la fenêtre. Perchée sur une colline, la maison avait vue sur la mer. Par temps clair, le panorama était à couper le souffle. Mais aujourd'hui, la pluie ne faisait qu'accentuer son sentiment de malaise. Si au moins j'avais pu sortir pour faire une partie de golf, je me sentirais mieux, songea-t-il. Grand-père adorait le golf.

Mickey ne savait pas quoi faire de ses dix doigts. Il n'avait même pas ouvert la revue professionnelle qui l'attendait sur ses genoux. Il finit par allumer la télévision. Une chaîne d'informations rappelait les risques liés à la tempête et recommandait la plus grande prudence. Ça va de soi, se dit-il en zappant – ce qu'il faisait sans arrêt. D'ailleurs, sa femme détestait regarder la télévision avec lui car seuls les spots publicitaires l'intéressaient. Il passa une centaine de chaînes en revue avant d'éteindre le poste.

Quelle année ! pensa-t-il. Le club de remise en forme avec qui nous venions de signer a déposé le bilan. Notre meilleur rédacteur a volé l'argent de la quête. Ça ne fait pas nos affaires. J'espère qu'on va le décrocher, ce contrat avec Sinclair. J'ai hâte de bosser sur cette campagne. Dan Carpenter m'a semblé super motivé.

Cette pensée lui redonna le sourire. Dan, qui bossait chez *McPhee & You* depuis un bon moment, était un employé efficace. Je devrais peut-être m'en remettre davantage à lui. M'en faire un ami. Il n'est pas de la famille, certes, mais l'intérêt de l'agence lui tient à cœur. Et puis, il fait preuve de jugement, comme je le lui ai dit. On s'entendrait bien tous les deux.

Le pouvoir isole, songea-t-il en prenant son téléphone portable. Évidemment, ce ne sera jamais comme avec grand-père, mais on pourrait être plus proches. Je vais lui faire un petit coucou.

Mickey trouva le numéro de Dan dans sa liste de contacts et appuya sur la touche « Appel ». Il se sentait déjà mieux.

34

Une sonnerie de trompettes, qui aurait pu annoncer l'arrivée de la famille royale, retentit. Dan se raidit et laissa tomber la carte qu'il venait de prendre sur la table de la salle à manger. La main tremblante, il sortit son portable de l'étui accroché à sa ceinture à rayures jaunes et bleues. Sur l'écran s'affichait le nom de Mickey McPhee. Il en resta pantois. À côté, un petit pictogramme rigolo représentait un vieux téléphone qui n'arrêtait pas de sonner – signe annonciateur d'un coup de fil sympa. En réalité, l'animation apparaissait systématiquement sur l'écran, que les nouvelles soient bonnes, mauvaises ou qu'il s'agisse d'une erreur.

Je ne le sens pas du tout, ce coup de fil, songea Dan en regardant le pictogramme danser et sautiller sur l'écran. Ne réponds pas. Mickey a peut-être vu le reportage de ce journaliste à la manque. Vu sa façon de gesticuler au moment où Dorie, Regan et Jack s'étaient faufilés dans le garage, il avait dû faire des commentaires désobligeants. Dan l'avait entendu demander à Dorie si elle était bien Mrs Carpenter. Heureusement, il n'avait pas posé de questions sur le passé d'Adele Hopkins. Mais si Mickey tombait sur ces images, nul doute qu'il s'y intéresserait de près. De très près même.

Tut tut tut tut tut tuuuuuut. « Tu vas t'arrêter ! » cria Dan, furieux. D'ordinaire, il aimait bien le côté pompeux du corps de trompettes. Il avait même entendu cette musique dans une publicité pour de la margarine que tout le monde confondait avec du beurre. *Tut tut tut tut tut tuuuuuut.* Mais là, c'était insupportable. Il n'osait pas appuyer sur la touche « ignorer » de peur que Mickey s'en rende compte. Ce serait un terrible affront. Il laissa sonner jusqu'à ce que le répondeur se déclenche.

Après dix-sept coups de trompette, le téléphone cessa de sonner. Un bip signala un appel manqué. Trente secondes plus tard, des gazouillis retentirent : Mickey venait de laisser un message.

Oh, mon Dieu, pensa Dan. Qu'est-ce que je dois faire ? Il va bien falloir que je l'écoute, ce message. Mais pas tout de suite. À ce moment-là, la porte d'entrée s'ouvrit brusquement.

Dorie, Jack et Regan se précipitèrent à l'intérieur. Dan remit son téléphone à sa ceinture avant de s'avancer pour serrer la main à Jack et embrasser Regan. « Bonjour ! Vous ne pouvez pas savoir à quel point nous vous sommes reconnaissants, dit-il en tâchant de paraître calme.

— Nous sommes ravis de nous rendre utiles, répondit Regan.

— Vous avez trouvé quelque chose dans le garage ?

— C'est une voiture de location, dit Dorie. Elle est fermée à clé mais il y a un autocollant sur la plaque.

Si je me souviens bien, Adele Hopkins conduisait la même quand on l'a rencontrée. »

Dan serra les poings. Ce jour fatidique *Chez Fern*. Il regarda Regan puis Jack. « J'imagine sans peine ce que vous pensez. On aurait dû vérifier ses références, on en est conscients maintenant. Mais on ne l'a pas fait. Ce journaliste en ferait ses choux gras s'il l'apprenait. C'était stupide de notre part.

— Dan, dit Dorie, je suis certaine qu'on ne s'est pas trompés sur cette femme. Elle est tombée dans les escaliers. C'est pour ça qu'on en est là. Elle n'a rien fait de mal. Il faut simplement retrouver sa famille ou un ami qui s'occupera de ses affaires. On sait qu'elle venait de divorcer. Son ex doit bien être quelque part. Il nous dira qui contacter.

— Encore faut-il qu'elle ait dit vrai, répliqua Dan.

— J'en suis convaincue. Regarde autour de toi, Dan. Des livres de développement personnel, sur le savoir-vivre et la colère, des cartes d'excuses... elle était rongée par la culpabilité. Elle traversait une mauvaise passe.

— Je vais appeler mon bureau, déclara Jack. J'ai déjà briefé mon adjoint. Je vais lui donner le numéro d'immatriculation, comme ça, il pourra contacter l'agence de location. Ils doivent avoir une copie de son permis. Ça nous permettra d'avancer.

— Jack, utilisez le fixe dans la cuisine, proposa Dorie. Les portables ne passent pas toujours bien ici.

— Merci, Dorie », répondit Jack en lui emboîtant le pas.

Dan, visiblement soucieux, se tourna vers Regan. « Il n'y avait rien sur le siège de la voiture ?

— Non, rien. Et le coffre est fermé à clé, alors... » Elle voyait bien que Dan n'en menait pas large. « Mais son permis nous sera très utile, je vous assure. Ce serait bien de fouiller la maison aussi, on tombera peut-être sur un indice.

— Vous savez Regan... commença Dorie, qui était revenue de la cuisine. On vient juste d'arriver mais on dirait bien qu'Adele n'a pas apporté grand-chose avec elle. Le placard est presque vide. Pas d'ordinateur. Pas de papiers. Elle n'était à Cape Cod que pour six mois, mais il n'y a vraiment rien ici.

— C'est vrai. Mais si elle venait juste de divorcer, elle a probablement stocké ses affaires quelque part, le temps de savoir ce qu'elle allait faire de sa vie, où s'installer. J'ai l'impression que pour elle, ici c'était un refuge, un moyen de fuir. Elle devait quitter les lieux d'ici un mois, c'est ça ?

— Oui, à la mi-mai. Mais, et son courrier ? Elle le recevait où ? On ne peut pas disparaître de la surface de la terre pendant six mois. Les factures, la paperasse... personne ne peut y échapper, même si on aimerait bien.

— On a vérifié auprès du bureau de poste de Chatwich. Elle n'avait pas de boîte postale. Le mieux à faire, pour l'instant, c'est de passer la maison au peigne fin. On n'a pas vraiment eu le temps ce matin.

— Quand je pense que ce matin même, Adele était là, dit Dorie. La vaisselle du petit déjeuner est toujours dans l'évier. C'est à pleurer.

— On s'y met ? » proposa Regan gentiment.

Dorie leva les mains, impuissante. « Elle est minuscule cette maison. Trois chambres. Quelques meubles.

Un sous-sol humide. Il n'y a pas trente-six cachettes, j'en ai bien peur.

— On peut toujours essayer. Si on commençait par la chambre principale ? J'y ai jeté un œil ce matin, mais elle mérite qu'on s'y attarde davantage. »

Dorie précéda Regan, Dan les suivit. Ils regardèrent partout : dans les tiroirs, les poches de vêtements, la valise, sur les étagères, sous le lit. Rien.

Dan se releva et commença à soulever le matelas côté pieds.

Regan et Dorie vinrent lui prêter main forte. Dessous, rien. Ils reposèrent le matelas. L'édredon et les deux coussins étaient sens dessus dessous.

En revanche, les draps étaient parfaitement bordés. Ils tirèrent l'édredon et tapotèrent les coussins.

Mais ce qu'Adele avait de plus précieux avait glissé dans l'espace entre la tête de lit et le cadre au moment où Dan avait soulevé le matelas.

« Bonne nouvelle ! s'écria Jack depuis la cuisine. On a une adresse dans l'Illinois. »

Regan le rejoignit au trot, suivie des Carpenter.

35

Au comble du désespoir, Reed allait et venait dans son grand appartement. Olivia, qui avait fait sa valise en deux temps trois mouvements avant de filer à l'aéroport, venait de l'appeler depuis le taxi, en larmes, pour lui souhaiter bonne chance pour sa réunion. Sa gentillesse ne faisait qu'empirer les choses. Reed était déjà terrorisé à l'idée qu'elle ne découvre ce qu'Ellen avait écrit sur son site aujourd'hui. Cela dit, Olivia savait pertinemment que la jeune femme le détestait tellement qu'elle serait bien capable d'en rajouter et de le dépeindre pire qu'il n'était. Sur ce coup-là, il pourrait peut-être se faire pardonner. En tout cas, ça ne se reproduirait jamais. Il allait s'en assurer. Mais si Olivia apprenait qu'il avait menti à propos de sa réunion, cette fois, elle le laisserait tomber. Le monde des affaires n'avait pas de secrets pour elle. Consciente que les temps étaient difficiles, surtout pour lui, elle l'avait toujours soutenu, même quand ses projets étaient tombés à l'eau suite aux propos assassins qu'Ellen avait tenus dans sa première interview. Professionnellement parlant, ses conseils s'avéraient toujours utiles. Et voilà que, sans la moindre raison, Reed s'était inventé une réunion dont Olivia voudrait à coup sûr tout savoir. C'était stupide et sournois. Digne d'un loser pathétique doublé d'un menteur invétéré. Elle finirait par le quitter.

Reed avait le sentiment que sa vie s'effondrait.

Il faut que j'empêche Ellen de continuer. Mais comment ? se demanda-t-il en faisant les cent pas devant ses immenses fenêtres qui donnaient sur le port de Boston. Je pourrais lui rendre visite à Cape Cod et tâcher de la raisonner. Et si ça tournait au vinaigre ? Le risque, c'est qu'Ellen en parle sur son site et qu'elle me fasse passer pour la pire des ordures. Si Olivia tombait dessus, elle en conclurait que Reed avait vraiment le béguin pour la jeune femme.

Je me suis conduit comme un mufle en toute impunité des dizaines de fois, songea-t-il. Si seulement ces femmes m'avaient donné une bonne leçon. Pas une ne m'a fait d'histoires. Sauf celle que je voyais en cachette alors que j'étais déjà fiancé à ma femme. Mais bon, c'était il y a vingt ans. La femme en question avait appelé à son bureau et fait une scène terrible en apprenant dans les journaux qu'il allait se marier. Reed était alors en lune de miel avec son épouse et ne devait jamais la revoir. Ayant demandé sa mutation à l'autre bout du pays, lui et sa femme avaient rejoint leur nouvelle vie dès leur retour. Son ancien patron, qui avait répondu au téléphone, avait trouvé ça très drôle.

Puis, au bout de quinze ans de mariage, sa femme avait découvert qu'il avait une maîtresse et demandé le divorce. Comme ça. Sans même en discuter. Ni avec lui, ni avec un conseiller matrimonial. À son grand regret – et c'était bien le seul –, sa fille avait pris parti pour sa mère et refusait de le voir. Le premier de chaque mois, il versait à son ex une pension alimentaire et, depuis septembre, il payait les frais de scolarité exorbitants de l'université privée que la demoiselle fréquentait. Il se saignait pour une gamine qu'il n'avait pas vue depuis des années.

Olivia, songea-t-il. Pour la première fois, je suis vraiment amoureux. Je ne veux pas la perdre. Ça ne voulait rien dire pour moi, ce flirt avec Ellen le soir de l'inauguration du restaurant. Je n'ai pas pu m'en empêcher, c'est tout. Si j'avais su où ça me mènerait. Maintenant, il suffit de se connecter à Internet pour tout savoir sur moi : ma technique de drague, la faillite de mon resto, mon silence face à une employée modèle, mes infidélités. Je ne décrocherai plus jamais de contrats. Olivia va me quitter. Si ça se trouve, je vais finir SDF.

Son cœur battait si fort qu'il avait l'impression que sa cage thoracique allait exploser. Il se servit un verre de scotch. À peine en avait-il bu une gorgée que son téléphone se mit à sonner. Sa mère. Elle avait le chic pour appeler aux plus mauvais moments.

« Bonjour, maman, dit-il, rasséréné par l'alcool.

— Bonjour, mon cher. Alors, comme ça, tu as essayé d'embrasser la fille du magasin de coussins ?

— Euh…

— Mon ami du club de bridge vient de m'en parler. Tu sais, celui qui passe son temps à surfer sur la Toile. Il prend un malin plaisir à me ridiculiser, tout ça parce que je ne veux pas sortir avec lui. Cela dit, c'est très embarrassant, Reed. Il raconte à qui veut l'entendre que mon fils est un malotru, qu'il se conduit comme un goujat envers la gent féminine. Chaque fois que je le croise, il me demande si je n'ai pas reçu des produits de beauté. Tu devrais mettre les choses au clair avec cette fille, lui dire qu'elle manque de délicatesse. Écris-lui une lettre, fais quelque chose.

— Je vais le faire.

— N'attends pas cent sept ans.

— Oui, maman.

— C'est promis ?

— Oui, maman, promis.

— Bon. Comment va Olivia ?

— Son père est malade. Elle a pris l'avion pour Atlanta.

— Tu ne l'as pas accompagnée ?

— Non.

— On peut savoir pourquoi ?

— Je ne connais pas ses parents. Vu les circonstances, ce n'est pas le moment de faire les présentations.

— J'espère bien qu'elle viendrait avec toi jusqu'ici si j'étais malade. Même si on ne se connaît pas. Qu'est-ce que vous attendez pour officialiser les choses ? Ça me dépasse. Enfin, c'est une autre histoire. Tu devrais être à ses côtés dans un moment pareil.

— Elle a préféré y aller seule.

— Tu aurais dû insister.

— Maman ! » Il ne pouvait pas lui dire qu'Olivia pensait qu'il avait une réunion. « Sa mère est très à cheval sur les principes…

— Vous êtes ensemble depuis un certain temps maintenant. Si elle est aussi merveilleuse que tu le dis, pourquoi tu ne l'as pas demandée en mariage ? Vous n'avez plus vingt ans. Il est temps que tu te fixes, que tu trouves un boulot. Appelle Sweetsville, ils te reprendront peut-être. On ne sait jamais. Si ça se trouve, ils se rendront compte qu'ils ont eu tort de te licencier… »

De colère, Reed lui raccrocha au nez et jeta son téléphone par terre. Sa tête allait éclater. Appeler Sweetsville ? Bien sûr, maman ! Super idée ! Il se précipita dans la chambre et prépara son nécessaire de voyage en trois minutes après avoir avalé une bonne rasade de scotch. Puis, il appela le service de voiturier.

Le seul point positif dans sa vie, c'était Olivia.

Je dois tout faire pour la garder, songea-t-il, les larmes aux yeux. La garder, coûte que coûte.

Il ramassa son portable, quitta l'appartement et appela l'ascenseur.

Je vais les lui faire bouffer, moi, ses coussins, pensa-t-il. Jusqu'à ce qu'elle en crève.

Il esquissa un sourire en essuyant ses larmes. Voilà qui ferait une belle histoire sur le site du *Coussin bavard* !

36

Adele jeta un dernier coup d'œil à son visage dans le miroir de la salle de bains, en touchant doucement son nez tuméfié. J'ai dû me le casser en tombant, se dit-elle. Adieu mon petit nez en trompette.

La main sur la poignée de la porte, elle prit un instant pour se ressaisir, terrifiée mais consciente qu'elle devait tout faire pour ne pas le montrer. Les brutes tirent leur pouvoir de la peur qu'ils suscitent chez leurs victimes. Elle l'avait compris après des années de vie commune avec le pire des bourreaux. J'aurais dû tenir tête à mon mari. Aujourd'hui, je n'ai plus rien à perdre. Je vais m'y prendre avec Floyd comme j'aurais dû le faire avec ce sous-homme, ce minable, la plus grosse erreur de ma vie…

« Adele ! J'attends ! »

Déterminée, Adele ouvrit la porte brusquement. « Il n'y a pas le feu », lança-t-elle en regardant Floyd droit dans les yeux. Elle passa devant lui en coup de vent et retourna au salon. « J'ai faim, déclara-t-elle en s'asseyant.

— Vous avez faim ? hurla-t-il en la rejoignant au pas de course. J'ai bien entendu ?

— Tout à fait.

— Je vous emmènerais bien au resto, mais ça ferait jaser. Regardez-vous ! Allez, on a du pain sur la planche. »

Il ramassa son texte.

« Vous avez mangé quand vous êtes allé répéter ?

— Non. Les autres avaient déjà pris leur petit déjeuner. Au restaurant. Ils ne m'ont même pas invité. Remarquez, il ne valait mieux pas. Mais le metteur en scène m'a seulement proposé un café. Et encore, du bout des lèvres.

— Ce n'est pas normal. Vous allez jouer où ?

— Au château de Chatwich.

— Ce n'est pas un théâtre, ça, répliqua Adele d'un ton méprisant.

— Je suis au courant. Pas la peine de me le rappeler. On va jouer sous un immense chapiteau dans les jardins.

— Ça commence quand ?

— Fin mai. »

Qu'est-ce qu'il va faire de moi ? se demanda Adele. Il ne peut pas me garder jusqu'à la saint-glinglin. Inutile d'y penser. Pour l'instant, j'ai faim. Je n'ai avalé qu'une tartine ce matin. J'ai mal partout. Il faut que je mange.

« Prenez la page…

— Pas question ! Il n'y a rien à manger dans cette maison ? Je meurs de faim. Je vais faire un malaise. »

Elle se laissa aller en arrière sur le canapé et commença à se masser les tempes.

Floyd la regarda. « Oh, un malaise ! Ce serait trop bête. J'ai besoin de vous pour apprendre mon texte.

Vous n'êtes pas douée, mais... » Il leva les yeux au ciel avant de poursuivre : « ... tout le monde ne peut pas être comédien. »

N'empêche, pensa Adele, je te fais un sacré numéro, là, à faire mine d'être pleine d'assurance alors que je suis morte de trouille. « Il n'y a rien à manger dans cette maison ?

— Ce n'est pas chez moi ici. Je suis arrivé tard hier. Je n'ai pas fait les courses, vous m'en voyez navré, Adele. Je vous trouve un peu trop exigeante.

— Ça sentait le café tout à l'heure. Et vous m'avez offert du thé ce matin. Avec du lait. D'où ça sortait, tout ça ? »

Floyd jeta son texte sur la chaise. « C'est mon metteur en scène, d'accord ! Il s'est arrangé avec l'agent immobilier pour faire déposer quelques provisions. Histoire que j'aie quelque chose à me mettre sous la dent ce matin. Muffins, jus de fruits, café, thé, lait... rien de plus. Ils n'ont pas rempli le réfrigérateur, figurez-vous. Il y a une tomate pourrie dans le compartiment à légumes. Ça vous tente ? Un petit muffin, peut-être ?

— Je veux une omelette. Avec un muffin. »

Médusé, Floyd passa la main dans ses cheveux. « Avec ou sans confiture ? s'écria-t-il en tournant comme un lion en cage.

— Avec. »

Il s'arrêta net.

« Nous n'avons presque rien mangé de la journée, dit Adele doucement. Ni vous ni moi. Vous devez avaler quelque chose.

— Merci, môman. J'avoue que j'ai un petit creux, dit-il en s'asseyant d'un air las. Mais ne comptez pas sur moi pour me mettre aux fourneaux. Et pas question de vous laisser avec un couteau à la main. Je vais prendre des plats à emporter, c'est la seule solution. Les autres se sont régalés ce matin au restaurant. Enfin, je crois, je n'écoutais qu'à moitié.

— Ils ont dû aller *Chez Fern*. C'est tout près du château. »

Floyd plissa les yeux. « Vous y êtes déjà allée ?

— Une fois.

— Ça ne vous a pas plu, alors.

— Si, c'était très bon. Mais je suis venue ici pour être seule.

— Pour quelle raison ?

— Je viens de divorcer. J'avais envie de réfléchir à tout ça dans mon coin. Je vous l'ai dit, personne ne m'attend à la maison.

— Moi non plus, je n'ai personne, Adele. J'ai eu trois femmes, elles ont toutes pris la poudre d'escampette. »

Mon Dieu, pensa Adele. Je me demande dans quel état elles sont aujourd'hui.

Devinant ses pensées, Floyd ajouta : « L'une d'entre elles s'est remariée, une autre a tiré un trait sur la gent masculine et la troisième est morte. Qu'est-ce que je vous rapporte de *Chez Fern* ? demanda-t-il en se levant.

— Une omelette complète, sans champignons, bien cuite.

— Sans champignons ? Ce n'est pas une complète, alors.

— C'est plus simple que de lister tout le reste.

— C'est quoi tout le reste ?

— Je n'en sais rien, Floyd, cria-t-elle. Ce qu'ils ont. Tomates, fromage, poivrons, que sais-je. »

Floyd griffonna quelques mots sur son texte, indifférent à son accès de colère. « Très bien. Autre chose ?

— De la soupe au poulet.

— Je réviserai là-bas en attendant les plats. Au sous-sol, ma chère, ordonna-t-il en se levant. Ce sera moins long cette fois. À mon retour, on mangera et on se remettra au travail. Je veux tout savoir par cœur pour la lecture de demain.

— Quelle lecture ?

— Eh bien, une lecture. Au château. On donne un cocktail mais, en fait, c'est une collecte de fonds ! Je ne peux pas vous inviter. Dommage !

— Je vous l'ai dit, rétorqua Adele avec dédain, je suis venue ici pour être seule. »

37

Lorsque Regan, Dorie et Dan arrivèrent dans la cuisine, Jack était toujours en ligne avec son adjoint. « D'accord. Oui oui. »

Oui oui, quoi ? se demanda Dan avec angoisse.

« Merci, Keith. On se tient au courant », dit Jack en raccrochant. « L'adresse qui figure sur le permis de conduire d'Adele Hopkins correspond à un immeuble d'appartements. Mon bureau est en contact avec nos collègues de Chicago. On sait déjà qu'il n'y a pas de numéro de téléphone dans l'annuaire pour cette adresse mais la police va faire des recherches pour savoir s'il y a un logement à son nom. Mes hommes continuent de bosser sur son permis. On découvrira peut-être autre chose.

— Aujourd'hui, des tas de gens ont seulement un portable, déclara Dan. Le fait qu'on n'ait pas trouvé de numéro de fixe, ce n'est pas forcément mauvais signe, si ?

— Pas du tout. Comme vous le dites, beaucoup de gens ne s'embêtent plus avec les fixes. Et puis, si Mrs Hopkins venait de divorcer, elle vivait peut-être là provisoirement. Elle ne s'est probablement pas donné la peine d'ouvrir une ligne. Si c'est son adresse légale, on est sur la bonne voie. Elle y recevait sûrement son courrier. Un agent va s'y rendre. Peut-être qu'un de ses proches occupe l'appartement en ce moment.

— Ce serait une supernouvelle !

— Pour nous, Dan, gronda Dorie. Pas pour sa famille.

— S'il n'y a personne, poursuivit Jack, la police interrogera le portier, les voisins, ce genre de choses.

— Ce serait quoi, le plus embêtant ? demanda Dan.

— Le plus embêtant ? Qu'elle ait déménagé sans avoir déclaré le changement sur ses papiers et qu'elle n'ait pas demandé de suivi de courrier. Ou qu'elle n'ait pas laissé les coordonnées de la personne à prévenir en cas d'accident sur le bail.

— Comme avec nous, soupira Dan. Sauf qu'on n'a même pas fait de bail.

— Bon, on ne va pas épiloguer là-dessus, trancha Dorie. Jack, combien de temps ça va prendre ?

— Vérifier son permis, ce n'est pas bien compliqué. Tout est informatisé. Mais pour ce qui est d'envoyer un agent sur place, je ne peux pas vous dire. Ça dépend du boulot qu'ils ont là-bas. On les a mis sur le coup hier, mais s'ils ont des dossiers urgents, il faudra être patient.

— En parlant d'informatique, dit Dorie, j'ai du mal à croire qu'on n'ait pas trouvé d'ordinateur dans la maison. Qui peut vivre sans, à l'heure actuelle, hein ? Je ne comprends vraiment pas. Adele Hopkins n'était pas si vieille que ça.

— Il y a mille explications possibles, répondit Regan. Mais, on ne vous a pas tout dit.

— Ah bon ! » s'exclamèrent Dan et Dorie en chœur.

Regan jeta un coup d'œil à Jack.

« Vas-y, lui dit-il.

— Comme prévu, nous sommes passés *Au Coussin bavard.* Vous savez, le magasin où Adele Hopkins a acheté les coussins et les cartes. Pippy et Ellen, les deux jeunes femmes qui tiennent la boutique, se souvenaient d'elle. Mrs Hopkins leur a rendu visite deux ou trois fois. Elle n'était pas très bavarde apparemment. Les filles ne nous ont pas appris grand-chose, sinon qu'elles ont fait le coussin « Sans rancune ? » exprès pour elle. Elle a tenu à en avoir un dès le lendemain. C'était en janvier. Un mois plus tard, elle est revenue chercher les autres. Le même jour, Ellen et Pippy ont reçu un colis avec un coussin dedans. Devinez ce qu'il disait : « Sans rancune ? » Ça ne pouvait être que celui qu'elle avait récupéré en premier. J'imagine qu'Adele l'avait envoyé à quelqu'un d'important dans sa vie. Bref, le coussin était en lambeaux. Il n'y avait pas le moindre mot, mais le paquet portait le cachet de Long Branch, dans le Massachusetts.

— En lambeaux ? s'écria Dorie, les yeux écarquillés.

— On l'a rapporté avec nous, précisa Jack.

— Adele n'a sûrement pas indiqué son adresse, fit remarquer Dan. Comment la personne a su où le renvoyer ?

— Les coussins ont une petite étiquette avec l'adresse de la boutique, expliqua Jack.

— Long Branch ? C'est au sud de Boston. Vous croyez que cette personne aurait pu venir ici et pousser Adele dans les escaliers ? demanda Dorie.

— Pas impossible, mais ça m'étonnerait, répondit Jack. Il y a la vaisselle du petit déjeuner dans l'évier. On sait donc qu'elle était encore là ce matin. Elle tenait beaucoup à son canot ; Fran, Ginny et Skip l'ont tous dit. Mes parents l'ont même vue faire un tour dans la baie en janvier. On n'a trouvé ni portefeuille, ni clés, ni téléphone portable. À mon avis, elle avait prévu de sortir et a décidé de vérifier le canot à cause de la tempête. Je ne crois pas qu'on l'ait traînée de force jusqu'aux escaliers pour l'y pousser.

— Je serais curieuse de savoir à qui elle a envoyé ce coussin, dit Dorie. Sûrement à quelqu'un qui lui en voulait beaucoup.

— Mais pourquoi voulait-elle demander pardon à autant de gens ? demanda Dan.

— À voir Adele, je n'aurais pas imaginé une seule seconde qu'elle était rongée par la culpabilité, déclara Dorie. Elle avait l'air triste et un peu abattue, c'est vrai, mais pas de quelqu'un qui a besoin de leçons de savoir-vivre.

— Fran et Ginny ne sont pas de cet avis.

— Oh, Regan, je vous en prie. On parle des sœurs Brewer, là.

— Oui, mais Skip ne l'a pas trouvée franchement sympathique, et lui, il est adorable.

— Si seulement il avait eu le bon sens de… »

Jack l'interrompit :

« Dorie, dans ce genre d'accident, il ne faut pas bouger les gens, au cas où ils auraient une blessure à la tête ou un problème à la colonne vertébrale. Il a pris la bonne décision. Je n'ai jamais vu de vagues aussi grosses sur la plage. C'était impressionnant. »

Regan se tourna vers les Carpenter. « Il y a autre chose. »

Dan ferma les yeux un instant. J'en peux plus, pensa-t-il. Bon… ce n'est qu'un mauvais moment à passer.

Regan leur parla du mail que Pippy et Ellen avaient reçu : une femme, qui avait gardé l'anonymat, disait tout le mal qu'elle pensait de son ancienne monitrice d'aviron, une certaine Adele Hopkins, à qui elle aurait volontiers cassé le nez. Regan évoqua aussi sa réaction cinglante suite à la réponse de Pippy.

« Une monitrice d'aviron qui aurait aujourd'hui cent dix ans ? demanda Dorie.

— C'est ce que disait le message. Impossible de savoir si c'est vrai et si ça peut nous aider, mais nous lui avons écrit tout à l'heure, en vous attendant. J'espère qu'elle va nous répondre. Elle sait que notre Adele Hopkins est morte. Si elle a bon cœur, elle nous dira ce dont elle se souvient sur son Adele Hopkins, une adresse peut-être.

— À mon avis, elle ne répondra pas, déclara Dan. Elle a bien dit qu'elle voulait lui casser le nez, non ? »

Regan esquissa un sourire. « C'est vrai que nous avons peu de chances de recevoir une réponse objective.

— Vous imaginez, s'écria Dan, si les deux Adele ont un lien de parenté ? Le goût pour l'aviron, c'est dans les gènes. J'ai comme l'impression que l'autre Adele aurait pu se fendre d'une ou deux cartes d'excuses elle aussi.

— Les choses bougent pas mal pour les deux jeunes femmes du magasin de coussins, déclara Dorie. J'ai lu un article sur elles dans un journal de Boston –

comme quoi leur première interview, cette histoire sur leur licenciement, a eu un succès fou sur Internet. Mais l'une d'elles en a mis plein la figure à son ancien patron ! C'en était presque indécent ! Il doit l'avoir mauvaise. »

Dan, qui n'avait toujours pas écouté le message de Mickey McPhee, eut un haut-le-cœur en entendant le mot « patron ».

« À en croire Ellen, il a été particulièrement injuste avec elle, dit Jack.

— Okay, mais maintenant, elles reçoivent des mails pas très nets et un coussin déchiré. À leur place, je m'inquiéterais de tous ces sentiments négatifs que leur histoire a fait naître. » Dorie se tourna vers Regan. « Vous n'avez rien d'autre à nous dire ?

— Non, répondit Regan.

— À la bonne heure !

— Jack, dit Regan, on a fouillé la chambre principale. Ça n'a rien donné. On devrait continuer de chercher. On trouvera peut-être un carnet d'adresses ou des papiers – quelque chose qui nous facilitera la tâche.

— Au boulot ! »

38

Fran et Ginny maintenaient chacune un côté de la grande planche de contreplaqué contre la fenêtre tandis que Skip la clouait au montant. Le vent mugissait et la pluie s'abattait sur leurs cirés.

« Quand Skip aura fini, cria Ginny, on prendra quelques affaires et on filera chez les Reilly.

— Euh… fit Fran. Jack est un chic type. Il a fait du bon boulot ce matin avec ce plastique. Le salon n'a pas pris l'eau.

— Oui, mais c'est tout humide et plein de courants d'air », protesta Ginny, qui ne se réjouissait guère à l'idée que leur maison soit habitable. « On ne devrait pas rester ici tant que la vitre n'est pas réparée. »

Elle n'avait qu'une hâte : retourner au cœur de l'action. D'autant que les Carpenter étaient arrivés. Pas question de rester ici, songea-t-elle. S'il le faut, je casserai une autre vitre moi-même !

Skip descendit de l'échelle.

« Ouah ! s'exclama Ginny. J'adore le bois brut ! Ça donne un petit air authentique.

— Beau boulot, Skip ! déclara Fran.

— Merci. » Skip ferma l'échelle, ramassa sa boîte à

outils et porta le tout jusqu'à sa camionnette. « À plus tard », dit-il en leur faisant un signe de la main.

Fran et Ginny s'élancèrent sur la pelouse glissante. « Où allez-vous ?

— J'ai d'autres maisons à voir. Je ne travaille pas que pour les Reilly.

— Mais, Skip, vous devez rester. D'abord, on doit vous payer, et puis…

— Ne vous inquiétez pas pour ça. Il faut vraiment que j'y aille, j'ai pris du retard dans ma tournée.

— Vous revenez pour le dîner, n'est-ce pas ?

— Je ne sais pas, répondit-il en ouvrant la portière. Si ce journaliste n'a pas mis les voiles, c'est hors de question.

— On a votre numéro, dit Fran. On vous appellera. Je me doute bien que normalement, le vendredi soir, vous êtes en meilleure compagnie ! Mais, revenez dîner. Pourquoi ne pas passer la nuit chez les Reilly, vous aussi ?

— Jack est tellement adorable ! s'exclama Ginny.

— Sa femme aussi.

— Hum… répondit Ginny. Comment dire… j'ai un faible pour Jack !

— Quel cauchemar ! dit Skip dans sa barbe en se mettant au volant.

— Cessez de vous torturer », lança Ginny, persuadée que Skip pensait à Mrs Hopkins. « Mrs Hopkins a dévalé les marches. Elle avait du sang partout. À mon avis, elle était morte. Je dirais même que ça ne fait aucun doute. Enfin, presque.

— Ce “presque” me poursuivra toute ma vie », rétorqua Skip en faisant démarrer le moteur.

Ginny et Fran le regardèrent s'éloigner.

« Le pauvre ! C'est horrible, dit Ginny.

— Tu l'as dit », répondit Fran en tournant la tête vers la maison des Carpenter. « Ce satané journaliste est toujours là. J'espère qu'il va décamper. Skip aura besoin de nous ce soir. »

Une fois à l'intérieur, Ginny sortit une énorme valise du placard de l'entrée. « Prenons des vêtements pour plusieurs jours. Ça nous évitera de faire des allers et retours.

— Bonne idée. »

La sonnerie du téléphone retentit. Fran se précipita dans la cuisine. « Allô ? Bonjour, Margie… Ça, c'est vrai ! Il y a de l'action par chez nous… Quoi ? … Tu plaisantes ? On ne savait pas. On a dû faire réparer notre vitre, une branche a tout cassé… Quelle histoire… Merci, on te tient au courant. »

Elle raccrocha.

« Qu'est-ce qu'il y a ? demanda Ginny. Allez ! Raconte !

— Margie a entendu dire aux informations qu'Adele Hopkins devait être bien malheureuse. La police a trouvé des tonnes de cartes d'excuses sur la table de la salle à manger.

— Des cartes d'excuses ? Alors qu'elle n'a même pas pris la peine de nous remercier pour le petit plat qu'on lui a apporté ? Tu sais quoi ? On n'aurait jamais dû aller à House Junction. Je le savais depuis le début. On n'a même pas pu écouter la radio.

— On a bien fait, au contraire. Skip ne va pas bien. On n'avait pas le droit de le laisser y aller seul. Et puis, il fallait vraiment s'occuper de la fenêtre.

— Oui, mais on a tout raté. Viens ! Regan et Jack ont sûrement plein de trucs à nous raconter, je le sens ! »

Elle fila à la salle de bains pour récupérer leurs cirés.

« On ne fait pas notre sac ?

— On aura tout le temps plus tard », rétorqua Ginny en courant vers la porte d'entrée. « Allez, Fran ! Je veux les voir, ces cartes ! Il y en a peut-être une pour nous ! »

39

Ah, c'est ici, pensa Floyd en pénétrant dans le parking de *Chez Fern*. Ma foi, c'est pittoresque, comme endroit.

À peine avait-il passé la porte qu'une femme se précipita vers lui pour l'accueillir. « Je peux vous aider ? »

Floyd, son texte sous le bras, lui adressa son plus beau sourire. « Je voudrais commander des plats à emporter.

— Suivez-moi, on va s'occuper de vous. »

Il s'exécuta.

« Moi, c'est Fern, déclara-t-elle en se tournant vers lui près du comptoir. Asseyez-vous.

— Fern comme dans *Chez Fern* ?

— Exactement !

— Floyd Wellington. Enchanté. On m'a dit que chez vous on se régalait. »

Tout sourires, Fern jeta un œil au texte. *Rentre chez toi, grand-père !* « Ah, bien sûr. Vous faites partie de la troupe qui s'est installée au château.

— Il paraît !

— Désolée, je ne vous avais pas reconnu. Je sais que vous avez joué dans un super film, mais je ne l'ai jamais vu.

— Vous n'avez rien manqué, ma chère.

— Vos amis étaient là ce matin.

— C'est pour ça que je suis venu. Ils m'ont chaudement recommandé votre restaurant. »

Pas de bol, pensa Fern. Ça veut dire que Devon va revenir. « Ma serveuse va prendre votre commande. »

Une jeune fille, armée de son bloc et de son crayon, lui sourit. « Prêt ?

— Prêt, ma jolie. Je voudrais un cheeseburger avec des frites. Une omelette. La totale, hein, sauf les champignons. Et, bien cuite. Une soupe au poulet. Et une grande portion de salade de fruits.

— Des toasts avec l'omelette ?

— Non, un muffin. Avec de la confiture.

— À quoi ?

— N'importe.

— Autre chose ?

— Ça suffit, vous ne trouvez pas ? dit-il en riant. Je fais des provisions pour ce soir. Ça m'évitera de ressortir. »

La serveuse esquissa un sourire avant de filer en cuisine.

Floyd se mit à lire son texte. Plutôt bruyant, ici, se dit-il. Avec la télévision allumée… allez, un peu de concentration.

Fern s'approcha. « Tout va bien ?

— J'attends ma commande, merci.

— Comment ça se passe, au château ?

— Jusque-là, pas de problème.

— Vous vivez tous là-bas ?

— Oh oh oh, pas moi, non ! fit Floyd en grimaçant. Plutôt mourir !

— Ah, ça, c'est un vrai non ! répondit Fern en riant.

— J'ai passé l'âge de dormir dans un dortoir, ma belle. La production m'a loué une maison. »

Tiens, tiens ! En voilà un autre qui ne peut pas encadrer Devon ! « Comme je vous comprends ! Je vis seule. Quand je rentre à la maison, c'est un vrai plaisir d'être enfin tranquille ! Ici, ça n'arrête jamais, avec tout ce monde ! Rien de tel que de se retrouver chez soi au calme. »

Floyd lui effleura le bras. « Il y a bien un homme dans votre vie, dit-il avec sollicitude.

— Pas depuis un bout de temps, répondit-elle en riant. Et c'est très bien comme ça !

— Je suis sûr que vous avez tant à donner… Et puis, faut penser à s'amuser, il n'y a pas que le travail dans la vie ! Vous serez là, demain, à la lecture ?

— Je suis invitée, mais je ne sais pas si je viendrai.

— Ça vous plairait, j'en suis certain. Et je ne dis pas ça parce que j'en suis. » Il se pencha vers elle et lui chuchota à l'oreille : « La pièce vaut le déplacement, même si le metteur en scène me rend dingue. »

Fern éclata de rire. « Je l'ai rencontré ce matin. Moi aussi, il me rend dingue ! » Elle regarda l'écran de télévision. Le présentateur venait juste de prononcer le nom d'Adele Hopkins. « Vous êtes au courant ? Une femme s'est noyée ce matin. Tout près du manoir.

— Je sais », répondit Floyd en se tournant vers le poste. « Une tragédie. »

Il écouta le reportage, arborant une mine de circonstance.

« Dans la maison qu'elle louait, la police a trouvé des piles de cartes d'excuses sur la table de la salle à manger. Elle n'avait pas encore rempli les enveloppes.

— Des cartes d'excuses ? s'exclama Floyd en haussant les sourcils.

— Oui.

— Vous la connaissiez ?

— Non. On m'a dit qu'elle était venue ici une fois. » Fern regarda vers la porte d'entrée qui s'ouvrait. Au même instant, la jeune serveuse sortit de la cuisine avec trois sacs de nourriture. « Et voilà !

— Parfait !

— Ravie de vous avoir rencontré, Floyd. Et merci de votre visite.

— Faites-moi le plaisir de venir demain soir, on sera quittes !

— Je vais essayer, promis ! »

Floyd paya en espèces tandis que Fern saluait un jeune homme qui s'installait sur un tabouret au comptoir.

« Skip, il n'y a personne dans l'autre salle. Vous voulez une table près de la fenêtre ? Je vais m'asseoir un peu avec vous.

— Merci, Fern. »

En voilà un qui fait triste mine, pensa Floyd, qui en passant devant Skip, le salua d'un signe de tête. Mais sa sollicitude fut de courte durée.

En quittant le restaurant, il avait tout autre chose à l'esprit. Des cartes d'excuses. Il en rit à gorge déployée en montant dans sa voiture. J'ai hâte de lui dire que le monde entier sait à quel point elle est désolée !

Ce qui est sûr, songea-t-il en sortant du parking, c'est qu'elle est loin d'être aussi coriace qu'elle veut le faire croire ! Je le savais depuis le début.

Comme actrice, elle est franchement nulle, mais au moins, elle m'aidera à apprendre mon texte.

Oui, mais après ? se demanda-t-il, soudain pris de sueurs froides. Non, ce n'est pas le moment de penser à ça. Il faut que j'apprenne mon texte.

40

Kit poussa un long soupir de soulagement en passant Sagamore Bridge à l'entrée de Cape Cod. Le trajet depuis Boston avait été un cauchemar : baisse des limitations de vitesse, chaussée glissante, pare-brise inondé à chaque voiture qui doublait. J'aurais probablement mieux fait de rentrer à la maison, songea-t-elle. Mais bon, j'y suis presque maintenant.

Tandis qu'elle roulait sur la Route 6, artère principale de Cape Cod, le ciel se fit plus sombre, les nuages toujours plus nombreux et menaçants. Elle n'est pas près de se calmer, cette tempête, se dit Kit. Vingt-cinq minutes plus tard, le GPS – une voix de femme – interrompit la musique et déclara sur un ton péremptoire : « Prenez la prochaine sortie à droite. » Kit mit son clignotant avant de se rabattre sur la voie de décélération. Elle voulait changer de voiture mais ne s'était pas encore décidée sur la marque ou le modèle. En tout cas, elle avait la ferme intention de trouver un GPS avec une voix plus sympathique. Celle-ci devenait franchement hostile si vous aviez le malheur de vous tromper. « Sortez à droite, ordonna la voix. Sortez à droite. »

Quittant la nationale, Kit entendit ses essuie-glaces couiner. Ils fonctionnaient au ralenti, comme si, soudain, ils devaient balayer une épaisse boue. Oh, non, pensa-t-elle en tournant à gauche. Pitié, pas maintenant.

À l'embranchement de la Route 5A, elle prit à droite et appuya sur le bouton de navigation du tableau de bord. Encore dix kilomètres. Paniquée, elle se pencha en avant et plissa les yeux pour voir à travers le pare-brise ruisselant. Trop dangereux, pensa-t-elle. Apercevant une petite station-service juste devant, elle commença à ralentir pile au moment où ses essuie-glaces rendirent l'âme. Elle s'engagea dans l'allée prudemment et découvrit qu'elle ne faisait que quelques mètres.

Elle baissa la vitre et sortit la tête, roulant au pas jusqu'à la porte du garage puis coupa le moteur. La pluie martelait le pare-brise, les essuie-glaces bloqués en position haute. Kit regarda autour d'elle : une seule pompe à essence, la porte du garage fermée… mais le petit bureau semblait ouvert. Elle soupira et se prit à sourire en pensant à ce qui était désormais un rituel entre Regan et elle dans un cas de ce genre : elles s'appelaient et commençaient toujours en disant : « Moi qui croyais que ça ne pouvait pas être pire… »

Mais si, se dit Kit, ça pourrait être bien pire. Au moins, tu n'es pas sur la nationale, au milieu de nulle part. Elle pénétra dans une pièce minuscule. À droite, se trouvait le comptoir avec la caisse et tout un assortiment de bonbons, chewing-gums et pastilles à la menthe. Sur la gauche, accrochés au mur, des dizaines de désodorisants pour voiture. En face, une chaise pliante. Derrière le comptoir, une ouverture menait à l'atelier du garage. Kit aperçut une paire de jambes qui dépassait d'un véhicule levé par un cric.

« Bonjour, lança-t-elle sur un ton qui se voulait enjoué.

— Une petite minute, répondit une voix d'homme, un rien désinvolte.

— J'attends. »

Cinq minutes plus tard, elle s'assit sur la chaise pliante et croisa les jambes. J'ai comme l'impression que ça va prendre un bon moment, cette histoire, pensa-t-elle, démoralisée. Elle regarda les rangées de désodorisants. Son nez commença à la démanger.

41

Pendant ce temps-là, à Chicago, un homme d'environ quarante ans passait les portes tournantes d'un luxueux immeuble d'appartements du centre-ville. Dans le hall, décoré avec goût, un jeune gardien portant un badge à son nom se tenait derrière la réception.

L'homme sortit son insigne. « Inspecteur Lopez. J'ai quelques questions à vous poser, si ça ne vous ennuie pas.

— Pas de problème.

— George, c'est bien ça ?

— Oui.

— Je cherche une certaine Adele Hopkins. Je suis à la bonne adresse ?

— Tout à fait. Mrs Hopkins a emménagé l'année dernière, mais ça fait un bon moment qu'on ne l'a pas vue.

— Il y a quelqu'un d'autre chez elle en ce moment ?

— Non.

— Je peux voir le responsable ?

— Il est parti en week-end.

— Vous savez si Mrs Hopkins reçoit son courrier ici ?

— Oui. Mais on le lui fait suivre. Tous les quinze jours. C'est Jessie, le veilleur de nuit qui s'en charge.

Elle le paye grassement, si j'ai bien compris. Forcément, c'est plus facile pour lui de faire ami-ami avec les locataires. Quand ils rentrent tard le soir, avec un petit coup dans le nez, ils se mettent à papoter. Vous voyez ce que je veux dire ? »

L'inspecteur Lopez acquiesça.

« Je ne dis pas que Mrs Hopkins picolait, hein ! Pas du tout. C'est juste que, d'après Jessie, il se passe des trucs un peu louches la nuit. » George s'interrompit, soudain préoccupé. « Il lui est arrivé quelque chose, à Mrs Hopkins ?

— J'en ai bien peur. Elle était à Cape Cod ces derniers temps. Ils essuient une grosse tempête là-bas. Elle a été emportée par la mer ce matin. »

George, médusé, s'appuya sur le dossier de sa chaise. « Non ? C'est moche. Ça va lui faire un choc, à Jessie.

— Vous avez son numéro ? »

Le gardien fit oui de la tête tout en sortant un classeur d'un tiroir. Il recopia soigneusement les coordonnées complètes de Jessie – nom, adresse, numéros de portable et de fixe – puis les tendit à l'inspecteur. « Il commence à vingt heures. »

Lopez prit connaissance de l'adresse. « Ce n'est pas la porte à côté.

— Il s'est fait mettre le grappin dessus. Il vient d'acheter une super-maison avec sa fiancée. Maintenant, ça lui prend deux heures pour venir bosser. Faut être fou ! Mais bon, comme il fait des périodes de douze heures trois fois par semaine, ça ne le dérange pas.

— Dites-moi, il a une clé de l'appartement de Mrs Hopkins ?

— Oui. En cas de fuites, ou pour monter son courrier quand la boîte aux lettres est pleine, ce genre de choses.

— Qui d'autre a une clé ? La société de gestion ?

— Non, juste Jessie. » George baissa la voix. « Elle a refusé de leur en donner une, au cas où son ex-mari essaierait de les amadouer pour rentrer chez elle en son absence. D'après Jessie, c'est un sale type. Il est plein aux as et le divorce s'est mal passé. C'était un vrai tyran. Apparemment, Mrs Hopkins ne tenait pas à laisser des papiers importants là-haut. Vous voyez ce que je veux dire ? »

Lopez sortit son portable et appela chez Jessie. Répondeur. Il laissa ensuite un message sur son téléphone cellulaire, le priant de le rappeler dans les plus brefs délais.

George esquissa un sourire entendu. « Il ne répond jamais. Comme il dort la journée, il coupe toujours son portable.

— Et sa fiancée, elle en pense quoi ?

— Bah, fit George en levant les yeux au ciel. Il a un autre portable dont elle seule a le numéro. Je vous l'ai dit, je crois bien que Mrs Hopkins était plus que généreuse avec lui. »

42

La fouille de la maison des Carpenter se révéla totalement inutile : Regan, Jack, Dorie et Dan n'apprirent rien de plus sur la vie d'Adele Hopkins. En remontant du sous-sol, ils entendirent sonner à la porte.

« Qui ça peut bien être ? demanda Dan. Ce journaliste n'oserait quand même pas ? »

Arrivée au rez-de-chaussée la première, Regan courut jusqu'à la fenêtre du salon d'où elle vit les Brewer, postées sous le porche. « C'est Fran et Ginny.

— Qu'est-ce qu'elles veulent ? s'inquiéta Dan.

— Nous avons l'immense privilège de les avoir à la maison pour le week-end », ironisa Jack.

Ginny aperçut Regan et lui montra un colis FedEx. « C'est pour vous », cria-t-elle.

Regan lui fit un signe de la main avant de s'éloigner de la fenêtre. « Elle a un FedEx pour moi.

— Un FedEx ? s'étonna Jack. On n'est là que pour le week-end !

— Je me demande ce que c'est. »

La sonnette retentit de nouveau.

« Euh, fit Dan. Pas la peine de rentrer dans les détails concernant Mrs Hopkins, d'accord ? Avec ces deux-là... »

Dorie leur ouvrit. « Bonjour, chères voisines.

— Bonjour, Dorie », s'écria Ginny en entrant avec sa sœur. « Juste ciel ! Quel temps de chien ! Coucou, Dan !

— Heureux de vous voir, répondit ce dernier en se forçant à sourire.

— Regan », dit Ginny en agitant le colis d'un air triomphant. « Nous avons sonné chez vous. La porte était fermée. Du coup, on a fait le tour de la maison et on a vu la camionnette de FedEx approcher. Heureusement qu'on était là ! Le journaliste m'a bombardée de questions. Et c'est pour qui ? Et ça vient d'où ? Mais j'ai tenu ma langue, juré craché ! » Elle donna le paquet à Regan. « C'est de votre mère. » Puis, se tournant vers Dorie et Dan : « C'est tout humide et plein de courants d'air chez nous. C'est inimaginable ! Pas vrai, Fran ?

— Rien que d'y penser, j'en grelotte !

— Une branche a détruit la vitre ce matin, reprit Ginny. Skip a cloué une planche de contreplaqué, mais c'est invivable pour l'instant. Je suis gelée, telle que vous me voyez. Heureusement, on peut rester chez Jack et Regan en attendant que la vitre soit remplacée.

— Merci pour le colis, dit Regan. C'est très aimable à vous.

— Vous ne l'ouvrez pas ? demanda Ginny.

— Si. Quand on sera rentrés avec Jack. Je suis désolée que vous vous soyez retrouvées à la porte. On pensait que Skip reviendrait avec vous.

— Il est parti Dieu sait où !

— Oh. » Puis, se tournant vers Jack : « Tu donnes les clés à Ginny et Fran, qu'elles puissent rentrer se changer ? Elles ont l'air frigorifié.

— Ça va, répondit Ginny. Rien ne presse ! Et ça nous fait tellement plaisir de voir Dorie et Dan. Je suis navrée pour Mrs Hopkins. Nous n'avons pas eu la chance de faire sa connaissance. Vous avez pu contacter sa famille ?

— Ça ne saurait tarder, répondit Dan.

— Skip est dévasté. Il s'en veut tellement. Mais bon, que voulez-vous ? Ce sont des choses qui arrivent.

— Comme vous dites, fit Dan.

— Une amie vient de nous apprendre que vous avez trouvé des cartes d'excuses dans la maison. On peut les voir ? J'en ai déjà vu au drugstore, mais de là à en acheter des tonnes ! »

Un silence gêné s'ensuivit. « Elles n'ont rien de spécial, dit Regan.

— Juste un petit coup d'œil, insista Ginny en zieutant la table de la salle à manger.

— Allez-y, répondit Dorie. Ce serait franchement déplacé si Adele les avaient écrites, mais ce n'est pas le cas.

— Ah bon ? s'étonna Ginny, visiblement déçue. Et à qui voulait-elle les envoyer ?

— Aucune idée.

— Vous n'avez pas trouvé de liste de noms ou quelque chose comme ça ? … Oh, tiens, en voilà une. » Ginny prit une feuille de papier sur la table. « Regarde, Fran ! Rien que des prénoms. »

Fran lorgna sur la liste. « Ah oui. Je ne vois pas les nôtres.

— Moi non plus. Vous savez, Dorie, nous lui avons apporté un plat fait maison quand elle a emménagé. Figurez-vous qu'elle ne nous a même pas invitées à entrer. C'est tout juste si elle nous a remerciées, à vrai dire. Quand elle passait devant chez nous, elle nous disait à peine bonjour.

— Vous m'en voyez désolée.

— Ce n'est pas votre faute. Louer sa maison à quelqu'un ne suffit pas à le connaître.

— Ça, c'est sûr, surenchérit Fran. Impossible de deviner si les gens ont un bon fond ou s'ils feront de bons voisins. »

Heureusement qu'on a planqué les livres de développement personnel, se dit Regan.

Ginny poussa un soupir. « Qu'en dis-tu, Fran ? On rentre ? Je prendrais bien une tasse de thé bien chaud. Vous serez bientôt à la maison, Jack ?

— Oui, on vous rejoint. »

Apercevant les sacs pleins de coussins, Ginny s'approcha. « "Sans rancune" ?

— Ils sont à Mrs Hopkins, expliqua Dorie.

— Quand je pense qu'elle ne nous a jamais adressé la parole ! s'exclama Ginny en prenant sa sœur à témoin.

— Tant pis pour elle, déclara Fran.

— Allons-y. »

À peine avaient-elles franchi la porte que le téléphone sonna. C'était l'inspecteur Lopez, de Chicago.

43

Au bout de dix minutes, transie de froid et gênée par le parfum entêtant des désodorisants, Kit finit par se demander si le mécanicien était toujours en vie. Elle s'approcha du comptoir, histoire de s'en assurer. Soudain, elle entendit frapper sur du métal. Bon, se dit-elle, au moins, il n'est pas mort. Imperturbable, ce type. Quand il bosse, il bosse. Il ne m'a même pas demandé ce que je voulais. Et si j'étais là pour faire le plein, il me ferait poireauter comme ça ?

Trente secondes plus tard, le vacarme s'arrêta. Sans plus attendre, Kit l'interpella d'une voix forte. « Excusez-moi !

— Oui ?

— Vous avez l'air débordé.

— Pas plus que ça.

— Ce que je veux dire…

— Je sais que ce vous voulez dire.

— Ah ! D'accord ! Euh… Mes essuie-glaces ne marchent plus. Je ne peux pas conduire sous cette pluie. Ça prendrait longtemps de les réparer ?

— Ça dépend d'où vient la panne. » L'homme sortit de sous la voiture, se leva et rejoignit Kit dans le bureau. La cinquantaine, fin et tout en muscle, il avait les cheveux châtains lissés en arrière et une moustache. « J'ai promis de réparer cette voiture aujourd'hui. Je ne pensais pas que ça me prendrait autant de temps. Je m'occuperai de la vôtre après.

— Vous n'allez pas fermer ?

— Non. J'en ai bientôt fini avec ce vieux tacot. Et puis c'est moi le patron. Les horaires, vous savez… je ne suis pas aux pièces ! »

J'avais remarqué, pensa Kit. « Il n'y a pas un café dans le coin ? Je peux vous laisser mes clés et mon numéro. Comme ça, vous m'appelez quand vous avez terminé avec ma voiture.

— Ça me va. Vous trouverez une cafétéria un peu plus haut », dit-il en pointant dans la direction de Chatwich. « Vous comptez marcher sous cette pluie ?

— Ça va aller. Je suis bien couverte et j'ai un grand parapluie. » Kit posa ses clés sur le comptoir et lui laissa sa carte de visite. « Tenez ! Je peux avoir la vôtre ?

— Je suis en rupture. J'en aurai pas avant la semaine prochaine.

— Je vais quand même prendre votre nom et votre numéro, au cas où.

— Nathaniel Boone », grommela-t-il avant de lui dicter son numéro qu'elle nota sur une de ses cartes.

« Merci, Daniel. Je n'ai rien avalé depuis le petit déjeuner et …

— Mon nom, c'est NATHANIEL, pas Daniel. Tout le monde se trompe. Je me demande encore où mes parents avaient la tête en choisissant ce prénom. Je reprends les gens depuis que je suis tout petit. Ça m'énerve, vous pouvez pas savoir.

— Désolée, Nathaniel.

— Pas grave », dit-il en tournant les talons.

Il n'a qu'à avoir des cartes, après tout, pensa Kit. Elle releva le col de son imperméable et courut ouvrir le coffre de sa voiture. Elle enfila ses baskets en vitesse, prit son parapluie et fila. Elle ne tarda pas à se rendre compte que la route 5A était loin d'être idéale pour une promenade à pied. Et si j'appelais Regan ? pensa-t-elle en évitant les flaques du mieux qu'elle pouvait. Je ne veux pas l'embêter mais elle va finir par s'inquiéter. Bon, je lui passerai un petit coup de fil depuis la cafétéria.

Kit marcha d'un pas tranquille pendant un quart d'heure, tâchant de ne pas s'apitoyer sur son sort. Bois et maisons se succédaient. Puis, elle passa un virage. Toujours pas de commerce en vue. Il n'a aucun sens des distances, ce type, pensa-t-elle. Un peu plus haut ? Tu parles ! Elle songea à rebrousser chemin mais n'en fit rien. J'appellerai un taxi pour aller chercher ma voiture. Ça ne doit plus être très loin. Dix minutes plus tard, trempée jusqu'aux os, son parapluie retourné, elle aperçut au loin la vitrine d'une boutique en retrait de la route.

Une enseigne apparut. *Au Coussin bavard*. Tiens, ce serait pas le magasin dont Regan m'a parlé ? L'endroit où cette femme qui est morte a acheté tous ces coussins ? Peu importe, j'y vais. Je ne vais pas rester sous cette pluie.

44

De nouveau ligotée au sous-sol, où le volume de la radio était aussi intenable que le bruit strident d'ongles sur un tableau noir, Adele se demandait ce qu'elle allait devenir. Floyd est fou à lier, se dit-elle. Et s'il me tue ? Il en est sûrement capable. Qu'est-ce qu'il mijote ? Il ne peut pas me laisser partir. Et si j'essayais de le convaincre que je ne dirais rien à personne s'il me rend ma liberté. Hé ! On a bien rigolé, vous êtes un acteur formidable. Je sais bien que tout ça, c'était pour rire.

Tu parles, ça ne marchera jamais. Il est dingue, mais pas stupide. Il est suffisamment malin pour agir normalement en public et il n'a aucune intention de finir derrière les barreaux. Il est peut-être déjà allé en prison d'ailleurs.

Elle entendit la porte d'entrée et des pas sur le plancher du rez-de-chaussée. Tiens ! Il ne sonne pas ? Étrange. Il doit vouloir manger avant que ça refroidisse.

« Pardon, pardon, mille fois pardon ! entonna-t-il en descendant les marches. Paaaaaaardon ! répéta-t-il avec un rire dément. Alors comme ça, on a été très méchante ? »

Qu'est-ce qui m'a pris d'aller dans ce magasin ? pensa Adele. Dire que je n'ai même pas reçu de réponse après avoir envoyé le premier coussin avec un petit mot gentil. Pas étonnant que j'aie gardé les autres. Et ces cartes, quelle idée. J'aurais dû les jeter.

Floyd s'approcha d'elle en sautant comme un cabri.

Il déraille complètement, se dit Adele. On va en finir plus tôt que je ne croyais.

« Paaaaaaaaardon ! dit-il en la détachant. Madame est servie ! »

Tout ankylosée, Adele se leva péniblement. Quand je pense que ce matin même, je me sentais en pleine forme, se dit-elle. Je n'avais qu'une hâte : sortir en mer une fois la tempête calmée.

« Votre soupe va refroidir, Adele. On se dépêche !

— Il doit y avoir un micro-ondes dans cette maison, rétorqua-t-elle en se dirigeant vers les escaliers.

— On n'a pas de temps à perdre. Allez, plus vite que ça ! On mange et on se remet au travail. »

Une fois au salon, Floyd lui ordonna de reprendre sa place sur le canapé. Le repas, ainsi que deux bouteilles d'eau, les attendait sur la table basse. Il s'assit par terre en face d'elle, déballa son cheeseburger en sifflotant avant de l'avaler d'un air satisfait.

Adele le fixait tout en coupant son omelette délicatement avec des couverts en plastique. Elle se régala – comme lors de son unique visite *Chez Fern*. Adele en gardait un agréable souvenir. La jeune serveuse – qui débutait et redoublait d'efforts pour bien faire malgré sa nervosité – s'était montrée si gentille. Bien sûr, elle avait commis quelques maladresses, tardant par exemple à lui resservir du café, mais ça n'avait rien d'étonnant. Au moment de lui rendre la monnaie, elle s'était mise à lui poser des questions d'ordre personnel. La jeune fille ne pensait pas à mal, mais Adele avait préféré ne pas y retourner. De toute façon, elle adorait prendre son café dans la cuisine des Carpenter en admirant la baie de Cape Cod au petit matin. Elle s'y sentait en paix – sentiment qu'elle n'avait pas connu depuis des années. Mais si je n'avais pas loué cette maison, pensa-t-elle, je ne serais pas coincée ici.

« Youhou, Adele ! cria Floyd en se léchant les doigts. À quoi vous pensez ?

— À rien.

— Menteuse ! Vous pensiez à tous ces gens qui attendent toujours vos excuses, c'est ça ? demanda-t-il en entamant sa salade de fruits.

— Pas du tout. »

Floyd croqua un grain de raisin. « Racontez-moi ! Je veux tout savoir.

— Vous avez votre texte à apprendre.

— Pas faux.

— C'est pour ça que je suis là, non. Vous aider à travailler votre rôle.

— Ah, vous croyez ! Intéressant ! C'est qu'elle tente une nouvelle approche, la petite dame ! Elle le brosse dans le sens du poil, le fol-dingo ! dit-il en éclatant de rire. Ma pauvre Adele, c'est peine perdue, vous savez !

— Je ne tente rien du tout. Vous aurez l'air du dernier des crétins si vous ne savez pas votre texte.

— Demain soir, on fait une lecture, très chère. Rien de plus qu'une scène. J'ai bien l'intention de faire sans mon texte, histoire d'avoir les mains libres, pour m'amuser un peu avec ce magnifique couteau. Comme avec vous. Ce sera bien plus drôle. Il faut bien prendre quelques risques sur scène. Sinon, on s'ennuie. Je peux vous dire que le metteur en scène, il n'a pas sauté de joie quand je lui ai soumis l'idée ! On essaye ? Vous n'avez pas trop peur ? Imaginez, si le couteau m'échappe et vient se planter dans votre gorge !

— Pfff ! Il m'en faut davantage. Alors comme ça, le metteur en scène n'est pas très chaud pour vous laisser jouer avec un vrai couteau ?

— Exact. On n'utilise que des faux. Ce serait trop dangereux », fit-il en grimaçant.

Pas fou, ce metteur en scène, se dit Adele. Floyd est tellement imprévisible. Mais si je lui dis que pour un acteur de sa trempe, utiliser un faux couteau, c'est franchement ridicule, il marchera peut-être. Je vais lui monter la tête. Avec un peu de chance, il perdra les pédales si on l'empêche de prendre un vrai couteau et tout le monde le verra enfin sous son vrai jour. C'est ma seule chance de m'en sortir. Je me lance ou pas ? Ça vaut sûrement la peine d'essayer. Je n'ai aucune envie de rester coincée ici. Et quand tout sera fini, j'enverrai les cartes, comme prévu. Dix ans trop tard mais… Je n'ai jamais dit au revoir à ces enfants. Ils comptaient tellement pour moi. Quant à mon guide du savoir-vivre, je crois bien que je vais l'envoyer à mon ex-mari. En exprès. Il en a plus besoin que moi. Il est né avec une cuillère en argent dans la bouche, mais ce n'est pas la politesse qui l'étouffe. Dire que j'ai cru que c'était moi le problème. J'en suis malade. Allez ! Je n'ai rien à perdre.

Adele regarda Floyd droit dans les yeux. « Il ne m'a pas l'air très téméraire ce type.

— C'est rien de le dire.

— Je sais que je n'ai rien d'une actrice, mais j'aurais l'impression d'avoir cinq ans et demi avec un faux couteau sur scène.

— Qu'est-ce que vous voulez dire ?

— Que j'aurais l'impression de jouer aux gendarmes et aux voleurs. » Elle pointa un pistolet imaginaire sur Floyd. « Pan ! Pan ! Allez, on s'y remet ? »

45

Assis dans la cuisine, Regan, Dorie et Dan attendaient patiemment que Jack, au téléphone avec un inspecteur de Chicago, les informe à son tour des résultats de l'enquête préliminaire.

On l'a échappé belle, songea Dan. Si ce policier avait appelé avant le départ de Fran et Ginny, on n'aurait jamais pu se débarrasser d'elles. Mais les sœurs Brewer n'étaient pas son seul sujet de préoccupation. Il n'avait toujours pas écouté le message de Mickey McPhee et, plus il tardait à le faire, plus ça l'angoissait. Malgré tout, vissé sur sa chaise, il ne perdait pas une miette des propos de Jack qui, jusque-là, semblaient rassurants.

La conversation touchait à sa fin : Jack s'assurait que l'inspecteur avait bien son numéro de portable et celui de la maison familiale. « Oui, chez mes parents, juste à côté de la maison que Mrs Hopkins louait. C'est là que vous pourrez me joindre à partir de maintenant. »

« Attendez ! fit Dan les yeux exorbités. Regan, qu'est-ce qu'on fait si ce type appelle chez vous et que Fran ou Ginny décroche ?

— Dan ! gronda Dorie. Regan et Jack ne vont quand même pas dormir ici.

— Pourquoi pas ?

— Calme-toi un peu ! »

Jack finit par raccrocher.

« Alors ? demanda Dan d'une voix rauque.

— C'est bien l'appartement de Mrs Hopkins, mais ça, vous l'aviez compris », déclara Jack avant de continuer : « Le gardien qui s'occupe de lui faire suivre son courrier prend son service à vingt heures, heure de Chicago. Lopez espère pouvoir lui parler avant. Sinon, il attendra ce soir. J'imagine qu'ensuite, on saura qui prévenir du décès d'Adele. »

Un moment de silence s'ensuivit.

« Un ex-mari odieux, pas d'enfants, aucune visite, se désola Dorie, le visage grave. Qu'est-ce qu'on fait s'il n'y a personne à contacter ?

— Il y aura forcément quelqu'un ! s'écria Dan. Il le faut.

— Dan, tu m'énerves !

— Et sa voiture ?

— On la ramène à l'agence de location. Ça te paraît si compliqué ? »

Regan les interrompit :

« Inutile de se perdre en conjectures. Je vous rappelle qu'on n'a même pas retrouvé son téléphone portable. Elle avait peut-être plein d'amis proches. On en saura davantage dans la soirée.

— Bon, fit Jack en tapotant le comptoir. Regan, on rentre ? Nos invitées nous attendent ! »

Regan se leva en souriant à Dorie et Dan. « Vous êtes les bienvenus si vous souhaitez vous joindre à nous. »

Dan refusa d'un signe de tête, le regard fixe.

« Vous m'étonnez, Dan ! plaisanta Regan. J'ai cru comprendre que Fran et Ginny sont des cuisinières hors pair. Elles ont promis de nous préparer un bon petit plat.

— Elles vont poser des tonnes de questions, fit Dan. Que vous ne sachiez pas y répondre, c'est normal. Mais nous…

— Si vous changez d'avis… », commença Jack en posant la main sur l'épaule de Regan.

« Aucun risque, interrompit Dan. Mais on se verra plus tard. Vous pouvez repasser ici quand vous aurez parlé à Lopez ?

— Comptez sur nous, répondit Jack. On trouvera bien une excuse pour ressortir ! À tout à l'heure. »

Après les avoir raccompagnés à la porte, Dorie s'approcha de la fenêtre pour les regarder s'éloigner, blottis l'un contre l'autre. « Heureusement qu'ils sont là. Je ne sais pas ce qu'on aurait fait sans eux. » Elle se retourna. « Dan ? Dan ? Où es-tu ?

— Il faut que je consulte mes messages et que je rappelle mon patron, répondit Dan depuis le couloir. Tant que j'en ai encore le courage. »

Une porte claqua.

Déconfite, Dorie alla s'asseoir dans la cuisine. C'est tellement vide, ici, pensa-t-elle, les yeux mouillés. Et si triste. Quand je pense à Mrs Hopkins qui se faisait une joie de contempler la mer depuis cette fenêtre. J'espère qu'elle a su en profiter. C'est étrange, cette sensation qu'elle est toujours là. Comme si son âme était parmi nous. Beaucoup de gens ressentent ça quand ils perdent un proche.

Quelques minutes s'écoulèrent. Adele Hopkins ne m'était pas proche, pensa Dorie en pleurant. Je la connaissais à peine.

Pourquoi est-ce que je me sens si mal ?

46

Pendant ce temps, *Au Coussin bavard*, Ellen accueillait les clients qui, bien que peu nombreux, se succédaient, tandis que Pippy s'occupait de la paperasse, du courrier et des coups de fil dans l'arrière-boutique.

Zut ! Je me suis cassé un ongle, se fit-elle la remarque tout en répondant au téléphone. « *Au Coussin bavard*, bonjour !

— Puis-je parler à Pippy Huegel, je vous prie ? demanda un homme avec un accent britannique très distingué.

— C'est moi. »

Pas de réponse.

« Allô ?

— Quelle ingratitude, fit l'homme tristement en reprenant son parler de Bostonien pur jus.

— Roger ! Comment ça va ? Tu as fait bon voyage ? J'ai l'impression que ça fait une éternité que tu es parti !

— Mademoiselle habite chez moi, devient une véritable star, mais jamais un mot aux journalistes sur son fabuleux cousin !

— Mais si, j'ai parlé de toi ! Et puis, une star, c'est un peu exagéré !

— Ah oui ? Et quand as-tu parlé de moi ?

— Aujourd'hui même, figure-toi ! Une journaliste a appelé pour me proposer un rendez-vous. Comme on n'est pas franchement débordées en ce moment, je lui ai dit qu'on pouvait faire l'interview tout de suite.

— Ah oui ? Et qu'est-ce que tu lui as dit ? demanda Roger sur le ton de la plaisanterie.

— Elle m'a demandé si c'était sympa de travailler avec sa meilleure amie. Et d'être en colocation. J'ai répondu que c'était génial, et que grâce à mon cousin, Roger Huegel, on n'avait pas eu de problème de logement. Qu'il nous prêtait son magnifique cottage à Cape Cod et tout et tout !

— Mouais… Je te croirai quand j'aurai l'article sous les yeux. Quel journal ?

— J'ai noté son nom quelque part, attends… C'est un journal californien.

— Californien ? Mais je vis à Boston, moi ! Comment veux-tu que mes amis tombent dessus ?

— On le leur enverra ! Et puis, l'article sera sur Internet.

— J'aime mieux ça, dit-il avec un petit rire. Alors ? Comment ça se passe ?

— Bien. À part qu'on ferait mieux de se mettre à chercher une nouvelle maison. L'été arrive à grands pas.

— Exact. Ton cher cousin est impatient de passer du bon temps à Cape Cod ! Et pour le bail de la boutique ? Vous ne devez pas le renouveler ?

— C'est fait ! On a eu une de ces veines ! Le propriétaire est allé en Floride. Il a rencontré quelqu'un et adieu Cape Cod ! On s'est arrangés au téléphone :

on a la boutique pour six mois de plus, et au même prix !

— Ah ! Rien ne vaut l'amour !

— L'amour ? Kézako ?

— Ma pauvre, tu travailles trop. Bon, je suis rentré hier soir et je dois filer à une réunion. Je voulais juste te faire un petit coucou et savoir si la maison résistait à ce temps magnifique.

— Quand on est parties ce matin, tout allait bien.

— N'oublie pas de m'appeler si tu as une super-nouvelle à m'annoncer, du genre le sous-sol inondé ou…

— Ça t'inquiète ?

— Pas vraiment. Mais, tu sais, si tu n'étais pas à la maison avec Ellen, j'embaucherais quelqu'un pour y passer de temps en temps. Je suis près de mes sous mais… »

Pippy éclata de rire. « Je vais y faire un saut en voiture.

— Non, ne te dérange pas…

— C'est à deux rues d'ici. On te doit tellement…

— Je te le fais pas dire ! Vas-y, flatte-moi !

— Sans toi, on n'aurait jamais…

— Je plaisante, Pippy ! Tiens-moi au courant s'il y a le moindre problème, je vous enverrai quelqu'un. »

Pippy raccrocha, tout sourires. J'ai hâte de le revoir, pensa-t-elle. Il sera là tout l'été, ça va être sympa. Elle se leva et prit son manteau, son sac à main et son parapluie avant de rejoindre Ellen dans la boutique. Debout près de la porte, celle-ci discutait avec une femme trempée des pieds à la tête.

« Ah oui ! Vous venez rendre visite à Jack et Regan Reilly ? »

Pippy s'approcha et se présenta.

« Je ne voudrais pas tout mouiller dans votre boutique, dit Kit. J'ai laissé ma voiture au garage un peu plus bas. Le mécanicien m'a dit que je trouverais une cafétéria dans le coin, j'ai commencé à marcher et…

— Nathaniel Boone ? demanda Ellen.

— Oui !

— C'est un bon garagiste, mais il est un peu zinzin ! Kit, enlevez votre manteau. Prenez un café. Vous pouvez vous asseoir là-bas et appeler Regan…

— Désolée de vous interrompre, fit Pippy. Ellen, je viens d'avoir Roger au téléphone. Il est un peu inquiet à cause de la tempête. Le sous-sol, les inondations… Je vais voir si tout va bien. J'en ai pour cinq minutes.

— On ne bouge pas d'ici ! » répondit Ellen en aidant Kit à se débarrasser de son imperméable.

Dehors, il faisait déjà sombre. Pippy se mit au volant. En partant, elle remarqua à peine la voiture qui, dans la petite rue en face du magasin, attendait pour s'engager sur la 5A. Au moment où Pippy sortit du parking, l'automobiliste actionna son clignotant et accéléra pour la suivre, ni de trop près – prudence oblige – ni de trop loin – hors de question de la perdre de vue.

47

Dans le petit salon où il commençait à faire sombre, Mickey McPhee ouvrit les yeux. J'ai dû m'assoupir, pensa-t-il. Qu'est-ce que je faisais déjà ? Ah, oui, je venais de laisser un message à Dan Carpenter. Il regarda son téléphone. Tiens, il n'a pas rappelé.

Abandonné à son triste sort et d'humeur grincheuse, Mickey ralluma le poste de télévision et zappa plusieurs fois avant de tomber sur une image qui piqua sa curiosité : un reporter à la mine exagérément grave se tenait devant une petite maison en bord de mer. En bas de l'écran, *Chatwich*.

« … Adele Hopkins, férue d'aviron, est morte noyée ce matin. La mer, son amie de toujours, s'est tragiquement retournée contre elle. La victime vivait seule dans cette maison qu'elle louait à un couple de Boston, Daniel et Doreen Carpenter.

— Ça alors ! s'écria Mickey. Dan ne m'a jamais dit qu'il louait sa maison de Cape Cod. Comment ça se fait ?

— … à l'heure où je vous parle, les Carpenter ne souhaitent pas s'exprimer, ce que nous regrettons. »

Le téléphone de Mickey sonna. Il vérifia l'identité de l'appelant avant de décrocher. « Bonjour, Dan !

— Bonjour Mickey. Comment allez-vous ? Vous profitez bien de cette journée de congé ?

— Je vous renvoie la question. Je viens d'entendre votre nom aux informations. Que se passe-t-il ?

— Ah, vous êtes au courant.

— Oui. Comment c'est arrivé ? J'ignorais que vous louiez votre maison. Vous vous êtes bien gardé de m'en parler.

— On a rencontré cette femme qui cherchait un coin tranquille pour se remettre de son divorce. On s'est dit, pourquoi ne pas lui louer la maison pour l'hiver ?

— Que lui est-il arrivé, Dan ?

— Malheureusement… », commença Dan avant de résumer les événements de la journée.

« Vous louiez la maison à une sexagénaire mordue d'aviron et elle s'est noyée, c'est tout ?

— Que dire d'autre dans un tel moment ?

— Elle avait des enfants ?

— Non.

— De la famille ?

— Nous cherchons justement à les contacter.

— Dan, ils ont peut-être besoin de notre aide ! Il faut faire un geste. Pourquoi pas un don à une œuvre de bienfaisance pour honorer la mémoire de Mrs Hopkins ? Soutenait-elle une association caritative ?

— Je n'en ai pas la moindre idée, monsieur.

— Eh bien, renseignez-vous ! C'est décidé. *McPhee & You* va créer un fonds commémoratif… rappelez-moi son prénom ?

— Adele.

— Un fonds commémoratif Adele Hopkins. L'agence n'a pas eu très bonne presse cette année. Il est grand temps d'œuvrer pour le bien et de le faire savoir. C'est une occasion en or. Vous êtes de mon avis, n'est-ce pas ? … Allô ? Dan… vous êtes toujours là ? »

48

« Ah, vous voilà ! » s'exclama Ginny depuis la cuisine en entendant Regan et Jack rentrer.

Jack fit un clin d'œil à Regan et serra ses mains dans les siennes. « Quel accueil, Ginny ! »

Les sœurs Brewer dressaient la liste de ce qui leur manquait pour préparer le dîner.

« Des spaghettis, ça vous tente ? demanda Fran.

— Bonne idée, répondirent les Reilly à l'unisson.

— Très bien. On va vous concocter une sauce… vous m'en direz des nouvelles ! dit Fran.

— Voyons voir, fit Ginny. Nous serons quatre, peut-être cinq avec Skip, mais ça m'étonnerait qu'il vienne. Je compte Dorie et Dan ?

— Je ne crois pas, répondit Regan. Ils ont pas mal de choses à régler. Mais ma meilleure amie sera là. Elle était à Boston pour son travail. Je lui ai dit de faire un crochet par Cape Cod pour passer la soirée avec nous. D'ailleurs, elle devrait être arrivée à l'heure qu'il est.

— Ah, fit Ginny, peu enthousiaste. D'accord. Comment elle s'appelle ?

— Kit.

— Donc on sera cinq, peut-être six. Qui nous emmène au marché ? On ne prend jamais le volant par ce temps. » Elle zieuta le colis FedEx que Jack avait posé sur le comptoir. « Regan, vous ne l'ouvrez pas ?

— Si, je vais le faire, Ginny. »

Elle l'ouvrit avec l'aide de Jack puis en sortit un paquet emballé dans du papier aluminium, accompagné d'un mot adressé à Mr et Mrs Reilly. « Oh, fit Regan après l'avoir lu avec Jack. C'est mignon !

— Quoi donc ? demanda Fran.

— Ma mère nous a envoyé le dernier étage de notre pièce montée. Elle l'avait congelé après le mariage.

— Super ! s'exclama Ginny. Voilà le dessert tout trouvé !

— Ginny, enfin ! gronda Fran. Ça ne se fait pas… »

Ah, quand même, pensa Regan.

« Ce n'est pas maintenant, leur anniversaire. On le mangera dimanche.

— Mais il ne sera peut-être plus bon », rétorqua Ginny, pragmatique.

Derrière le comptoir, Jack fit du pied à Regan. « Vous savez, Ginny », dit-elle, à deux doigts du fou rire, « on dit que ça porte chance aux époux de manger une part de leur gâteau de mariage le jour de leurs noces de coton ; c'est une vieille tradition.

— Comment je pouvais le savoir ? Le seul type que j'ai failli épouser a préféré rester dans les jupes de sa mère. Tu te rappelles, Fran ?

— Comme si c'était hier. » Puis se tournant vers Regan et Jack : « C'était il y a trente ans. Il a dit à Ginny qu'il l'épouserait, mais uniquement après le décès de sa mère. Du coup, elle l'a quitté. Il a passé l'arme à gauche il y a cinq ans environ et sa mère est toujours en pleine forme !

— Solide comme un roc, cette femme, ajouta Ginny.

— Je suis désolée, Ginny, dit Regan.

— Fran, puisqu'on en est aux confidences, raconte-leur ce qui t'est arrivé.

— Oh, Ginny, c'est triste à pleurer.

— Et alors ? Il y a plein de Kleenex ici !

— J'ai pas envie.

— Allez ! Jack et Regan sont nos amis.

— Bon… d'accord. Quand j'étais jeune – j'avais vingt-deux ans – mon petit ami a demandé ma main à mon père… »

Ginny l'interrompit :

« Bien sûr, papa a dit oui. C'était un type génial, le chéri de Fran. Continue !

— Je n'étais pas au courant. Mes parents s'étaient bien gardés de m'en parler.

— Moi, je le savais !

— Ça, on s'en serait douté. Bref, Robert avait commandé la bague et voulait me faire sa demande le samedi soir. Dans l'après-midi, en allant chercher la bague, il a eu un terrible accident… »

Fran n'en dit pas plus et haussa les épaules.

« Oh, Fran… dit Regan d'une voix douce.

— Fran, nous sommes désolés, dit Jack.

— Vous vous rendez compte ! ajouta Ginny. Elle n'a même pas eu le plaisir d'entendre “Veux-tu m'épouser ?”. Mais la mère de Robert a eu la délicatesse de lui donner la bague.

— Je l'ai portée le jour de son enterrement. Ce fut la seule et unique fois. Je l'ai rangée dans un petit écrin rouge dans ma boîte à bijoux. Je la garderai toute ma vie.

— Et voilà, soupira Ginny. Vous savez tout. On n'a jamais rencontré quelqu'un d'autre, ni Fran, ni moi. Ce n'est pas faute d'avoir essayé. Pauvre de nous. Heureusement qu'on est là l'une pour l'autre.

— C'est vrai, dit Fran.

— Il n'est jamais trop tard, suggéra Regan.

— Regan, je vous en prie ! dit Ginny en riant. Vous êtes bien placée pour savoir que les hommes comme Jack, ça ne court pas les rues ! À nos âges en plus !

— Ce n'est pas une question d'âge, Ginny, croyez-moi.

— Mesdames, arrêtez ! dit Jack. Vous me gênez là !

— Vous avez tout pour plaire, Jack », conclut Ginny avant de se mettre à donner des ordres à tout le monde. « Regan, mettez donc ce gâteau au réfrigérateur.

— Je vais le faire.

— Jack, vous nous conduisez au marché ? On fera vite, promis !

— Bien sûr.

— Je reste ici pour attendre Kit. »

Mais bon, je n'ai pas vraiment le choix, on dirait, pensa Regan. Ginny veut Jack pour elle toute seule. J'espère que Lopez ne l'appellera pas quand il sera coincé avec ces deux-là dans la voiture.

Les sœurs enfilèrent leurs manteaux tout en se dirigeant vers la porte. « Allons-y, Jack ! dit Ginny. Regan, nous serons de retour en un rien de temps.

— Entendu. »

Jack se pencha pour l'embrasser. « À tout de suite. Je te confie le fort !

— Ça marche. »

Une fois seule, Regan téléphona à sa mère.

Nora décrocha à la seconde sonnerie. « Regan, comment ça se passe ?

— Merci pour le gâteau, maman. Tu as dû t'embêter pour l'emballer !

— Je t'en prie. Mais raconte-moi. Avez-vous trouvé la famille d'Adele Hopkins ?

— Pas encore. Mais on a son adresse à Chicago et Jack est en contact avec la police locale.

— Ce n'est plus qu'une question de temps, alors.

— Sauf que j'ai bien l'impression qu'il n'y a personne à prévenir. »

49

Ellen accrocha l'imperméable détrempé de Kit dans la salle d'eau attenante au bureau avant de la rejoindre dans la boutique avec une paire de chaussettes propres qu'elle avait dénichée dans son sac de sport. Assise dans le coin où se trouvait la table, Kit essuyait son sac à main avec une serviette. Il n'y avait personne d'autre *Au Coussin bavard.*

« Tenez, Kit, dit Ellen en lui tendant les chaussettes. Enlevez vos chaussures. Thé ou café ?

— Merci beaucoup. Je vous dérange, je suis désolée.

— Pas du tout. Vous avez bien fait d'entrer. Qu'est-ce que vous préférez ?

— Du thé, ce serait super.

— C'est comme si c'était fait. »

Les pieds gelés, Kit retira ses baskets et y fourra ses fines chaussettes gorgées d'eau avant d'enfiler celles qu'Ellen lui avait gentiment prêtées. « Beaucoup mieux, se dit-elle. Ça va m'aider à me réchauffer. » Puis elle sortit son téléphone portable de son sac pour appeler Regan qui répondit au bout de quatre sonneries. « Kit, je commençais à m'inquiéter. Où es-tu ?

— Moi qui croyais que ça ne pouvait pas être pire…

— Oh, non, répondit Regan en riant. Raconte, qu'est-ce qui t'est arrivé ? »

Kit lui raconta tout.

« Tu es *Au Coussin bavard* ? Ça c'est drôle ! Jack vient de partir faire des courses. Je viens te chercher dès qu'il sera revenu. En attendant, demande à Ellen de te raconter comment elles en sont arrivées à ouvrir la boutique.

— Regan, inutile de passer me prendre. J'attends des nouvelles du mécanicien. Avec un peu de chance, ma voiture sera prête dans pas longtemps. En plus, tu dois être occupée.

— Je ne vais te laisser retourner au garage sous cette pluie. Et puis, je ne suis pas franchement débordée.

— Vous en êtes où ? »

Regan lui fit un résumé de la situation. « Tu me passes Ellen, histoire que je la tienne au courant ?

— D'accord. Un instant… la voilà. » Kit lui tendit le combiné. « Ellen, Regan voudrait vous parler. »

Ellen posa un plateau avec une assiette de cookies et une tasse de thé sur la table et prit le téléphone. « Bonjour, Regan … Mmm … Elle vivait à Chicago ? … Nous non plus, aucune nouvelle de la dame du mail … Oui, on se rappelle … Merci, dit-elle avant de repasser le téléphone à Kit.

— Oui … D'accord, Regan … Ça me va … Appelle-moi quand Jack sera rentré. » Elle raccrocha. « Racontez-moi l'histoire de votre boutique ! Il paraît que ça vaut le détour !

— Vous êtes sûre ? demanda Ellen, les yeux pétillants.

— Oui.

— Quelle version ? Soft ou débridée ?

— Débridée !

— Je l'aurais parié ! J'ai bien vu comment vous avez ri quand je me suis moquée de Nathaniel Boone ! Pippy trouve que je me lâche un peu trop quand je parle de mon ancien patron. Mais comme elle n'est pas là…

— Je suis tout ouïe ! dit Kit en se servant du lait. Et pas d'autocensure ! Je veux tout savoir !

— Okay ! » répondit Ellen, ravie. Elle s'assit, posa les mains sur la table et regarda Kit droit dans les yeux. « Alors voilà. Il y a quelque temps, je tenais un stand de maquillage dans un grand magasin de Boston. Je m'en sortais bien, je ne demandais rien à personne. Et un jour, ce crétin arrive en disant qu'il veut acheter des produits de beauté pour sa mère. Sa mère ! Vous savez, le genre de type qui… »

Kit voyait très bien ce qu'elle voulait dire.

50

Pippy fit quelques centaines de mètres sur la 5A avant de ralentir pour tourner à gauche sur Woodsy Path. Ellen disait toujours que la rue portait bien son nom mais que côté imagination, on aurait pu faire mieux.

J'adore cet endroit ! se dit Pippy en longeant l'étroite route qui serpentait entre les arbres en surplomb dont le feuillage persistant protégeait les maisons des regards. Celle de Roger se trouvait sur la droite, tout au bout de la rue qui finissait en cul-de-sac. Au-delà, commençait un immense bois avec un étang. Pippy s'engagea dans l'allée, coupa le moteur et resta là un moment, à écouter la pluie et regarder ce magnifique décor. Quel dommage d'avoir à déménager, pensa-t-elle. On a tellement aimé vivre ici malgré le froid et la grisaille. J'imagine ce que ça doit être d'y passer un été.

Elle finit par descendre de voiture et courut se réfugier à l'intérieur. La porte d'entrée s'ouvrait sur un petit vestibule qui desservait à gauche, le séjour, à droite, la salle à manger et au centre, la cuisine et le petit salon qui donnaient sur la cour de derrière. Un escalier menait aux trois chambres.

Je regrette de devoir partir mais on est à l'étroit ici, pensa Pippy. La table de la salle à manger était couverte de tissus, de bobines de fil et autres articles de mercerie. Dans le séjour, s'entassaient des cartons remplis de cartes de vœux et tout un stock de coussins que Pippy et Ellen ne pouvaient pas entreposer à la boutique, faute de place. Il va falloir trouver une maison avec une grande pièce pour ranger tout ça, se dit-elle.

Elle traversa l'entrée, ouvrit la porte d'accès au sous-sol et alluma la lumière avait de descendre les marches. Tout à coup, un bruit étrange se fit entendre. Elle s'arrêta net. Qu'est-ce que c'était ? Elle tendit l'oreille. Plus rien. Bon.

Elle fit le tour du sous-sol et inspecta les trois petites fenêtres. Tout avait l'air normal. Ni fuites, ni infiltrations. Vitres intactes. Pas d'eau au niveau de la porte qui ouvrait sur la cour. Impeccable, se dit-elle avant de remonter au rez-de-chaussée.

L'horloge indiquait seize heures trente. Plus qu'une heure et demie avant la fermeture. Après, je cours chez la manucure. Il fait vraiment un temps de chien mais mes ongles ne ressemblent plus à rien, songea-t-elle en se dirigeant vers l'îlot central dans la cuisine. De nouveau, elle entendit quelque chose. Ça vient de l'étage, on dirait, se dit-elle en se retournant brusquement. Son coude cogna un vase en verre rempli d'eau. Pippy se pencha en avant pour le rattraper. Trop tard. Il finit sa course sur le carrelage de l'autre côté du comptoir.

Quelle idiote ! se dit Pippy. Ce matin, après avoir jeté les roses que ses parents lui avaient fait livrer pour son anniversaire, elle avait filé au magasin sans prendre le temps de laver le vase, elle s'était dit qu'elle le ferait en rentrant du travail.

Exaspérée, elle alla jusqu'au placard à balais. Eh bien cette fois, plus besoin de le ranger ! pensa-t-elle tandis que la porte d'entrée battait sous l'effet du vent.

51

Kit ne s'ennuya pas un seul instant en écoutant le récit d'Ellen. « Si Reed Danforth avait su ce qui l'attendait en vous abordant ce jour-là ! En tout cas, cette histoire vous a porté chance.

— Oui, mais dans le cas contraire…

— Alors là, il aurait eu du souci à se faire ! Chut ! Voilà Pippy.

— J'ai renversé le vase, annonça cette dernière d'une voix geignarde en entrant dans la boutique. Ça m'a pris un temps fou de tout nettoyer. »

Ellen se leva en riant puis se tourna vers Kit. « Besoin d'autre chose ?

— Non. Je vais passer un coup de fil à Nathaniel Boone. Je me demande ce qu'il fabrique. »

Elle composa son numéro. Au bout de huit ou neuf sonneries, il finit par répondre. « Allô ?

— Nathaniel ?

— Oui ?

— C'est Kit. Je vous ai laissé ma voiture tout à l'heure, vous savez, les essuie-glaces …

— Oui, oui. Vous m'avez dit.

— Vous avez eu le temps de jeter un œil ?

— Pas encore. Je viens juste d'en finir avec l'autre voiture. Elle est comme neuve, je suis plutôt content de moi. Je crois que je mérite un petit break. Je casse la croûte et je m'occupe de votre vieux tacot. »

Vieux tacot ! pensa Kit. Pour des essuie-glaces en panne ! Il est gonflé !

« OK, super. Vous croyez que c'est une grosse réparation ?

— Il n'y a pas de petite réparation, vous savez… »

Voilà qu'il philosophe, se dit Kit.

« … Vérifier la boîte de vitesses, changer un pneu, quelle que soit la panne, on bosse sur un bloc. La voiture forme un tout. Des pneus bien gonflés, c'est bien. Avec une boîte de vitesses qui fonctionne, c'est mieux. Et *vice versa*. Vous comprenez ce que je veux dire ?

— Je vois, oui. Tenez-moi au courant du temps que ça prendra, d'accord ?

— Okay. À tout à l'heure. »

Kit poussa un long soupir puis appela Regan.

« Je ne peux pas passer te prendre tout de suite, dit Regan. Désolée. Jack n'est toujours pas rentré. C'est bizarre, d'ailleurs. Le marché est juste au bout de la rue. Je décolle dès qu'il arrive. Ça ne devrait plus être long.

— Merci. »

Hélas, le destin en avait décidé autrement. Craignant de ne pas trouver tout ce dont elles avaient besoin au marché voisin, les sœurs Brewer avaient demandé à Jack de les emmener dans une épicerie fine à cinq kilomètres de Pond Road. Tandis qu'elles y faisaient leurs achats, un arbre était tombé en travers de la route, rendant la circulation impossible et les obligeant à faire un grand détour pour rentrer à la maison.

À six heures et quart, Pippy et Ellen fermaient la boutique, Jack était toujours en vadrouille et Nathaniel Boone promettait à Kit que sa voiture serait bientôt prête – ce qui était on ne peut plus vague.

« Vous connaissez le numéro d'une compagnie de taxis ? demanda Kit. Je vais retourner au garage, histoire de lui mettre un peu la pression.

— Pippy a rendez-vous chez la manucure, dit Ellen. Rentrez avec moi ! On boira un verre de vin et je vous déposerai là-bas quand Boone aura terminé.

— C'est gentil à vous, mais vous n'êtes pas obligée, Ellen.

— Pas de problème ! Vous avez bien une ou deux histoires à me raconter. Ce sera marrant.

— Vous me sauvez la vie !

— Ouah ! C'est la première fois qu'on me dit ça ! »

52

À force d'attendre, Regan ne tenait plus en place. Installée devant la télévision, un livre à la main, elle se levait d'un bond chaque fois qu'elle croyait entendre la voiture de Jack. Les questions se bousculaient dans sa tête. Pourquoi ils mettent tout ce temps ? Où trouver une autre voiture pour aller chercher Kit ? Lopez va-t-il rappeler bientôt ? Que va-t-il nous apprendre ? Et Skip ? Comment va-t-il ?

Elle alla dans la cuisine prendre le carnet d'adresses des Reilly et téléphona à Skip sur son portable.

« Allô ? »

Il n'a pas l'air en forme, pensa Regan, mais au moins, il répond.

« Skip, c'est Regan. Comment ça va ?

— D'après vous ?

— Ça vous dit de venir dîner chez nous ?

— Non, merci. J'ai vu Fern tout à l'heure. Elle m'a proposé de passer à la fermeture. Je m'entends plutôt bien avec une ou deux serveuses. On va tous manger ensemble.

— Ah ! Tant mieux.

— Ouais, je saute de joie.

— Skip, cessez de vous en vouloir.

— Facile à dire. Ça s'est passé ce matin. Je suis au bord du gouffre. Vous savez, cette idée qu'on ne se rend pas vraiment compte au début ?

— Oui.

— Honnêtement, je vois pas comment je pourrais me sentir plus mal. Le jour où je vais réaliser, je serai bon pour l'asile.

— Ne dites pas ça, Skip. Je peux faire quelque chose pour vous ?

— Personne ne peut rien pour moi. J'ai un peu peur de la réponse mais… qu'est-ce que vous avez appris sur sa famille ?

— Ce qui est sûr, c'est qu'elle a divorcé l'année dernière et qu'elle n'avait pas d'enfants. Mais ne vous inquiétez pas, on en saura plus d'ici peu.

— Regan ?

— Oui ?

— Ces cartes d'excuses… je n'arrête pas d'y penser. Pourquoi il y en avait autant ? À qui elle voulait les envoyer ?

— J'aimerais bien pouvoir vous répondre, croyez-moi.

— Elle ne devait pas être aussi solide qu'elle en avait l'air.

— C'est ce que je me dis aussi. »

Il soupira.

« Skip, j'espère bien vous revoir avant de partir.

— Je navigue à vue pour l'instant. De plus, vous ne deviez pas fêter votre anniversaire de mariage ? J'ai déposé des provisions pour le petit déjeuner l'autre jour. Ça allait ? »

Regan marqua un temps d'arrêt. Je lui parle du lait périmé ou pas ? Sur le ton de la plaisanterie, ça lui arrachera peut-être un sourire. Non, il ne vaut mieux pas. Ça pourrait avoir l'effet inverse.

« Ça allait ? insista Skip.

— Oui, parfait.

— Tant mieux.

— Je vous rappelle demain.

— D'accord. »

Regan raccrocha et s'approcha de la fenêtre. Le journaliste était enfin parti.

L'affaire Hopkins serait bientôt de l'histoire ancienne.

53

« Quelle jolie maison ! s'exclama Kit en montant les marches du perron avec Ellen.

— J'ai suggéré à Pippy qu'on fasse valoir notre droit au maintien dans les lieux, mais bizarrement elle n'est pas d'accord ! » Ellen ouvrit la porte en grand. « Et voilà ! » dit-elle en allumant la lumière de l'entrée. « Filons tout droit au petit salon ! Il y a un de ces bazars dans ces deux pièces ! Faites comme si vous n'aviez rien vu ! Remarquez, on a une excuse… une petite entreprise qu'on appelle *Au Coussin bavard* ! N'empêche, j'en connais qui ne se priveraient pas pour nous traiter de souillons !

— Pas moi !

— C'est ce qui me semblait.

— Mais…

— Quoi ? »

Kit prit un air grave. « Je me demande ce que Reed Danforth en penserait. »

Ellen pouffa de rire. « Vous voulez la fin de l'histoire, pas vrai ?

— Exact !

— Bon. Je vais ouvrir une bouteille de vin.

— Si ma voiture n'est pas prête d'ici une heure, dit Kit en suivant Ellen, je demanderai à Regan de venir me chercher. Jack sera sûrement rentré.

— Okay. Mettez-vous à l'aise. Il y a des patères près de la porte de derrière. Rouge ou blanc, le vin ?

— Rouge. »

Elles accrochèrent leurs manteaux. Kit posa son sac à main sur une table d'appoint puis en sortit son téléphone. Elle n'allait pas risquer de rater l'appel de Nathaniel.

« Sympa la cour, dit-elle en jetant un œil par la porte vitrée. Qu'est-ce qu'il y a derrière ces bois ?

— D'autres bois ! On est sur Woodsy Path, je vous rappelle !

— C'est vrai. »

Ellen servit le vin et tendit un verre à Kit. « Santé !

— Sérieusement, Ellen, dit Kit en trinquant, comment vous remercier ? Vous m'avez fait si bon accueil, et j'ai tellement ri ! »

Soigneusement caché dans la pièce, un invité surprise avait une réponse toute trouvée sur le bout des lèvres : « Te fatigue pas, va. Elle sera morte avant même que tu saches comment la remercier. »

« N'y pensez plus, fit Ellen avec un geste de la main. Je m'amuse comme une petite folle et je ne cherche pas…

— Non, je sais.

— Asseyons-nous. »

Toutes d'eux s'installèrent confortablement sur le canapé.

Ellen but une gorgée de vin, posa son verre sur la table basse et regarda Kit d'un air faussement interrogateur. « C'est quoi son nom déjà ? Vous savez, ce type qui vous intéresse tellement ? »

Un large sourire fendit le visage de Kit. « Reed Danforth, répondit-elle tout en posant son téléphone près d'elle.

— Reed Danforth ? Le gros menteur, c'est ça ? »

Kit acquiesça.

« C'est ce qui me semblait ! Vous voulez savoir ce qui me ferait le plus plaisir ?

— Dites-moi.

— Réunir toutes les vendeuses de maquillage de Boston qu'il a draguées. Histoire de confronter nos impressions. Et leur poser deux ou trois questions.

— Comme quoi ?

— Comment allait sa mère le jour où il s'est pointé à votre stand ? Vous a-t-il dit qu'il voulait lui remonter le moral avec un nouveau rouge à lèvres ? Ce genre !

— Quel numéro ce type !

— Je ne vous le fais pas dire. Pippy pense que je ne devrais plus y penser. Elle n'a pas tort. Il ne mérite pas autant d'attention. C'est vous qui me poussez au vice, Kit !

— Désolée. Mais c'est tellement drôle de vous entendre parler de lui ! Qu'est-ce qu'il fait maintenant ?

— Aucune idée. Rien de transcendant, à mon avis. Je sais qu'il a rencontré quelqu'un. Elle doit avoir un pois chiche dans la tête. Sincèrement, j'aimerais bien trouver un petit ami mais pas à n'importe quel prix. Cette fille doit être désespérée !

— Il ne vous a pas contactée après cette première interview ?

— Non. Je ne vois pas ce qu'il pourrait dire. De toute façon, j'ai raconté toute la vérité, rien que la vérité. Vous vous rendez compte, Kit ? Il m'a poussée à démissionner alors qu'il savait pertinemment que son resto avait toutes les chances de se casser la figure. Il était déjà endetté jusqu'au cou tellement il avait dépensé d'argent pour rénover l'entrepôt. Si j'avais su, je n'aurais jamais quitté mon boulot. Et là, il dépose le bilan et il répond même pas au téléphone !

— Mais vous ne m'avez toujours pas dit ce qu'il penserait de ce capharnaüm dans les pièces de devant.

— Kit ! Vous êtes pire que moi ! Euh… que dirait-il… ? »

L'invité mystère commençait à bouillir de rage.

Ellen et Kit continuèrent à se moquer de Reed Danforth, imaginant ce qu'il ferait dans telle ou telle situation. Au bout de vingt minutes, le téléphone de Kit sonna.

Elle posa son verre et jeta un œil sur l'écran avant de décrocher. « Nathaniel !

— Bonne nouvelle : votre voiture est comme neuve. Je suis plutôt fier de moi ! J'aimerais bien rentrer chez moi maintenant.

— Super, Nathaniel. J'arrive ! » Puis, se tournant vers Ellen en avalant une dernière gorgée de vin : « Boone a terminé. Il m'attend pour fermer.

— Allons-y », dit Ellen en allant récupérer son manteau.

Débarrasser les verres, c'est le moins que je puisse faire, songea Kit. Elle les rapporta à la cuisine.

Moins de dix minutes plus tard, Ellen se garait dans la petite allée du garage, derrière la voiture de Kit.

« Merci mille fois, Ellen, dit Kit en lui faisant la bise.

— On reste en contact.

— Avec plaisir. »

Kit descendit de voiture et fit au revoir à Ellen d'un geste de la main tandis que cette dernière repartait. Nathaniel l'attendait assis sur la chaise pliante.

« Salut, Nathaniel.

— Comme neuve », déclara Nathaniel en lui tendant la facture.

Ça me paraît raisonnable, pensa Kit en prenant sa carte de crédit dans son portefeuille.

Tandis que Boone encaissait, Kit se mit à chercher son portable dans son sac à main. Il faut que je prévienne Regan que j'arrive, se dit-elle. Mais, il est où, ce téléphone ? Mince, j'ai dû le laisser chez Ellen.

« Un petit autographe, s'il vous plaît ? » demanda Nathaniel.

Kit signa le reçu et le remercia avant de rejoindre sa voiture. Il pleuvait toujours à verse. Elle mit le contact et retint son souffle en actionnant les essuie-glaces. Ça marche ! pensa-t-elle en souriant. Trois secondes plus tard, ils se figèrent sur le pare-brise, le sourire de Kit aussi. Boone était à deux pas, en train de fermer la porte à clé. Elle baissa sa vitre.

« Nathaniel !

— Qu'est-ce qu'il y a ? » demanda-t-il en tournant la tête.

Kit montra ses essuie-glaces d'un doigt rageur. « Voyez vous-même !

— C'est pas vrai ! Moi qui étais tellement content. Je me demande ce qui a pu clocher. Je m'en occupe demain, à la première heure. Je vous proposerais bien de vous déposer quelque part, mais je viens au travail à pied, quel que soit le temps. Je n'habite qu'à trois kilomètres.

— Ne vous inquiétez pas pour ça. Par contre, j'ai besoin de votre téléphone. »

54

Assis dans le petit salon, Regan et Jack regardaient le journal du soir. Après un trajet des plus pénibles, Jack essayait de se détendre tandis que Ginny et Fran s'affairaient dans la cuisine, tranchant les légumes et coupant la viande en dés. Elles avaient catégoriquement refusé l'aide de Regan.

« Jack a une patience d'ange, Regan ! s'exclama Ginny. C'est moi qui vous le dis ! Il n'a pas perdu son calme un seul instant malgré les embouteillages monstres.

— Je sais, Ginny », répondit Regan en souriant à son mari tout en lui tapotant la jambe.

Las, Jack lui rendit son sourire avec un léger haussement d'épaules.

Le portable de Regan se mit à sonner. « J'espère que c'est Kit. » Elle jeta un coup d'œil à l'écran. « Non, c'est un numéro local. Allô ?

— Regan, c'est Kit.

— D'où appelles-tu ?

— Du garage. Ma voiture n'est pas réparée. J'ai dû oublier mon portable chez Ellen et Pippy. Tu peux venir me chercher ?

— Bien sûr. C'est où exactement ? »

Kit le lui expliqua. « Je t'attends dans ma voiture. Je suis garée juste devant.

— J'arrive. » Puis, se tournant vers Jack : « Je n'en ai pas pour longtemps.

— Je t'accompagne.

— Tu rentres à peine.

— J'ai envie d'être avec toi, répondit Jack tendrement.

— Moi aussi, fit Regan en souriant. Allons-y. »

Ils rejoignirent Fran et Ginny dans la cuisine. « On va chercher Kit. Sa voiture n'est pas prête », annonça Regan.

Ginny ouvrit de grands yeux. « Vous y allez aussi, Jack ? Après tout le temps que vous venez de passer dans les bouchons ?

— Oui, Ginny, répondit-il en enfilant son manteau. Il pleut des trombes, je préfère conduire.

— À votre guise. »

À peine avait-il fermé sa portière que Jack se tourna vers Regan, un large sourire sur les lèvres, et l'embrassa. « C'est quand notre prochain week-end de libre, qu'on s'envole pour les Bermudes ? demanda-t-il en lui passant la main dans les cheveux.

— Je ne sais pas, mais c'est une très bonne idée ! »

Après une longue étreinte, Jack démarra.

Ils trouvèrent la station-service sans problème. « Je n'avais jamais remarqué ce garage, dit Regan.

— Il faut dire que ça n'a rien d'extraordinaire, comme endroit ! » répondit Jack en tournant dans l'allée.

Kit sortit de sa voiture en un clin d'œil. « Alléluia ! » s'écria-t-elle en agitant les bras. Puis, elle fonça ouvrir son coffre.

Regan et Jack éclatèrent de rire. « Je vais lui donner un coup de main avec ses bagages », dit Jack.

Il s'avança vers Kit et l'embrassa avant de prendre sa valise. J'en ai de la chance, songea Regan en observant la scène. Je ne remercierai jamais assez papa de s'être fait enlever.

Une fois ses affaires dans le coffre des Reilly, Kit s'installa sur la banquette arrière. « Salut, Regan ! s'exclama-t-elle.

— Kit ! Je suis tellement contente de te voir ! » dit Regan en se glissant entre les sièges avant pour lui faire la bise.

Jack se remit au volant. « Mission accomplie !

— J'ai un dernier service à vous demander.

— Lequel ? s'enquit Jack.

— Il faudrait passer rapidement chez Pippy et Ellen. C'est sur la route. Je suis presque sûre d'avoir oublié mon portable sur le canapé. Je les appellerais bien pour m'en assurer, mais je n'ai que le numéro de la boutique.

— Pas de problème ! Elles habitent où ?

— Sur Woodsy Path.

— Il me semble être passé devant en venant, répondit Jack en enclenchant la marche arrière.

— Le coin est super mignon. Très boisé. La maison est tout au bout de la rue. Elle est bourrée de charme mais, tu me connais, Regan, je ne pourrais pas vivre seule dans un endroit aussi reculé. J'aurais trop la frousse. »

55

De retour sur Woodsy Path après un bref passage chez un traiteur chinois à deux pas du garage de Nathaniel Boone, Ellen gara la voiture dans l'allée et en descendit. Elle récupéra son sac à main et ses courses sur la banquette arrière puis referma la portière avec le pied. Quand Pippy reviendrait de la manucure, elles n'auraient plus qu'à réchauffer les plats cuisinés et mettre les pieds sous la table.

Faites qu'il arrête de pleuvoir, songea-t-elle en courant jusqu'au perron. Empêtrée avec ses paquets, elle ouvrit la porte tant bien que mal et se glissa à l'intérieur, puis ferma derrière elle d'un coup d'épaule. Le sac qu'elle tenait de la main gauche était à deux doigts de craquer. Elle passa l'autre main dessous *in extremis* – hors de question que la soupe finisse par terre ! – tout en retenant le deuxième sac et son trousseau de clés du bout des doigts. Ils devraient les faire encore plus fins leurs sacs, maugréa-t-elle *in petto* en se précipitant dans la cuisine. Elle posa délicatement la soupe sur le comptoir avant de se débarrasser de son sac à main et de ses clés. Si encore c'était de la superbouffe, pensa-t-elle en reprenant son souffle. Ouf !

Tandis qu'elle s'apprêtait à suspendre son manteau, un objet brillant sur le sol attira son attention. Elle s'accroupit pour le ramasser.

Soudain, elle sentit une corde autour de son cou. « Alors, comme ça, je suis désespérée ? » lança une voix féminine hargneuse. La corde se resserra.

Affolée, Ellen porta sa main gauche à sa gorge, tentant de passer les doigts sous la corde.

« Désespérée, hein ? C'est ça que tu penses. On va voir qui de nous deux a le plus de raisons d'être désespérée ! »

Ellen balança son bras droit en arrière au-dessus de sa tête.

« Aïe ! » hurla l'inconnue. Elle saisit l'avant-bras d'Ellen, relâchant la pression sur la corde quelques secondes, ce qui permit à Ellen de l'attraper et de tirer dessus.

La femme secoua le bras d'Ellen. « Jette ce que tu as dans la main ! »

Un tesson de verre provenant du vase que Pippy avait cassé tomba par terre.

« Espèce de sale mégère ! cria la femme en serrant de plus belle. Ma joue ! Vous m'avez coupée ! »

Étranglée par la corde, Ellen n'arrivait pas à se dégager et respirait difficilement.

Jack s'engagea dans l'allée de Roger Huegel. « J'en ai pour une minute », dit Kit en sortant de la voiture. Elle s'apprêtait à sonner quand elle entendit hurler.

« Je te hais ! »

Oh, mon Dieu ! pensa Kit. Qu'est-ce qu'il se passe ici ?

« Je te hais ! »

Posant la main sur la poignée de la porte, Kit se rendit compte qu'elle était mal refermée. Elle n'eut qu'à la pousser pour qu'elle s'ouvre. Son sang se figea. À quelques mètres de là, sur le sol de la cuisine, Ellen se débattait contre une femme qui essayait de l'étrangler. Kit se tourna vers la voiture et appela au secours : « Regan, Jack, venez vite ! » puis se jeta sur l'intruse en la rouant de coups.

« Arrêtez !

— J'aime Reed Danforth. Je ne suis pas désespérée », hurla la femme, la joue en sang.

Au bord de l'asphyxie, Ellen agrippait la corde.

L'assaillante, enragée, ne semblait sentir ni les gifles ni les coups de poing de Kit. Complètement paniquée, Kit fit le tour du comptoir et fouilla dans les tiroirs pour trouver un couteau. À ce moment-là, Jack et Regan déboulèrent dans l'entrée.

« Je ne suis pas désespérée ! Reed Danforth m'aime ! »

Jack s'élança vers elle. « Laissez-la ! » Il lui tordit les poignets, lui arrachant un cri de douleur.

Hurlant comme une forcenée, la femme finit par lâcher prise et éclata en sanglots. Jack la maintint à terre tout en prenant son téléphone pour appeler les secours.

Regan et Kit se précipitèrent vers Ellen.

Elle se tenait le cou et tentait de reprendre son souffle. Elle leva les yeux vers Kit. « Nous sommes quittes à présent. »

Bouleversée, Kit esquissa un sourire. « Ça va ?

— On ne peut mieux ! J'ai comme l'impression que cette psychopathe est la copine de Reed Danforth. C'est pas beau, ça ? »

Elle se leva avec l'aide de Regan et Kit.

Assise sur le sol, la « psychopathe » criait et pleurait.

« Hé, vous ! fit Ellen, haletante.

— Quoi ? » vociféra la femme. Puis, montrant sa joue ensanglantée : « Regardez ce que vous m'avez fait. Regardez.

— Où est Reed ?

— À Boston.

— Je donnerais cher pour voir sa tête quand il apprendra ça, murmura Ellen.

— Je ferais mieux d'inspecter les lieux avant l'arrivée de la police, déclara Jack. On n'est pas à l'abri d'un autre coup tordu avec ce genre de personne.

— D'accord, dit Regan. On l'a à l'œil. »

Jack monta à l'étage pour vérifier les chambres. Rien à signaler. Il redescendit et entra dans le séjour.

« C'est la pagaille ici, dit Ellen. Je sais.

— Ne vous en faites pas, répondit Jack. Je veux juste regarder. » Il fouilla ensuite la salle à manger et le sous-sol. En revenant dans le petit salon, il s'approcha du placard près de la cheminée.

« Hé, Jack ! » fit Ellen.

Jack tourna la tête.

« Vous ne trouverez rien là-dedans. Impossible de l'ouvrir.

— Je vais quand même essayer », répondit Jack en haussant les épaules.

Il tira sur la poignée. En vain.

« Voyez ce que je veux dire ? »

Jack se retourna en souriant. « Je réessaye. » Il parvint à débloquer la porte d'un coup sec. Tapi à l'intérieur, tirant une tête de trois mètres de long, apparut …

« Reed Danforth ! s'écria Ellen. Mon appareil photo ! Où est-il ? Je veux une photo pour mon site ! Et Pippy qui n'est même pas là ! »

La forcenée se retourna, radieuse. « Mon amour ! Toi ici ? Quel bonheur ! » Elle se leva d'un bond et courut jusqu'à lui. Le sang coulait toujours sur son visage.

« Asseyez-vous ! ordonna Jack

— Allez, Jack ! Une petite photo, rien qu'une ! » dit Ellen sans attendre son autorisation. La folle, accroupie près de Danforth, la main sur sa jambe, avait pris la pause. « Une autre au cas où ! Et une dernière, pour faire bonne mesure ! Hé, patron ! Tu l'as rencontrée où ta jolie poupée ?

— Je l'ai bousculé dans la rue ! s'écria Olivia, toute contente. Exprès.

— C'est pas mignon, ça ? fit Ellen, une pointe de sarcasme dans la voix. On récolte ce qu'on sème, n'est-ce pas Mr Danforth ? »

Pour son plus grand plaisir, elle entendit les sirènes de la police approcher.

56

Tandis que la police s'affairait dans la maison, où régnait la plus grande confusion, Jack reçut un appel sur son portable. Il regarda le numéro de l'appelant et se tourna vers Regan. « Lopez », articula-t-il en silence tout en lui faisant signe de le suivre à l'étage.

Regan acquiesça.

Ils s'enfermèrent dans une des chambres.

« … Nous voilà au calme, dit-il à Lopez. Ça vous dérange si je mets le haut-parleur ? … super … C'est fait. Alors, qu'est-ce que vous avez ?

— Le nom et le numéro de son ex-mari. Il vit dans une immense propriété à deux heures de Chicago où il mène l'existence du parfait gentleman-farmer. Le veilleur de nuit réexpédiait le courrier d'Hopkins vers une boîte postale à Boston. Ils s'entendaient plutôt bien tous les deux. Elle lui a raconté qu'elle avait passé dix ans avec son ex. Mais pas un mot sur son passé plus lointain. Il n'a jamais osé lui poser de questions. L'ex s'appelle Randolph Windwood. Mrs Hopkins racontait qu'il était né avec une cuillère en argent dans la bouche. Ma foi, c'est tout.

— Randolph Windwood, vous dites ?

— C'est ça. Et son numéro… »

Regan le nota rapidement.

« Okay. C'est un bon début. Merci de votre aide, conclut Jack avant de raccrocher.

— C'est bien, fit Regan. Son ex n'est peut-être pas l'homme idéal mais il aura sûrement des choses à nous apprendre. Tu veux l'appeler tout de suite ?

— Oui, répondit Jack en composant le numéro. Faisons-lui un petit coucou.

Un homme décrocha au bout de quatre sonneries. « Domaine Windwood, j'écoute.

— Bonjour. Je voudrais parler à Randolph Windwood, s'il vous plaît.

— Qui le demande ?

— Jack Reilly, police de New York. J'appelle au sujet d'Adele Hopkins.

— Un instant je vous prie.

— Je crois que c'était le majordome », chuchota Jack en tendant le combiné de sorte que Regan puisse suivre la conversation.

« Bonjour. Randolph Windwood à l'appareil. »

Rien qu'à sa voix, il a l'air snob, pensa Regan tandis que Jack se présentait.

« Que voulez-vous savoir sur Adele ?

— Elle a eu un accident ce matin. La mer l'a emportée. Nous cherchons à contacter sa famille.

— Oh, mon Dieu ! Avant notre divorce, elle n'avait que moi dans sa vie.

— Nous savons déjà qu'elle n'avait pas d'enfants mais pouvez-vous nous dire s'il y a quelqu'un d'autre ?

— Personne : ni parents, ni frères et sœurs, ni enfants. Elle a bien quelques cousins quelque part, mais je ne les ai jamais rencontrés. Des gens sans intérêt. Je ne saurais vous dire où ils se trouvent.

— Vous pouvez peut-être nous donner le nom de certains de ses proches.

— Quand nous nous sommes mariés, Adele a commencé une nouvelle vie. Nous ne fréquentions que mes amis. Quoiqu'aucun d'entre eux ne se soit pris d'amitié pour elle. Enfin, passons. Où l'accident a-t-il eu lieu ?

— À Cape Cod.

— Cape Cod ! Ah ah ah ! Ma parole, c'est drôle !

— Comment ça ?

— C'est à son premier mari que vous devriez parler.

— Son premier mari ?

— Oui. Adele a passé plus de vingt-cinq ans avec lui. Au début de notre mariage, c'était tout beau, tout rose. Mais j'ai vite compris qu'Adele n'était pas faite pour ce milieu. Les chevaux et le reste. Sa vie d'avant lui manquait. Ah ! Elle n'était pas commode. Pas commode du tout. Elle l'a quitté pour moi, vous savez. Elle essayait peut-être de raviver la flamme en s'installant à Cape Cod. Il était enseignant.

— Vous savez où il vit ?

— À Long Branch, dans le Massachusetts. Une bourgade de péquenauds. Sans intérêt. Rien à voir, à part les gamins qui font du vélo dans la rue. Moi, je préfère admirer les chevaux qui galopent dans les champs. Mes filles ont toujours fait du cheval. En y réfléchissant bien, je crois qu'elles n'ont jamais touché un vélo de leur vie.

— Vous avez des enfants ?

— Oui. Je suis même grand-père depuis l'année dernière.

— Félicitations », dit Jack en faisant une grimace à Regan qui articula en silence : « Il est plein de fric. » « Mr. Windwood, pouvez-vous me donner le nom du premier mari d'Adele, s'il vous plaît ?

— Ma foi ! Il sait peut-être où vivent les cousins dont je vous parlais. Il est du genre barbant lui aussi. Quand j'ai rencontré Adele, elle m'a raconté que chaque année, elle faisait un nouvel album photos de ses élèves. Pourquoi diable faire une chose pareille ? lui ai-je demandé. Crois-tu vraiment qu'il te prendra l'envie de les regarder ? Il faut croire qu'elle et son premier époux sont nés avec une propension à trouver du plaisir à des choses que je trouve d'un ennui mortel. Probablement une question de gènes.

— Adele enseignait aussi ?

— Oui. Au collège.

— Simple curiosité : comment vous êtes-vous rencontrés tous les deux ? On dirait que vous n'aviez pas grand-chose en commun.

— Le père d'Adele était mourant. Elle avait pris un congé exceptionnel pour rentrer dans l'Oregon et être à ses côtés à l'hôpital. Elle avait perdu sa mère l'année précédente et n'avait ni frères ni sœurs. Je me trouvais aussi à l'hôpital, suite à une mauvaise chute de cheval dont je me suis totalement remis, Dieu merci. Mr. Hopkins occupait une chambre double à côté de la mienne – individuelle, cela va sans dire. Bref, Adele et moi nous sommes rencontrés trois ou quatre jours après son arrivée. Le médecin l'a priée de sortir quand il est venu voir son père pour… vous savez, faire ce que les toubibs font lorsqu'ils ferment ces rideaux de séparation dans les chambres doubles… J'ai regardé dans le couloir et là, je l'ai vue. Elle avait l'air si triste. Je lui ai fait signe. Je me demande encore ce qui m'a pris. Elle m'a rendu la politesse et on s'est mis à papoter. Après ça, chaque fois que son père dormait, elle venait dans ma chambre, m'apportait du thé, me réconfortait. On est tombés amoureux et elle n'est jamais retournée auprès de son mari.

— Qui s'appelle… ?

— Jimmy Cannon. Je crois qu'il était plutôt furax contre Adele. Il n'était pas le seul d'ailleurs. Vous savez comment sont les gens dans ces petites villes…

— Nous allons essayer de le contacter.

— Je suis désolé pour Adele. Si vous trouvez ses cousins, présentez-leur mes condoléances. Non, attendez ! Dites-leur plutôt de bien profiter de mon argent. Adele a touché un bon pactole après le divorce. Au revoir ! »

Jack raccrocha. « Eh bien !

— Je n'en voudrais pas pour mari », dit Regan.

Jack sourit. « J'appelle les renseignements. » Il y avait bien un James Cannon à Long Branch mais son numéro était sur liste rouge. « On ferait mieux de redescendre. Demain matin, nous irons à Long Branch. On ne devrait pas avoir trop de mal à le trouver, c'est une petite ville. Pourvu qu'il accepte de nous parler.

— Jack, le coussin en lambeaux venait de là-bas.

— Je sais. Mais si Cannon coopère, on apprendra sûrement des choses intéressantes. »

57

Devon n'aurait pu être plus heureux en ramenant sa petite troupe au château de Chatwich. Ils venaient de passer un très bon moment à papoter et plaisanter autour d'un fabuleux repas italien. Comme on pouvait s'y attendre, chacun s'était fait une joie de parler de sa petite personne. Mais, pour son grand plaisir, les comédiens avaient fait preuve d'un enthousiasme débordant en voyant le faux couteau. Ah, se dit-il. Quand je pense au stress que ça m'a valu ! Il devrait être plutôt chouette, ce cocktail. Le clou de la soirée, bien sûr, ce sera la lecture !

Il s'engagea dans l'allée du manoir.

« Super dîner, Devon.

— Ces spaghettis, c'était un délice !

— Moi, j'ai été impressionnée par le couteau, dit Annie, l'ingénue qui se révélait parfois une vraie peste. En plus, vous avez géré la situation comme un chef. Respect ! »

Devon apprécia le compliment.

« J'ai hâte de voir la réaction de Floyd, déclara Hadley Wilder. Il va être baba ! Aucun doute ! Il a l'air tellement vrai. Et le manche est tout simplement magnifique ! »

Rayonnant, Devon gara la voiture. Il regarda les autres se diriger vers la porte d'entrée sans se départir de son sourire béat. Personne ne remarqua qu'il n'avait pas suivi le mouvement. Eh bien ! se dit-il. Ça doit être un signe. J'y pense depuis le début de la soirée. Tout me pousse à le faire ! Gai comme un pinson, il fit demi-tour, direction : chez Floyd.

« Ma passion, c'est le théâtre, le théâtre ! se mit-il à chantonner. Floyd va adorer le couteau, la la la. »

Roulant au pas, il tourna dans l'étroite rue qui longeait la mer et ne comptait que trois villas. Celle qu'il avait louée pour Floyd se trouvait tout au bout. Inutile de m'approcher davantage, se dit Devon. Si je change d'avis au dernier moment et que je dois me tailler... Il gara la voiture près d'un fourré et descendit, non sans avoir pris le couteau et son parapluie.

Il ne me proposera sûrement pas d'entrer, pensa-t-il en essayant d'éviter les flaques. Je ne peux pas lui en vouloir. Mais je tiens absolument à ce qu'il voie ce petit bijou.

Ah, il y a de la lumière ! Formidable ! Avec un grand sourire, Devon emprunta l'allée, oublieux de la pluie. Les rideaux étaient fermés, ce qui n'était guère étonnant. À deux pas du porche, il hésita. Qu'est-ce que j'entends ? Des cris ? Il s'approcha encore et reconnut les répliques de sa pièce ! Floyd était en pleine répétition – avec une femme !

Quel numéro, ce type ! Je ne peux quand même pas l'interrompre. Pourtant, je serais curieux de le voir bosser son texte avec quelqu'un d'autre. Floyd doit avoir une grande estime pour cette femme. C'est dommage, j'entends mal avec cette pluie. Il prêta l'oreille. Mouais.

Ce n'est pas une comédienne, loin de là. Sa bonne amie, peut-être ?

Bon, ce n'était pas ce soir qu'il allait lui montrer le couteau, se dit Devon. Il tourna les talons et commença à descendre les marches du perron. Tout à coup, il y eut un cri. Il s'arrêta net. Ce n'est pas dans la pièce, ça ! Après tout, chaque mot qui sort de sa bouche n'est pas forcément de ma plume. Devon avança. De nouveau, un cri. Ce qu'il a l'air hargneux !

Ouh là là ! Je file, moi. S'il est de mauvais poil, vaut mieux pas qu'il me trouve à écouter aux portes. Je ne saurais plus où me mettre.

Devon regagna sa voiture au trot. Qui peut être cette femme ? se demanda-t-il. Il l'a peut-être ramenée de New York ?

Oh, et puis, c'est pas mon problème.

Je lui montrerai le couteau demain. Reste à savoir quand exactement.

Samedi 8 avril

58

Samedi matin, Regan et Jack quittèrent la maison sans bruit avant même que leurs invitées, informées de leur projet, soient levées.

Avant sa mort, Adele Hopkins était seule au monde. Si son premier mari pouvait leur donner le nom d'un cousin éloigné, de quelqu'un qu'Adele ne laissait pas indifférent, ils s'estimeraient heureux.

Une heure et quart plus tard, Regan et Jack longeaient la rue principale de Long Branch, direction Washington Middle School. La veille au soir, ils avaient découvert, en cherchant sur Internet, que Jimmy Cannon y travaillait toujours comme enseignant et entraîneur.

Ils se garèrent et marchèrent jusqu'au terrain de sport où un match de football était sur le point de commencer.

Ils s'approchèrent d'un entraîneur.

« Excusez-moi, dit Jack. Savez-vous où je peux trouver Jimmy Cannon ?

— Il habite juste en face. Ça tombe bien, non ?

— Il y a une chance qu'il soit chez lui à cette heure-ci ?

— Oui, son équipe ne joue que dans l'après-midi.

— C'est un chic type, à ce qu'il paraît.

— Jimmy ? Il a un cœur gros comme ça. Mais en ce moment, il a pas trop le moral. Faut dire qu'il est en plein divorce. Entre nous, c'est pas plus mal ! Sa femme est une vraie mégère. Mais bon, comme c'est la deuxième fois… c'est vraiment dur.

— C'est moche. Vous pouvez me montrer sa maison ?

— La bleue, là. »

Regan et Jack sonnèrent à la porte et se retrouvèrent face à un grand gaillard à l'air bonhomme. Les cheveux châtains et les tempes grisonnantes, il avait les yeux marron, quelques taches de rousseur sur le nez et portait un survêtement.

Pour faire triste mine, il fait triste mine, pensa Regan.

« Je peux vous aider ?

— Je crois, oui. Si toutefois vous le voulez bien. Mes parents ont une villa à Cape Cod. Adele Hopkins louait la maison d'à côté.

— Adele ? »

Son regard s'anima.

Ah ! se dit Regan. En voilà un qui se soucie encore d'elle. Ne serait-ce qu'un tout petit peu. Je ne le vois pas mettre un coussin en pièces.

« Oui. Mais elle a eu un accident hier.

— Oh.

— Ses propriétaires ne savent pas qui prévenir de son décès. On espérait que vous connaîtriez quelqu'un, un membre de sa famille peut-être ?

— Pas vraiment, mais entrez, je vous en prie. »

Regan et Jack le suivirent dans le salon. Ils s'installèrent et lui dirent ce qu'ils savaient sur Adele.

« Tout le monde lui en a voulu pour ce qu'elle m'a fait, raconta Jimmy. Ça paraît logique, mais ce qui est arrivé est aussi ma faute. Elle était seule, là-bas, avec son père à l'hôpital en phase terminale… personne avec qui partager son fardeau. Et moi, j'étais trop occupé à entraîner les gamins pour prendre des congés. Je l'ai accompagnée dans l'Oregon et je suis reparti au bout de quelques jours. Je n'y ai plus remis les pieds. On était ensemble depuis la faculté. On n'a pas eu la chance d'avoir des enfants mais on était là l'un pour l'autre. J'aurais dû être présent à ce moment-là.

— C'est triste, fit Jack. Son mariage avec Windwood n'a pas été très heureux.

— Sa Majesté Windwood, vous voulez dire ! »

Tous trois pouffèrent de rire.

« Celui-là même ! dit Jack.

— Nous avons trouvé des cartes d'excuses sur la table de la salle à manger chez Adele, dit Regan. Je crois qu'elle était bourrelée de remords.

— Des cartes d'excuses ?

— Oui. Elle ne vous aurait pas envoyé un coussin fantaisie, à tout hasard ?

— Difficile à dire. Ma future ex-femme ouvrait mon courrier, pistait les coups de fil que je recevais… c'était devenu complètement dingue. Je n'ai pas grand-chose à me reprocher.

— Quand vous êtes-vous séparés ? demanda Regan.

— Il y a un mois. »

Regan et Jack se regardèrent d'un air entendu avant de lui parler du coussin déchiqueté envoyé de la poste de Long Branch.

« Je n'en reviens pas, dit Jimmy Cannon l'air furibard. Si jamais je doute du bien-fondé de ce divorce, il faudra que je me souvienne de ça. Je suis désolé. J'aurais beaucoup aimé parler à Adele. "Sans rancune ?", vous dites ? Elle était un peu farfelue, mais rigolote. Pour notre premier rendez-vous, on est allés dans un parc et on a fait une promenade sur l'eau. Elle était debout dans la barque et elle n'arrêtait pas de glousser. On avait dix-huit ans. » Il laissa échapper un long soupir. « C'est la vie.

— Adele avait un petit canot à Cape Cod, lui dit Regan. Elle sortait en mer par tous les temps.

— Vraiment ? Quand on était mariés, on était trop occupés à entraîner les gamins pour s'autoriser ce petit plaisir. Il y a peu de chances qu'elle en ait eu l'occasion avec Windwood. Remarquez, je n'en sais rien. Il avait peut-être un lac sur sa propriété, ajouta-t-il d'une voix presque inaudible.

— Donc, vous ne connaissez personne qu'on pourrait contacter ?

— Non. Mais je peux toujours regarder dans mes vieux carnets d'adresses. Ils sont au grenier.

— Ne vous dérangez pas, dit Jack. On espérait tellement trouver quelqu'un pour qui Adele comptait. »

Il est là, juste sous ton nez, Jack, pensa Regan.

59

« Tiens, des revenants ! s'écria Ginny. On est dans le petit salon. »

Un tête-à-tête en amoureux dans cette maison, ce serait trop beau, pensa Regan en entrant dans la cuisine avec Jack.

« Comment ça va, Ginny ? demanda-t-il.

— Beaucoup mieux.

— Et vous, Fran ?

— Bien. On lisait le journal. Ils parlent de vous. Elle vous doit la vie, cette Ellen. Heureusement que Kit avait oublié son téléphone là-bas, hein ?

— Comme vous dites, fit Jack.

— Grâce à vos exploits, dit Ginny, nous sommes tous invités au château de Chatwich ce soir. Ils donnent un cocktail.

— En quel honneur ? demanda Regan.

— Une troupe de théâtre vient de débarquer en ville. Ils vont jouer sous un chapiteau au château pendant un mois, à partir de la fin mai. Ce soir, ils lisent un extrait de leur pièce – pourvu que ça ne dure pas des heures – et après, on pourra faire la fête ! Ça commence à dix-huit heures. À mon avis, il faut partir à moins le quart.

— Qui nous a invités ?

— Le metteur en scène. En personne !

— Quel est le titre de la pièce ?

— *Rentre chez toi, grand-père.* »

Ça promet, pensa Regan. « Super.

— Bah, on verra bien.

— Où est Kit ?

— *Au Coussin bavard.* Elle a pris un taxi. Dire que Kit et Ellen se payaient la tête de ce type alors qu'il était planqué dans le placard ! C'est fou ! s'exclama Ginny.

— C'est Kit qui vous a dit ça ?

— Non. C'est en première page du journal.

— Des nouvelles de Dorie et Dan ? demanda Regan.

— Aucune.

— On pourrait leur proposer de venir au cocktail.

— Faites, faites. Plus on est de fous, plus on rit ! »

Ce n'est pas toujours vrai, pensa Regan.

60

« Adele, vous m'avez convaincu.

— Tant mieux.

— Finies, les armes en plastique ! Ces accessoires, c'est la mort de l'art, c'est dégradant. Comme si on était des mômes qui jouent aux gendarmes et aux voleurs ! Je n'avais jamais vu les choses comme ça, Adele. On fait du théâtre bon sang ! Vivement ce soir ! Vous avez le regard éteint. Vous n'avez pas bien dormi cette nuit ?

— Ligotée à une chaise ?

— Oh, c'est vrai que si elle était rembourrée, ça irait mieux ! » Floyd prit son texte sur la table. « Allez, on répète !

— Pas tout de suite, j'ai besoin de me reposer un peu.

— Vous êtes folle ? On s'y remet. Ce soir, je dois me surpasser », déclara Floyd en tournant les pages.

Un drôle de bruit lui fit lever le nez de son texte.

Adele s'était assoupie. Pire encore, elle ronflait.

« *Non, vous ne pouvez pas me faire ça. Adele ! Réveillez-vous !* »

Lentement, elle ouvrit les yeux.

« J'aime mieux ça ! » fit Floyd.

Elle essaya de se redresser – en vain.

61

« Tout le monde est prêt ? lança Ginny en ouvrant la porte d'entrée à six heures moins le quart précises. Fran et moi, on vous attend dans la voiture.

— On arrive », répondit Regan qui, debout dans le couloir devant la chambre de Kit, papotait avec son amie tandis que cette dernière se maquillait.

« Et voilà ! s'exclama Kit en mettant une touche de parfum. Je vais récupérer ma voiture ? Cette fois elle est réparée, je suis tellement contente !

— Ne sois pas ridicule. Monte avec nous.

— Okay. Mais demain, je pars à la première heure.

— Oh, je t'en prie ! Tu peux rester aussi longtemps que tu le souhaites. »

Jack apparut enfin. « Bon, on est tous prêts, on dirait. Dan et Dorie nous rejoignent là-bas ?

— Oui, répondit Regan. C'est bien qu'ils viennent. Dan ne voulait pas sortir, une histoire à son travail… mais Dorie a fini par le convaincre. Quand je pense au trophée qu'ils ont fini par découvrir sous le lit d'Adele…

— Qu'est-ce que c'était exactement ? demanda Kit.

— Le prix du meilleur professeur de son État.

— Dis donc ! fit Kit, admirative. C'est triste. » Tous trois sortirent de la maison. « Au fait, Pippy et Ellen seront là ce soir.

— Skip aussi, ajouta Regan. Je crois que Fern ne lui a pas vraiment laissé le choix. Tant qu'il ne reste pas seul chez lui, ma foi ! »

Jack et Regan montèrent devant tandis que Kit s'installait entre les deux sœurs sur la banquette arrière.

« C'est magnifique ! s'écria Ginny en apercevant Chatwich Castle. Vous avez vu ce ciel ! » Au-dessus du manoir, le ciel zébré de rouge et de violet était à couper le souffle. « Le soleil tente de percer. On va avoir une journée splendide demain. »

Jack tourna en direction du parking visiteurs, annoncé par un panneau.

« Attendez, Jack ! fit Ginny. On peut s'approcher davantage, j'ai négocié une place de VIP !

— Ah bon ?

— Oui. Au téléphone, j'ai demandé au metteur en scène comment on faisait pour se garer. Ça m'a paru loin. Du coup, j'ai dit que j'avais un problème de genou.

— Oh, c'est vrai ? demanda Regan d'une voix pleine de sollicitude.

— Non, bien sûr. Je me porte comme un charme. Descendez l'allée. On entrera par la cuisine. »

Dans la cuisine, les hors-d'œuvre froids attendaient d'être servis tandis que les plats chauds finissaient de cuire au four. Devon réglait les derniers détails avec le traiteur quand Ginny toqua à la porte.

« Soyez les bienvenus, dit Devon.

— C'est moi que vous avez eue au téléphone, dit Ginny. Voici Regan et Jack Reilly ... »

Ginny, Fran, Kit et les Reilly entrèrent puis on fit les présentations en bonne et due forme.

Devon s'était rongé les sangs toute la journée. La conférence de presse avait été un fiasco. Un seul et unique journaliste avait répondu à l'invitation et encore, il n'avait eu que le nom d'Adele Hopkins à la bouche – ce qui avait d'autant plus déprimé la troupe. Vous vous rendez compte qu'elle s'est noyée à deux pas d'ici ? avait-il demandé. Que représente cette femme pour vous ? Voyez-vous en elle une figure tragique ?... Devon avait fini par l'interrompre, préférant chasser Adele Hopkins de son esprit. C'était affreux, certes, mais la vie continue. « Bonjour, bonjour à tous », dit-il. Puis, se tournant vers Regan, Jack et Kit : « Intervention remarquable hier soir ! Cette femme vous doit la vie. Quel mérite !

— Nous avons fait ce que n'importe qui d'autre aurait fait, dit Jack.

— Je suis bien contente d'avoir oublié mon téléphone ! s'exclama Kit.

— Quelle chance, en effet ! C'est effrayant, le nombre de malades qui se promènent dans la nature. Enfin, que voulez-vous ? Passez à côté et profitez de la soirée. »

Dans le grand salon, où deux bars avaient été installés, l'humeur était à la fête. Des serveurs circulaient pour offrir à boire aux invités. Pippy, Ellen et les Carpenter rejoignirent bientôt le groupe des Reilly. Puis ce fut au tour de Skip, accompagné de Fern et d'une jeune femme. Regan reconnut aussitôt la serveuse qui s'était occupée d'eux la veille.

« Bonsoir ! C'est super que vous ayez pu venir, dit-elle à Skip en l'embrassant sur la joue.

— Merci, répondit-il en haussant les épaules. Vous connaissez Lila ?

— Oui, nous nous sommes rencontrés *Chez Fern* hier. Elle a été aux petits soins pour nous ! »

Lila esquissa un sourire.

« On est entre de bonnes mains, avec Lila, ajouta Dorie en levant son verre. Nous nous sommes vues au mois de novembre. Vous ne travailliez au restaurant que depuis quelques jours. »

Quand je repense à cette journée… songea Dan.

« Exact ! répondit Lila. Vous avez une maison sur Pond Road et vous venez souvent *Chez Fern* l'été, c'est ça ? Je me souviens de ces premiers jours comme si c'était hier. J'étais tellement nerveuse ! Je tenais un journal à l'époque. C'est plutôt rigolo de le relire aujourd'hui. Je me rappelle cette dame adorable avec qui vous êtes partis. Je crois que je l'ai embêtée avec mes questions. Votre omelette est assez cuite ? Sûre ? J'étais tellement mal à l'aise que je faisais tout de travers.

— Lila, tu es une serveuse hors pair, déclara Fern.

— Si vous m'aviez vue ce jour-là ! »

Dorie, qui comptait pourtant éviter le sujet, ne put tenir sa langue : « Vous savez, cette dame qui est sortie avec nous ? C'était Adele Hopkins, la femme qui s'est noyée.

— Vraiment ? » fit Lila, interloquée.

Skip se décomposa.

Tu peux pas la mettre en veilleuse ? pensa Dan.

Pauvre Skip, songea Regan.

« Permettez-moi de me présenter », interrompit une voix tonitruante.

Faites, faites ! Qu'on change de sujet, pensa Regan.

Tous les regards se tournèrent vers l'homme qui s'était approché. Les cheveux blancs, séduisant, il était terriblement charismatique – un des comédiens, sans aucun doute.

« Mais je vous connais, vous ! s'exclama Fern.

— Fern connaît tout le monde, fit Jack.

— Et c'est moi qui ai pris votre commande hier, ajouta Lila. Un cheeseburger, une omelette et…

— Oui, oui, s'impatienta Floyd. Pour ceux d'entre vous qui ne me connaissent pas, je m'appelle Floyd Wellington et je joue dans la pièce. Je vous souhaite une agréable soirée. »

Il tourna les talons et allait se mêler aux autres invités quand Ellen l'arrêta.

« Nous nous sommes rencontrés à New York quand j'étais petite. À la fin du spectacle. Vous avez été super sympa … »

L'heure de la lecture arriva. Devon n'avait toujours pas annoncé à Floyd qu'il ne monterait pas sur scène avec un vrai couteau. Il avait attendu, attendu encore, et n'avait plus osé le lui dire après la conférence de presse – Floyd était déjà hors de lui. Finalement, Devon s'était débarrassé du problème de la manière la plus lâche qui soit : voyant Floyd poser son couteau sur sa chaise avec son texte, il avait tout bonnement mis le faux à la place. Sans le prévenir. Floyd est un pro, il agira comme tel, s'était dit Devon. S'il n'est pas content, il pourra toujours me hurler dessus ensuite.

« Votre attention, s'il vous plaît ! dit Devon. *Les Passagers du chariot de Therpis* sont ravis de vous recevoir ce soir... » Puis, il parla de sa pièce et se félicita d'avoir choisi Cape Cod. « Laissez-moi vous présenter ma troupe. » Un à un, les comédiens sortirent de l'ombre et prirent leur place. « Mesdames et messieurs, j'espère que cette scène de *Rentre chez toi, grand-père !* vous plaira. »

Les acteurs ouvrirent leur texte.

Devon guettait la réaction de Floyd. Même s'il m'en veut, il faudra bien qu'il admette que ce couteau fait plus vrai que nature, se dit-il. Mais, en le voyant blêmir de colère, Devon se sentit défaillir – il n'avait jamais rien vu de tel. Floyd déclama son texte avec une telle hargne que personne ne desserra les lèvres.

Pendant dix longues minutes, l'audience assista sans broncher au triste spectacle de Floyd brandissant le faux couteau comme un forcené prêt à tuer. Il n'avait rien du grand-père sympathique qui montre fièrement à sa famille le cadeau qu'il leur a apporté.

À la fin de la scène, les spectateurs applaudirent poliment.

Ginny leva les yeux au ciel. « Tout ça pour ça ! »

Dès que les comédiens sortirent de scène, Devon rattrapa Floyd qui s'apprêtait à partir en marmonnant dans sa barbe. « ... te tuer ... tout ça, c'est de ta faute ... j'ai passé pour un dingue ... je pouvais pas jouer sans mon couteau ... je vais te TUER ... »

Devon le prit par le bras.

Floyd s'arrêta net, le regard fou. Il s'essuya le visage sans cesser de maugréer, tourna les talons et partit comme une flèche.

Te tuer ? se demanda Devon. Que voulait-il dire ? Il se précipita dans le grand salon où on lui adressa quelques compliments mensongers qu'il ignora dans sa hâte de rejoindre le groupe des Reilly. Tous le dévisagèrent.

« Excusez-moi, dit-il à Jack. Floyd vient de partir. Il y a une femme chez lui. Je le sais parce que j'y suis passé hier soir et je l'ai entendu répéter avec quelqu'un. Du coup, je n'ai pas sonné. Il est un peu dingo, vous savez, et maintenant il est carrément furax. Sa façon de jouer, ce soir, c'était dément. Je ne l'avais jamais vu comme ça. J'ai essayé de discuter avec lui à l'instant. Il a parlé de tuer quelqu'un. Je crois qu'il perd les pédales. Il est sorti d'ici comme un fou. C'est bête mais… peut-être que vous pourriez y aller ? Juste pour vérifier…

— Il vit où ? demanda Jack.

— Sur la plage, à deux pas d'ici.

— Je sais où c'est, dit Skip. L'agent immobilier m'a demandé d'apporter des provisions pour lui.

— Venez ! » fit Jack.

Jack, Regan et Skip rejoignirent la voiture en courant.

« Prenez à droite au bout de l'allée, s'écria Skip à peine monté. C'est tout près d'ici.

— Je vous préviens, Skip. On ne peut pas débarquer comme ça chez lui. Il est furieux, certes, mais ce n'est pas un crime. »

Jack arriva en trombe devant la maison de Floyd. Dans l'allée se trouvait une voiture, tous feux allumés, la portière du conducteur grande ouverte.

« Ce n'est pas bon signe ! » fit Jack. Tous trois descendirent de voiture et coururent jusqu'au porche. Là, ils entendirent Wellington vociférer : « *Je vais te tuer. J'ai eu l'air d'un abruti à cause de toi !* »

— Il y a une clé, là », dit Skip en soulevant un pot. La main tremblante, il la donna à Jack qui ouvrit la porte.

« *Je vais te tuer !* » Muni d'un couteau, Wellington surgit de la cuisine et s'élança dans les escaliers menant au sous-sol. Jack le saisit à bras-le-corps. Tous deux dévalèrent les dernières marches.

« Jack ! » s'écria Regan. Face contre terre, Wellington essaya de se relever mais Jack l'avait plaqué au sol. Regan lui bloqua le bras avec le pied.

« Il est costaud, dit Jack. Pas de scène, Floyd. Lâchez ce couteau. »

Floyd s'exécuta. « *Oh ! malheur à moi*[1] *!* »

Regan ramassa le couteau tout en gardant un œil sur lui.

Skip, qui se tenait juste derrière Regan sur la dernière marche, aurait voulu se rendre utile, mais tout s'était passé très vite. Une musique assourdissante emplissait le sous-sol plongé dans l'obscurité. Grâce à la lumière de l'escalier, il aperçut une femme attachée à une chaise à l'autre bout de la pièce. Il enjamba Wellington et trouva l'interrupteur.

« *Mrs Hopkins !* » Skip courut vers elle et la prit dans ses bras. « Mrs Hopkins, s'écria-t-il, ému aux larmes. Je suis tellement heureux que vous soyez toujours en vie.

1. « Oh ! malheur à moi ! Avoir vu ce que j'ai vu et voir ce que je vois ! », Ophélie, *Hamlet*, acte I, scène 1, *op. cit.*

— Et moi donc », répondit Adele le visage enfoui dans la veste du jeune homme, ne pouvant retenir ses larmes. « Et moi donc. »

Elle éclata en sanglots.

Dimanche 9 avril

62

Le lendemain matin, Regan et Jack dormaient tendrement enlacés lorsque quelqu'un frappa bruyamment à la porte de leur chambre, les tirant de leur sommeil.

Regan se tourna vers Jack.

« Désolée de vous déranger, dit Ginny, mais nous partons.

— Pince-moi, je rêve ! » murmura Regan.

Les yeux lourds, Jack haussa les épaules puis s'éclaircit la gorge. « Vous partez ?

— Oui. On tenait à vous laisser tranquilles pour votre anniversaire. Fran et moi allons à Boston pour voir une amie. On y passera la nuit. Il fait un temps magnifique, on veut en profiter. Il est déjà huit heures trente.

— Une petite minute ! On arrive pour vous dire au revoir, dit Jack.

— Très bien ! »

Jack posa la tête sur l'épaule de Regan, le sourire jusqu'aux oreilles. « C'est pas beau, ça ! Allez, debout ! » chuchota-t-il.

Fran et Ginny les attendaient dans le salon. « Joyeux anniversaire ! s'écria Fran en les voyant apparaître.

— Vous êtes bien matinales, dit Jack. D'autant que la soirée n'a pas été de tout repos !

— Je n'en reviens toujours pas, déclara Ginny. C'est fabuleux ! Skip revit ! Mais cet acteur est complètement siphonné !

— Ça, c'est sûr, dit Regan.

— Et Adele Hopkins qui est toujours en vie ! Incroyable ! Dire qu'elle était à deux pas d'ici. »

Ginny et Fran s'en allèrent, non sans avoir chaleureusement embrassé leurs hôtes.

« Étonnant, non ? fit Jack, incrédule, une fois seul avec sa femme.

— C'est pour le moins… inattendu ! répondit-elle. Bon, je vais faire du café. »

Kit se joignit à eux pour le petit déjeuner. « Joyeux anniversaire. J'avale un café et je prends la route. »

Naturellement, tous trois reparlèrent des événements de la veille.

« … quand je pense que le lait périmé venait de cette maison ! dit Regan. Skip a fait les courses pour nous et ce barjot en même temps. Il est d'abord passé chez Floyd. Il a déballé les provisions et quand il a ouvert le réfrigérateur, il s'est dit qu'il ferait mieux de le vider. Tout était sur le comptoir et il a tout mélangé ! Voilà qui est plus clair ! Je suis rassurée ! »

Kit partie, Jack sortit acheter les journaux. Regan en profita pour aérer la maison. Il faisait un soleil radieux. Elle se prit à sourire en repensant à l'expression d'Adele Hopkins quand, la veille, Jimmy Cannon avait débarqué. Jack s'était empressé de l'appeler juste après qu'ils eurent libéré la prisonnière.

Au retour de Jack, tous deux lurent les journaux. Ensuite, ils firent une longue promenade sur la plage, ravis d'être dehors en plein soleil. Ils tombèrent sur Dan qui les présenta à son patron, venu à Cape Cod pour la journée. Visiblement très complices, tous deux avaient passé la matinée à flâner et à discuter.

À dix-sept heures trente, Jack et Regan, sur leur trente et un, se rendirent au restaurant, un lieu chic mais collet monté, où les conversations se déroulaient à voix basse, si bien qu'on entendait le parquet craquer. L'hôtesse les installa. Ils dégustèrent un plat délicieux mais ne prirent pas de dessert.

« On rentre ? dit Regan. Notre gâteau de mariage nous attend. Ma mère ne s'en remettra jamais si on ne le mange pas ! »

En arrivant sur Pond Road, Jack dépassa la maison de Ginny et Fran et se gara. « On dirait bien que la rue est à nous ! Regarde, même Dorie et Dan sont partis.

— Incroyable ! »

Ils descendirent de voiture.

« C'est la pleine lune, tu as vu ? » fit Jack en la rejoignant. Il lui prit la main. « La nuit est magnifique. M'accorderez-vous une danse au clair de lune, très chère ? Après tout, c'est notre premier anniversaire de mariage !

— Vendu ! » dit Regan en souriant.

Jack l'entraîna au bout de l'allée, la prit dans ses bras et la fit tourner en chantonnant « Endless Love ». « *My love, there's only you in my life...* » Regan se mit à chanter avec lui en riant. Ils formaient un piètre duo, ce qui ne les empêcha pas d'enchaîner avec « Just the Way You Look Tonight » et « Till There Was You ».

« Bon, dit Jack. C'est décidé. À chacun de nos anniversaires, je te porterai dans mes bras pour franchir le seuil de la maison ! » Il la souleva et la fit tournoyer. Ils se sentaient grisés. Jack commença à remonter l'allée. Regan lui tapota l'épaule. Il s'arrêta et la regarda dans les yeux. « *Pardon me, boy ?* chanta Regan. *Is that the Chattanooga choo choo ?*

— Glen Miller ! *Oooh, oooh, oooh, dah, dah, dah, dah*… poursuivit Jack en tournant sur lui-même. *Is that the Chattanooga choo choo ? Dah, dah, dah.* »

Il glissa la clé dans la porte, l'ouvrit avec le pied et franchit le seuil. « Enfin seuls ! » s'écria-t-il en allumant.

Et là – « Surpriiiiise ! » – tout le monde les attendait : Ginny, Fran, Kit, Pippy, Ellen, Nora, Luke, Eileen, Dennis, Adele et Jimmy, Skip, Lila, Fern, Dorie, Dan, Mickey McPhee, Devon et toute sa troupe.

Ginny s'approcha d'eux. « J'étais tellement impatiente que j'ai failli sortir, mais je me suis retenue ! Il ne faut pas nous en vouloir, on avait tous envie de fêter ça avec vous ! Ça a été un drôle de week-end, quand même ! On s'est dit que vous n'étiez plus à une surprise près ! On vous aime tous tellement ! »

Jack reposa Regan au sol. Tous deux souriaient.

« On ne vous en veut pas, n'est-ce pas Regan ?

— Pas du tout ! » Puis, s'adressant à Devon : « Mais je crois qu'on n'a plus aucune chance de décrocher un rôle dans votre prochaine comédie musicale !

— Vous avez du potentiel ! » dit Devon, déclenchant un fou rire général.

Ginny en profita pour chuchoter à l'oreille de Regan : « Vous avez vu ? Adele revient d'entre les morts et se trouve un amoureux en deux temps trois mouvements. » Elle leva les yeux au ciel. « Pourquoi ça n'arrive qu'aux autres ?

— Quelques cours de chant, et le tour sera joué ! poursuivit Devon.

— Je dois dire que je ne m'attendais pas à ça, dit Jack.

— Moi non plus ! » ajouta Regan.

Kit leur tendit à chacun une coupe de champagne. « C'était l'idée de Ginny, dit-elle à voix basse.

— Ce n'est pas grave », répondit Regan.

Adele Hopkins porta un toast. « À Regan et Jack ! Je vous dois la vie, et bien plus encore. » Jimmy, qui se tenait près d'elle, le bras autour de ses épaules, l'embrassa sur le front. Ils avaient l'air faits l'un pour l'autre.

Regan et Jack levèrent leur verre. « Nous sommes très heureux pour vous, Adele, dit Regan.

— Bravo ! Bravo ! » s'exclama Devon.

Les autres se joignirent à lui tout en sirotant leur champagne.

Ellen s'avança avec un paquet-cadeau. « Merci à tous les deux. Sans vous, je serais morte. C'est un coussin. Vous verrez, j'ai choisi un message parfait pour l'occasion. C'est tout le mal que je vous souhaite, et je ne suis pas la seule. » Elle ouvrit la boîte et leur montra le coussin.

« Oui c'est parfait, dit Regan en souriant.

— Merci, Ellen », fit Jack. Puis, regardant Regan : « C'est mon vœu le plus cher.

— Sentiment partagé ! » répondit Regan en relisant le message : « Toute une vie d'amour sur le même coussin. »

REMERCIEMENTS

Je tiens à remercier tous ceux sans qui ce roman n'aurait jamais vu le jour.

Tout d'abord, mon éditrice, Roz Lippel à qui je suis tout particulièrement reconnaissante pour son travail inlassable, ses précieux conseils et son dévouement indéfectible. Merci, Roz ! Je ne pourrais espérer meilleur capitaine !

Gypsy da Silva, directrice adjointe de la préparation de copie.

Kara Watson, directrice éditoriale de Scribner.

Rex Bonomelli, directeur artistique.

Lisa Erwin, chef de fabrication.

Anne Cherry, préparatrice.

Ted Landry, correcteur.

Carla Jones, designer graphiste.

Lisl Cade, mon attachée de presse.

Esther Newberg, mon agent. Ma mère, Mary Higgins Clark, ma tante, Irene Clark et tous mes proches qui m'ont aidée à traverser la tempête.

Le ciel est dégagé à présent ! Un grand merci à tous !

Carol Higgins Clark dans Le Livre de Poche

L'Accroc n° 7694

Richie Blossom est fier d'avoir inventé le collant indémaillable, indéchirable. Mais cette nouveauté suscite bien des convoitises et on vient par deux fois d'attenter à sa vie. Regan Reilly va tenter de résoudre l'énigme…

Au voleur ! n° 32543

100 000 dollars : c'est la somme qu'Abigail, une jeune coiffeuse de stars d'Hollywood, vient de voir s'envoler… en même temps que son petit ami ! Elle n'a que quelques jours pour retrouver celui qui s'est emparé de l'argent que lui a légué sa grand-mère.

Bien frappé n° 17026

Aspen, une station de ski du Colorado. Plusieurs tableaux de grande valeur ont disparu des luxueuses résidences qui les abritaient. Eben, un cambrioleur repenti en qui Regan a pourtant une totale confiance, est accusé…

Chute libre nº 37139

Regan Reilly débarque à Las Vegas, à l'appel de Danny, un ami d'enfance. Celui-ci produit une émission de téléréalité, où des couples au bord de la rupture disposent d'une semaine pour se réconcilier – les plus convaincants empochent un joli paquet de dollars.

Le Collier volé nº 37242

Sur la plage de Waikiki, l'océan rejette le corps de la journaliste Dorinda Dawes. Venue rejoindre sa meilleure amie, la détective Regan Reilly renonce vite à ses vacances paradisiaques pour mener l'enquête.

For ever nº 31293

Dans quelques jours, Regan Reilly dira « oui » à Jack, son fiancé, le chef de la Brigade des enquêtes spéciales. Elle doit être habillée par deux stylistes new-yorkais. Mais leur atelier est cambriolé, et sa robe, volée.

Irish Coffee nº 31673

Regan Reilly et Jack sont en voyage de noces en Irlande. À Hennessy Castle, les incidents étranges se multiplient.

Par-dessus bord nº 76666

En se rendant à la réunion de St. Polycarp, dans le manoir de lady Exner, Regan ne songeait qu'à oublier ses soucis. Dix ans plus tôt, au même endroit, l'une de ses amies, une jeune héritière grecque, disparaissait.

Pas de veine nº 37085

Au cœur de la bonne société hollywoodienne se prépare l'étonnant mariage d'une vieille star de cinéma, très digne et surtout très riche, avec un homme de cinquante ans son cadet.

Sur la corde nº 17148

Regan Reilly voulait profiter de la Fête nationale pour se reposer chez ses parents ! Un concert de country music va bouleverser ses projets. Une jeune chanteuse, menacée par des lettres anonymes, lui demande protection.

Les Yeux de diamant nº 37043

À la veille de son centenaire, le Club des pionniers, dans le quartier de Gramercy Park à New York, voit l'un de ses plus anciens membres mourir dans des circonstances suspectes, et des diamants, dont il comptait faire don au club, disparaître mystérieusement.

Zapping nº 32116

Canicule à New York. La nuit tombe et c'est la panne ! Une occasion rêvée pour les malfaiteurs en tout genre de passer à l'action : tentative d'effraction chez Regan, cambriolage dans une galerie d'art, disparition d'une jeune femme...

Du même auteur
aux Éditions Albin Michel :

PAR-DESSUS BORD
L'ACCROC
BIEN FRAPPÉ
SUR LA CORDE
LES YEUX DE DIAMANT
PAS DE VEINE
CHUTE LIBRE
LE COLLIER VOLÉ
FOR EVER
IRISH COFFEE
ZAPPING
AU VOLEUR !

En collaboration avec Mary Higgins Clark

TROIS JOURS AVANT NOËL
CE SOIR JE VEILLERAI SUR TOI
LE VOLEUR DE NOËL
LA CROISIÈRE DE NOËL
LE MYSTÈRE DE NOËL

PAPIER À BASE DE FIBRES CERTIFIÉES

Le Livre de Poche s'engage pour l'environnement en réduisant l'empreinte carbone de ses livres. Celle de cet exemplaire est de :
300g éq. CO_2
Rendez-vous sur www.livredepoche-durable.fr

Composition réalisée par NORD COMPO

Achevé d'imprimer en février 2013 en France par
CPI – BRODARD ET TAUPIN
La Flèche (Sarthe)
N° d'impression : 72175
Dépôt légal 1re publication : mars 2013
LIBRAIRIE GÉNÉRALE FRANÇAISE
31, rue de Fleurus – 75278 Paris Cedex 06

31/7376/2